谨以此书献给:
在前进的道路上遇到挫折的人,
在胜利的道路上勇攀高峰的人。

东山再起之力挽狂澜

顾志坤 著

宁波出版社

图书在版编目（CIP）数据

东山再起之力挽狂澜/顾志坤著.--宁波：宁波出版社，2024.11.--ISBN 978-7-5526-5526-1

Ⅰ.I247.5

中国国家版本馆CIP数据核字第2024KH5702号

东山再起之力挽狂澜
DONGSHAN ZAIQI ZHI LIWAN KUANGLAN

顾志坤　著

责任编辑	晏　洋
责任校对	谢路漫
出版发行	宁波出版社
地址邮编	宁波市甬江大道1号宁波书城8号楼6楼　315040
封面设计	许俊晓
印　　刷	宁波白云印刷有限公司
开　　本	889毫米×1194毫米　1/32
印　　张	11.25
插　　页	4
字　　数	270千
版　　次	2024年11月第1版
印　　次	2024年11月第1次印刷
标准书号	ISBN 978-7-5526-5526-1
定　　价	98.00元

如发现缺页或倒装，影响阅读，请与出版社或印刷厂联系调换
电话：0574-87248279（出版社）
　　　0574-87328764（印刷厂）

《谢安像》（明·郭诩/绘）

《东山丝竹图》（清·任颐/绘）

原版序

序一

顾志坤同志写完长篇历史小说《东山再起》后征序于我,我非常高兴接受这个任务,写了这篇序。

我们常常说一个人的文化修养如何如何,某某人没有文化修养,某某人文化修养高。文化修养包含很广,我觉得一个很重要的部分是历史知识。简单地说,文化修养就是懂事、有见识。对己对人对万事万物懂得越多、见识越高,就说明这个人的文化修养越高。反过来说,文化修养低,就是说不懂事、没见识。

听过这样一个故事:"文化大革命"时期,一位老干部被批斗,想不通,不懂得为什么挨批斗。他看马克思著作,读《列宁全集》,读《毛泽东选集》,仍是不懂。有位朋友告诉他:"你读读《资治通鉴》。"他读了《资治通鉴》,茅塞顿开,跑去告诉那位朋友:"我懂了,我懂了!"

这是个故事,这故事却包含一个真理:读历史,可以使你懂事,懂道理。当然,我也要说明一下,我不是说读马克思主义不能使人懂事,应该说读马克思主义更能使人懂事。那位老干部能读懂《资治通鉴》,这是在读了马克思主义的基础上才读懂的。这是故事。这故事旨在说明:懂了中国的历史,才能更懂中国的事。故事也在说明,"文化大革命"不是在马克思主义大道理指导下进行的,而是在中国历史经验教训的小道理指导下进行的。

历史经验值得注意。

因此,我们研究历史科学的人应该两条腿走路:一条腿要深入研究历史,研究历史越深入,越符合历史实际,历史科学的真理性就越强。一条腿要把历史知识通俗化,通过文学艺术手法的表达,把历史知识、经验教训传送给广大人民群众,提高民族的文化修养素质,使人们懂事,对人对事有见识。

为了将历史知识通俗化,我想最好的一个方法就是写历史小说。

中国人一般知道的最多的中国历史就是三国史。靠什么?靠《三国演义》。三国时期的历史人物,像诸葛亮,像曹操,在中国历史上是有地位的。但有些人,像关羽、张飞、赵子龙,都不是历史重要人物,但他们的知名度却比那些历史地位更高的人还高。这些人栩栩如生地活在人民群众心里。旧社会有一句话,就是"少不看水浒,老不看三国"。年轻人看《水浒传》会感染做"贼",老年人看《三国演义》会学奸诈。这话不对。人应该有点反抗精神,也应该学"奸"一点,我说的"奸"是指智慧。"人善被人欺""害人之心不可有,防人之心不可无"。聪明一点,你不诈人,也防人诈你。

我在"文化大革命"之前曾说,将来我老了,要写一套章回体通俗本中国通史。我还曾写过一本章回体战国史(自然是不成功的)。"文化大革命"后期,刚刚出了牛棚,还陪学生下厂,到北京电力厂的修配厂去边学边劳动,带领学生写章回体秦汉史。我夫人郭良玉同志写了一本《唐太宗演义》,由河南人民出版社出版,又写了一本《朱元璋外传》,正联系出版。现在又看到顾志坤同志这本《东山再起》讲东晋谢安的故事,我是由衷地高兴。

谢安这个人,是值得一写的,这几年谈论"淝水之战"的文章很多,大多是围绕着淝水之战的性质来写的。最近在《中国史研究》(1989年第1期)读到田余庆教授的大作《前秦民族关系和淝水之战的性质问题》,这篇文章写得好。文章抛开战争性质表面的争论,深入一层次分析问题,得出"淝水之战带有统一战争性质,但本质上仍是一次民族入侵战争"的结论。读者欲知其详,请读田著原文。

二十六年前,我写过一篇《苻坚和王猛》(《历史教育》1963年第一期)。在这篇文章里,我推崇苻坚的民族融合政策、汉化政策,但也说他统一条件不成熟,他的民族政策,帮助了各族贵族阶级搞分裂。淝水一战,历史为苻坚做了个悲剧安排。如果当时淝水之战是苻坚胜利,东晋皇帝或有一个比较好的安排,但在中国南北文化差异较大的情况下,北方民族的入侵,必然要使江南人民受一次深重的灾难。

因此,谢安领导了南方对北方入侵的抗击,淝水之战的胜利,对南方人民是有好处的,是值得称赞的。我觉得东晋南朝人物中,不仅谢安值得称赞,王导、桓温等不少人亦值得称赞。以往对桓温的评价是不公平的,桓温雄心勃勃地要求北伐、收复失地,而东晋朝臣却处处拖他的后腿,不合作,看他失败就哈哈笑。桓家兄弟对内政改革的意见,更是受到抵制。这话不见得对,也说得远了。

我愿借此机会,向史学界同志们呼吁,让我们都来重视用小说体传播历史知识。一条条小溪,汇成长江、大河,造成一个潮流。愿在不久的将来,我们能成立一个历史小说学会,研究推动这一潮流。

何兹全

1989 年 8 月 31 日于北京

(作者简介:著名历史学家、教育家,北京师范大学教授。师从傅斯年、陈寅恪、钱穆、陶希圣等学者。主要研究领域为魏晋南北朝政治制度史,代表著作为《魏晋南北朝史略》《中国古代社会》等。2011 年在北京逝世。)

再版序

序二

顾志坤老师的《东山再起之力挽狂澜》终于定稿了。我第一时间读完了这部用现代视角追溯东晋风云的长篇历史小说。这部作品以其恢宏的历史背景和独特的文学构思,将历史事件与民间传说巧妙结合,再现了谢安隐居、拒任、复出、临危受命、励精图治、力挽狂澜、功成身退的曲折经历和悲壮结局,塑造了谢安这个才智超群、风流倜傥、不畏强权而心系天下的充满个性魅力的艺术形象。作为读者,我为这部作品点赞叫好!

顾志坤老师与我亦师亦友,在我创业办厂的五十多年间,他一直对我和春晖集团的发展给予关心和支持,而东山与谢安,更使我们会集在同一频道并产生共鸣。机缘巧合,八年前,我开始投资建设东山文旅综合体项目,谋划在东山这个具有特殊文化记忆的区域打造一个农、文、旅深度融合的新山居赋。我打造这个项目的初衷就是要挖掘、弘扬东山文化。这期间,我读了一些史书,也与顾志坤老师有过不少交流探讨。讲好东山故事,弘扬东山文化,成为我们共同的心愿和梦想。

顾志坤老师长期从事新闻工作和文学创作,而我一直从事企业经营,我们对东山文化有着共同的情怀、不同的视角,这可能也是顾志坤老师让我为《东山再起之力挽狂澜》作序的缘由。

东山位于浙江省绍兴市上虞区上浦镇的曹娥江畔，魏晋时期属始宁县。当年谢安在此隐居多年，成语"东山再起"的典故源出于此。东晋南朝，这里活跃着谢安、谢玄、谢灵运、谢惠连、谢朓等东山谢氏家族的翘楚和王羲之、许询、孙绰、支遁等一批名士才子。一群名士，风流传说，家国情怀，引领天下。"仰观宇宙之大，俯察品类之盛。"小说完美地展现了谢安这位魏晋风骨的代表人物。翻阅不少资料后，我一直思索，什么是东山之魂？东山隐居对谢安究竟意味着什么？在此，我想就我理解的谢安和东山文化再说几句。

从地理学意义上说，东山既非名山异川，也无奇峰异石，但东山却是一座圣山，一座文化高山。南渡的谢安在此隐居多年，在寄情山水又心怀天下的历程中，完成了修炼蓄能，立志、悟道、致远。

立志。谢安最初在宰相府从事秘书工作，做了一年多，感到不习惯、不适应，便辞职回东山。之后，他做了三件事：一是打造东山家业。建家庙，修房屋，置田产，兴产业，还给亲朋好友建房舍，为谢氏家业扩张和家族兴旺打下了基础。二是创办私塾学堂。他给谢家子弟和乡邻学童传授知识，由此培养了不少政治、军事、文学等方面的人才。三是广交社会贤达。他结交的既有达官显贵，又有社会名流，还有怀才不遇的有识之士，与这些人士建立起了良好的人际关系。东山交友，不断提升着谢安的胸襟眼界、政治智慧、军事才能和文化修养，奠定了谢安日后"东山再起"的深厚基础。

悟道。谢安在东山隐居期间，朝廷曾多次征召他，但谢安仍然予以回绝。他了解东晋的基本情况,对官场中的问题看得很清楚,同时也对当时的形势有客观的认识,看到东晋发展的趋势。他不仅考虑了国家,也考虑了整个家族。一个望族要传承下去,需要人才,要培养人,不仅要有吟诗作画的文人,还要有骑马射箭的武将,最关键是凝聚人心,顺应民心;一个国家要生存下去,就要以人为本,民富才会国强。团结一切可以团结的力量,一致对外,才有胜利的希望。东山"悟道",最终指导实践,成就谢安。

致远。胸怀大局的谢安在东山一直关注着东晋的大势,关注着朝廷的风云,关注着民族的兴衰和长远发展。东晋面临危险,他毅然听从召唤,受命出山,勇于担当。面对来势汹汹的苻坚百万大军,他精心布局,知人善任,凝聚人心,果断决战,以智慧刚勇取得了淝水大战的辉煌战绩。正所谓"托迹山水得真趣,放怀天外极大观"。历代名人对谢安给予了很高的评价。唐代两大诗人齐赞谢安,李白:"东山高卧时起来,欲济苍生未应晚。"杜甫:"汉主追韩信,苍生起谢安。"

东山,给谢安赋能助力;家国情怀,让谢安"东山再起"。东山文化的核心就是担当精神。当下,百年未有之大变局,改革与发展都面临严峻挑战,企业更是困难重重,不少企业家朋友迷惘困惑。在此,我想借机对暂遇困难的企业家朋友说,不妨找机会来东山,不妨读读《东山再起之力挽狂澜》,汲取精神力量,重整旗鼓再出发。东山是学生研学游历的励志圣地,也是有识之士的悟道之处,更是人们向往美好生活的修心养身之地。谢安能上能下,是历代士人的楷模,也是文人仰慕的名士。在中国历史上,谢安是比肩范蠡、诸葛亮的千古名相。他勇于担当的"东山再起"精神，护国治国的不朽功绩，儒道释兼备的哲学思想，更值得当今社会精英学习。东山值得大家去走一走、看一看，去寻觅谢安的踪迹，在"诗和远方"中共同探讨、分享其中的文化大餐。

近几年来，上虞区委、区政府高度重视东山文化的培育和传播，修复文物古迹、出版系列丛书、制订行动计划、编制景区规划、举行学术讲座等。顾志坤老师的《东山再起之力挽狂澜》，为推动东山地域文化研究又增添了浓墨重彩的一笔。它的面世，为我们东山农文旅综合体建设起到了推动作用，激励我们在传承发扬东山文化的道路上，担起责任，行稳致远。

东山雄起！

杨言荣
2024 年 7 月

（作者简介：工程师，高级经济师，浙江春晖集团创始人，东山文旅有限公司董事长。先后被评为浙江省优秀企业家、全国优秀企业家等，2023 年被评为全国乡村文化和旅游带头人。）

目　录

引　首	001
第一章	003
第二章	017
第三章	031
第四章	047
第五章	067
第六章	081
第七章	091
第八章	101
第九章	113
第十章	127
第十一章	137

第十二章 ———————— 149

第十三章 ———————— 163

第十四章 ———————— 171

第十五章 ———————— 183

第十六章 ———————— 189

第十七章 ———————— 197

第十八章 ———————— 209

第十九章 ———————— 219

第二十章 ———————— 231

第二十一章 ———————— 237

第二十二章 ———————— 249

第二十三章 ———————— 261

第二十四章 ———————— 273

第二十五章 ———————— 285

第二十六章 ———————— 293

第二十七章 ———————— 299

第二十八章 ———————— 309

第二十九章 ———————— 319

第三十章 ———————— 329

跋 一 ———————— 341

跋 二 ———————— 347

【引首】

诗曰：

少无适俗韵，性本爱丘山。
误落尘网中，一去三十年。
羁鸟恋旧林，池鱼思故渊。
开荒南野际，守拙归园田。

话说这八句诗，乃东晋末年建康城中一个姓陶名潜，字元亮的秀才所作。秀才作此诗叹世路险恶，官场腐败。为避遭横祸，不得已隐居田园。

读者必知，那东西两晋，年代并不长。西晋三世四主，不过五十二年，东晋四世十一主，只一百零三年。两晋相加，也只一百五十五年。然要论祸乱之列，凡有史以来，便数这两晋为最。何也？一言以蔽之：鹬蚌相争，渔翁得利。若依古人之言，叫作：人必自侮，然后人侮之；家必自毁，而后人毁之；国必自伐，然后人伐之。试问：八王不乱，五胡何来？牝鸡不鸣，群雄怎追？故此纵观东晋历史，无不龌龊淫奢。并且由此生乱，因乱起斗，争权夺利，争名夺誉，以致骨肉寻仇，互相残杀，又正好被四面强敌寻个空隙，同时入室，闹得家破国危，一塌糊涂。

　　那时有几个名流，极有治世之道，经国韬略。无奈昏君执政，奸权当道，谁人肯听他们的忠言？只好空怀感叹，郁郁寡欢，找块净土，隐居起来。仿佛是看破红尘，与世无争。任你外面闹得天翻地覆，生生死死，他们概不过问，只顾自己游山玩水，饮酒作乐。面上貌似悠哉快哉，内心却是百般苦闷，正所谓："性刚才拙，与物多忤，自量为己，必贻俗患。"乱世之道，既不肯适，又不能抗，有何能耐，只好一走了事。不过内中倒有一人，姓谢名安，字安石，此人聪亮明允，刚断英特，雍容大雅，深不可测，每与大谋，必有奇策。当时隐居上虞东山，自称东山居士，整日里吟诗咏怀，携妓弹唱，或放情丘壑，寄居山水，做些布衣雅儒之勾当。后来朝廷累下征诏，要他出山。他见社稷垂危，国难深重，便摒弃前嫌，临危受命，毅然出山，匡扶那半壁江山。尽心耕职，力挽狂澜，做出一番轰轰烈烈、惊天动地的事来，笔者所叙的，便是这谢安的一段故事，虽仓促成篇，又多肤浅。旨意却是想借古论今，以古为鉴，若后人能从中得到一点启迪，则笔者之愿足矣！

· 第一章 ·

话说公元352年，永和八年七月，东晋大旱，自建康至吴越一带，三个月无雨，到处田地龟裂，禾苗枯槁，民事荒凉，街衢冷清。这日，在江南古道上，有三匹棕色的高头大马在飞奔疾驰，马过之处，尘土飞扬，鸡犬惊鸣，行人躲避。

马上坐着三个人，为首一个官样打扮，后面两个卫士。因天气酷热，这三人早已是大汗淋漓，气喘吁吁。那马虽跑得飞快，可他们总感到太慢，不停地挥动着手中的马鞭，朝马屁股猛抽，嘴里反复地吼着："驾、驾、驾……"

这一日，那京城建康也是赤日炎炎。一早起来，在那菜市口一地，已拥集着数万灾民，他们搭了雨台雨坛，扎了纸人纸马，焚香礼拜，连日祈雨。可怜这些灾民，到了每日午牌时分，就统皆跪于日下，然后呼天号地，朝天叫喊。没料喊了七日，并无半点动静。那些灾民，原本已是气息奄奄，只剩半条命的，哪里经得起这连日折腾。加上这七月酷暑，热气蒸腾，温度犹如火烤一般。故七日过去，那数万人中，因饥渴交迫而死去的，已是无数。至第八日上，红日东升，竟然又是一个酷热之日。众人无望，正要散去，不料内中有个泼皮，突然发起狠来，朝天大骂道："你这苍天，莫非瞎了眼了，还说慈悲慈悲，我等渴得都快死了，怎的不洒下半滴雨来。"

说来也怪，骂声刚落，没过半个时辰，那正东方上，忽地飘来一朵乌云。渐渐行至众人头上，便立住不动了。下面正在疑惑，只见得半空中有闪电划过，犹如金蛇一般乱舞起来，随后便有轰隆一声炸响。这数万饥民，加上京城里外大小官员、军民人等，已经三月不见雷电。今见雷鸣电闪，哪个不高兴雀跃？便一齐跪下，头顶香炉，双手合十，仰望苍天，口念："南无阿弥陀佛，南无阿弥陀佛。"这一阵念诵果然灵，不知是真感动了上苍，还是偶然巧合，那天上果真下起了瓢泼大雨。那些灾民见了，便如见着救星，一个个取出钵头、香炉，边接雨水边狂饮起来。内中有个人饮了两钵之后，觉得有些恶心，仔细一瞧，喊声："不好。"扔下钵头便逃。众人一看，也都大惊失色。原来那雨全是红的，开始还算稀薄，后来越下越稠，越下越黏，就像人血一般。这一惊非同小可。当中有个老者，见天降血雨，顿时老泪横流，仰天长叹道："天道不顺，大难来矣。"遂拾起旁边一块顽石，猛击自己的额头，老者当即脑浆迸裂而死。众人见状，哪里还敢停留，便发一声喊，哄然散开，逃命去了。

且说这场血雨，纷纷扬扬，飘飘忽忽，足足下了三个时辰，雨开始尚小，后来越下越大，越下越急，真个是漠漠乌云，蒙蒙黑雾；炸雷隆隆，闪电灼灼；滚滚狂风，淙淙血雨，把整个京城里外，广陵四野，裹得严严实实，淋得通体透湿。直至过了巳时，血雨才止。这时京城内外早已是人心惶惶，鸡犬不宁。加上谣言四起，术人惑众，直把那些胆大的唬得提心吊胆，胆小的吓得屁滚尿流。连皇上也惊得惶惶不可终日，罢了当日朝议，叫了几位心腹，躲在深宫之中，不敢出来。

这样闹闹腾腾，沸沸扬扬，早惊动了四方名士、八面豪杰。内中有个叫谢安的，乃太常卿吏部尚书谢衷之子。此人出身名门大族,陈郡阳夏人氏,早先在朝为官,只因看不惯官场腐败、尔虞我诈,便以疾相辞,隐居在上虞东山,做个逍遥居士,整日里不是渔弋山水,便是言咏属文,十分悠哉自在。朝廷虽累下征诏,要他出山,他坚辞不去,只管敷衍搪塞,将那来使打发了去。

这天,谢安从东山湖野游回来,外出三天,有些劳累,但一想到已多日没有读书,便在晚饭之后,踱到明月堂书房,拿起一部《孙子兵法》读了起来,才读了一页,忽想起日前那建康一带倾下血雨之事,不觉眉头一跳,心中顿生一股凉意。待再看那兵书时,眼前已是模糊一片。当下,他便搁下兵书,步出厅堂,转过一处山坳,来到一处。此处有块顽石,平地凸出在外,恰如虎睛一般。山上人惯称它为虎睛石。是日,月明星稀,谢安借着月光登上虎睛石,面南而坐,双目观天。约莫过了半个时辰,听见有如雷之声从天际传来,声未毕,只见有星画陨中天北下,长十余丈,光变白。谢安一看,连忙一占,卦意曰:"星画陨中天北下,名曰营首,营首所在,下有大兵,流血滂沱,砰隐有声,怒之象也。"谢安大惊,连忙再观天象。少顷,但见背面天宇又有星孛于北河,经太微、三台、文昌,入北斗,色白,长十余丈。卦意曰:"扫北斗,强国发兵,诸侯争权,大人忧。"

谢安仰天长叹道:"晋室江山,难道果真有如此多的灾难吗?"言未毕,忽有一小厮过来向他禀报:"老爷,方才有个朝廷差官,向您呈来一封文书。"

谢安一看,又是一份征召文书,问:"差官现在哪里?"

小厮道:"给他弄了些酒食,已打发走了。"

谢安笑道:"好,以后凡是朝廷来人,一并挡了便是。"遂收了那份文书,叫那小厮回去,自己再在那虎睛石上观察星象,不知不觉已近子夜，正要起身回房，不料有个声音从背后传来："呵呵，你也忒快活了吧，只管一人在这里受用。"

谢安一听，吓了一跳，回头一看，见是支遁、王羲之等人正立在身后，便迎上前去，笑道："深更半夜，你们几个偷偷摸摸的，莫非要把人吓死？"

王羲之笑道："老弟也太无情，不向我等道歉，反而埋怨起来了，真是气人。"

谢安笑道："怎么叫起屈来了？"

支遁和尚道："你却不知，我等半夜三更上得山来，就为寻你，见明月堂里无人，问那值更的，他正睡得稀里糊涂，并不知你的去向。我们便四处寻找。没料老弟竟躲在这里一人享受清净，岂不是你的不是了？"

谢安笑道："如此说来，果真是安石失礼了。"言毕便要行礼，孙绰一把接住，笑道："儿戏之言，怎可当真。"众人大笑，遂找个地方坐下。

谢安问道："这次各位去临安游玩，想必游了不少去处？"

支遁道："也就五六个地方，不过依贫僧之见，总还不如这东山的风水好。"

王羲之道："这倒是句真话。"

谢安问道："这回你俩争了没有？"众人皆笑。原来这王羲之是个书呆子，脾气极固执。偏这支遁也是急性子，二人常为些小事争执不休。

支遁笑道："怎的不争，好几回呢。"

谢安道："争什么？又是些无聊之事？"

王羲之叫道："这和尚也太没忍耐，一天不与人争执，便觉得无趣。佛门中有他这等人，实是不幸。"

支遁一听，又要跳起来，一旁许询按住道："好了，好了，我等外出多日，今天刚刚回来，也该与安石老弟叙叙别后之情了。"

谢安笑道："玄度说得是。"遂起身，离开虎睛石。众人择一条小路，回到白云堂。这时天已大亮，有小厮在门口接着，把众人引入堂内，还未坐定，便有早起的小厮献上茶来，顷刻又摆上干果点心，尽是蒲州朱柿、闽中荔枝、松江干桃之类，都是珍贵之物。那王羲之、孙绰虽都是在京城做过官的，但这种干果点心，即便在宫廷之中也不多见，当下也不客气，便尽情享用起来。唯有那支遁和尚，常年云游在外，对这些干果并不觉得十分稀罕。倒是对那碟花糕特别喜爱，嚼了一块，只觉其味醇美，芳香四溢，不觉叫道："这是何物，如此好吃？"

谢安笑道："这叫蔷薇糕，采这东山上蔷薇叶为料，放置瓮内，以春水浸泡，密封后，至冬至揭封，取出蔷薇叶，捣碎，挤出汁液，以文火煮沸，每次只得半碗，然后以东山湖畔产的糯米粉为料，滴上数滴蔷薇汁，密封蒸熟，便成此糕。"

众人一听，都笑了起来，道："这等奢侈之物，谁又消受得起。"说话间，那和尚已把面前的蔷薇糕尽数吃了，见王羲之那盘尚未动过，便要用干果调换，王羲之自然不肯，二人便又争执起来。谢安笑道："支公要吃这糕点，直言便是，何必动此干戈。"用手一招，又叫小厮拿来数盘，和尚这才罢休。

这样吃了一阵儿，各自都说了些别后故事。许询又想起朝廷征召的事来，感叹道："由来贤达胜士，都是与官场无缘的。只有那些庸碌之辈，才去钻那营生，自讨苦吃。我等兄弟今日在此相聚，虽于朝廷无益，可也无害，乐得自由自在，做个快活之人。"

众人称是，唯支遁和尚另有说法，道："你说得也对，但有人恐不这样想哩？"说毕眨眨眼睛，又扮了个鬼脸。众人知道和尚说的是谁，便把目光投向谢安。

孙绰道："安石贤弟果真有出山之意吗？"

谢安苦笑道："实不相瞒众位，昨日朝廷又遣差官来召小弟出山，我正为此事烦恼，要求教于众位兄长哩。"

那和尚从嘴里吐出一个桃核，大声道："那你想不想去？"

谢安叹了口气道："要去很难，不去亦难。"说毕从袖中取出朝廷的那份征召文书，递于孙绰。孙绰略约一看，文书大意是："足下少标令名，时望颇重，然久卧东山，屡违朝旨，以山水、文籍自娱。且高谈老、庄，说空终日。当今朝廷艰危，凡明德君子……"

孙绰还未读毕，那和尚便呵呵大笑起来，对谢安道："果然不出贫僧所料，我道你为何面带愁容，原来竟为此事烦恼。这有何难，依贫僧之见，不如也修上一书，回复那个昏君，只是言语须写得难听一些，叫那昏君气个半死，从此不就绝了召你之意？"

王羲之冷笑道："和尚也太粗鲁，皇上即便昏庸，也不至如此回复于他。依弟之见，既然安石有入仕为官之意，也不用如此吞吞吐吐，自寻烦恼，弟兄们明日送他去建康就是了。"

谢安叹道："众位兄长，我也知官场险恶，仕途多舛，然目前国难深重，社稷艰危，我等既为晋室臣民，总不能丁点儿不闻不问！如今朝廷几次征召，敦逼于我。我已推辞四次，如此下去，倘若真惹恼了朝廷，总非良策。我并非胆小怕事之人，但为长远计，总得想个进退办法。为弟在此请教众位兄长了。"

和尚叫道："管它个鸟，不愿做官又能怎样？总不能把你捆到建康城里去做宰相。"

王羲之道:"你这和尚也真蠢笨,你道安石果是此意?"

和尚道:"有何说法?"

王羲之道:"依弟之见,安石这叫欲擒故纵。"

和尚道:"你别云里雾里的,只管直说就是了。"

王羲之道:"安石的本意,原是想去做官的,只是碍于情面,不直说出来罢了。若我等也无办法时,他便可顺水推舟去做官了,你就是有了怨言,也无处可说。"

谢安笑道:"瞧你这个右军,把我说成何等人了。"

许询笑道:"你等不必取笑安石,弟有一策,不知可否?"

谢安大喜,道:"玄度足智多谋,必有良策,请快赐教。"

许询道:"眼下兄有两难,一难不能得罪朝廷,二难不能不顾国家危难。若要两全其美,依弟愚见,不如草拟一份回书,详述自己不去入仕之由,又备陈当今社稷兴利除弊之见。朝廷见兄长忠义兼顾,又不失礼度,自然也就不会再来骚扰于你了。"

谢安叹道:"此策虽好,然我向来耻于与官场有笔墨之交,免得被世人知晓,还道有什么见不得人的勾当。今听兄之言,也只能如此了。"

众人只顾说话,不知不觉已经日上中天。早有小厮走上前来,在谢安耳边嘀咕几句。谢安笑道:"众位兄长,我等只顾说话,总不能空着肚子吧。"

和尚拍拍肚皮道:"方才已吃了许多,哪里还塞得下去。"

谢安道:"你别如此说话,到了那里,自然有你瞧的。"说毕起身,领着众人,一路笑着,来到膳房,只见中间一张桌上,早已摆满菜肴,香气扑鼻。那和尚上去一瞧,见全是金针菜、豆腐、香菇、松菌、豆角之类的素菜,便叫道:"不吃,不吃,我道什么好菜,怎么全是这等货色,连半点荤腥也无。"

王羲之笑道:"你这个和尚,也太不守规矩,这桌素菜原是为你做的,你却不识抬举,那荤腥可是你这出家人吃得的?"

和尚道:"你书呆子晓得什么,大凡出家人受戒之后,先前确是吃素的,可天长日久,肚里没有油水,哪里忍耐得住,必要悄悄地用些荤腥,肥肥肚囊,就连那极正经的陀头、住持,也是这般做的。"

众人一听,连连道:"该打,该打。"

取笑了一番,便依次入席,各自品尝起来,果然味道鲜美,不同凡响。这时,有两个小厮抬出一只鹅黄色的瓷坛来,坛盖上封着黄泥,和尚道:"这是什么?"

谢安道:"酒,山上自酿的。"

说话时,两个小厮用石锤敲碎坛盖上的泥封,见坛口还包着一层荷叶,两人小心翼翼将荷叶揭开,顿时有股酒香从坛中升腾上来,钻入人的鼻腔,久久不散。众人俯身一看,只见坛内的酒色泽微黄,状如琥珀。小厮用酒吊将酒吊出,倒入一只碗中,和尚抢先饮了一口,顿觉甘醇芬芳,回味无穷,便叫起来:"好酒,好酒。"

王羲之也饮了一口,咂咂嘴道:"真是好酒。"

谢安笑道:"你等只说酒好,可知这酒的名称更好?"

孙绰道:"什么名称?"

谢安道:"女儿红。"

众人一听,都叫了起来,道:"好,这个酒名好。"

谢安道:"这酒名原是有个来历,这会稽一带的人家,凡生了女儿的,就要在女儿出生的这一日,自酿一坛酒,埋入屋旁的地底下，待女儿婚嫁时，再将酒坛取出，以供贺客。因这酒深埋地下，年代又久，取出时已呈琥珀色，故称'女儿红'。"

和尚笑说："单凭这酒名，我得先喝它一碗。"说毕，命小厮吊出酒来，倒了一大碗，端起来，咕噜咕噜喝个精光。

孙绰从和尚手中夺过碗来，笑道："你也太不客气，来，我也来一碗。"

众人正在笑闹，忽有小厮来报，说门外有一人求见。

谢安道："如何打扮？"

小厮道："头着白纶巾，身披鹤氅裘。"

谢安一听，拊掌大笑道："阿万来了，阿万来了。"

原来这阿万就是谢安的小弟，名叫谢万，亦称万石。只因这阿万自幼聪明，器量虽不及谢安，但因善言玄理，文义艳发，又武艺高强，故此深受谢安喜爱。目下在桓温麾下任豫州刺史，领淮南太守，监司、豫、冀、并四州军事，假节，深得朝廷器重。但这谢万却有一桩不是，就是清高狂放，自以为非常了得，仿佛这东晋天下，除自己哥哥外，再没有一个是他看得上眼的。平日里每览史籍，至蔺相如降屈于廉颇，总绝叹以为不可能。并常云："万恨晚生，若遇刘、项辈，必与之争中原。"又曰："仕官不为大将，才志何足以骋？"故初入仕时，朝廷辟他为司徒掾，他嫌官小不去。时会稽王简文为相王，闻其美名，召他为抚军从事中郎，谢万入仕二月，又因官小，借故不就。后右军将军王羲之致信大司马桓温，曰："谢万才流经通，处廊庙，参讽议，故是后来一器，而今屈其迈往之气，以俯顺荒余，近是违才易务矣！"总算为他抱了一些不平。桓温爱才，任他为将军，然时不多久，谢万又嫌官小，与桓温处得不愉快。谢安多次劝他，谢万就是不肯听，照例我行我素。

当下谢安见谢万来了,即命小厮快快有请,那众人听了,也无心吃酒,都一齐站了起来,拥向门口一瞧,果是谢万。

于是一齐将他拥进堂内,见过礼后,谢万道:"小弟今来,本当于近日去拜访各位兄长,不料今日全都在此,真是万幸。"言毕起身,又向众人作了一揖。

和尚在一旁道:"阿万,揖也不必作了,我只问你一句,你一向可好?"

谢万笑道:"托众位兄长的福,还算顺畅。"

说话间,几个僮仆早已撤下残席,重又摆上菜肴,并又抬来一坛未开封的女儿红酒。打开以后,孙绰倒了一碗,端起来道:"阿万一路辛劳,兄在此借花献佛,敬贤弟一杯。"言毕一饮而尽。

谢安笑道:"阿万路上劳累,恐身体不适,还是慢饮为好。"

谢万性好逞强,笑道:"哥哥也太小看人了,小弟前番与朱彤大战彭城,不多不少,正好三百回合。回营之后,尚能饮酒斗余。今日马上功夫,算甚劳累。"说毕,命僮仆倒酒,连饮数碗,面不改色。谢安一看,便不说话,只顾在旁微笑。唯那和尚看不下去,道:"阿万既有海量,我等何不换些大的盅盏,也好喝得痛快一些。"

谢万道:"如此最好。"当下命僮仆撤下小碗,换上大碗。二人也不说话,一连饮了三碗。

谢万把嘴一抹,喘口气道:"今日天热,出了许多黄汗,这酒下去,实在令人痛快。"

孙绰笑道:"既如此,我也敬阿万三碗。"原来这孙绰也与谢万不合。昔谢万为司徒时曾作渔父、屈原、季主、贾谊、楚老、龚胜、孙登、嵇康四隐四显为八贤论，自以为此论乃天下第一，出示孙绰。没料孙绰所见，恰与其反。谢万不服，二人就争执起来，不欢而散。今日见到谢万，总以为他的傲心应有所收敛。不料竟依然故我，心中便十分不悦。见支遁与他斗酒，心中忖道："这厮十分傲慢，倘能将他灌个烂醉，也好杀杀他的锐气。"当下便端起碗来，咕咚咕咚，饮下三碗，再把碗底一翻，气也不喘。谢万一看，哪里肯罢休，端起碗来，咕噜咕噜，也是三碗。如此这般，一来二去，不足半个时辰，那谢万肚里，已经灌下去七八碗酒。

要说谢万的酒量，原也是十分了得，在座的人中，恐无人敌得过他。然他是空腹饮酒，本已犯了大忌，喝的又是刚开坛的新酒，又浓又醇，喝是好喝，但烈性很足。再加上一路奔波，身疲体乏，哪里经得起这般折腾。饮着饮着，便觉那腾腾酒气从丹田之中蹿了上来，眼睛也开始发花。但谢万是好胜之人，哪里肯在众人面前出丑，不论如何难受，只管忍着，强作清醒。

谢安见状，知其已经醉了，便道："阿万今日累了，还是早点歇息，明日再饮。"

谢万一听，便捶着桌子道："累了，累了，好好的人怎么会累了？"说毕又要取酒来饮，无奈那手已不听使唤，还未拿起碗来，已先晃出一半。

王羲之试其醉道："阿万，汝与会稽王谈玄，其有否长进？"

谢万抬起眼皮道："大有长进，不过未列上乘，无非三流而已。"

王羲之惊道："二流何人？"

谢万道："尔等便是。"

许询笑道："一流属谁？"

谢万答道:"当在吾辈。"

众人一听,皆捧腹大笑,见夜已深,遂起身告辞。这里,谢安早令僮仆备好客房,安排众人歇息,唯有谢万赖着不走,叫嚷着仍要喝酒。谢安叫人做了一碗醒酒清汤,胡乱与他喝下,才算哄了过去。尔后,谢安叫僮仆把谢万扶到内室,侍他睡下,自己在旁陪着。又遣人禀告夫人,夜里不必等他,自先安歇就是。一切安排妥帖,谢安取出笔墨,刚要给朝廷写份回书,不料还未落笔,外面就有人奔了进来,嘴里叫着:"老爷,老爷!"谢安一惊,慌忙迎了出去。

第二章

且说谢安把谢万安置停当，刚刚取出笔墨，要给朝廷作份回书，不料墨未沾纸，就听到门外有人在叫"老爷"。开门一看，不是别人，正是山上的老管家。一问缘由，才知是当朝侍中王坦之刚刚送来一封急信。谢安一听，呵呵笑道："文度来信，必定又是要我出山。"遂取过书信，秉烛一看，果然不出所料，不觉叹道："一纸书信，满腔衷心，江左有此等人在，如何能灭？"遂将书信收了，复回到内室，作那份回书去了。

且说光阴荏苒。这一日，京城建康太极殿内鼓乐齐鸣，文武百官侍立两旁。真个是：珍珠帘卷，黄金殿上现金銮，凤羽扇开，白玉阶前停宝辇。只听得"啪、啪、啪"三声净鞭响，两班文武，一片肃静。随后，珠帘卷起，那小皇帝由崇德皇太后陪着，登上龙凤椅，受百官朝贺。

原来这晋朝有个规矩，若皇帝幼小，皇太后可以临朝摄政。待皇帝长到婚冠之年，再由他出来主持朝政。当年二十三岁的康帝驾崩于式乾殿，儿子司马聃（即晋穆帝）才两岁，尚在襁褓中，根本不懂事。登基时，皇太后褚氏只好设白纱帷幔于太极殿，抱帝临轩，唯恐吓坏了这小天子。之后朝中大事，概由她来定夺。谁知这小皇帝自幼体弱多病，一年四季总是咳嗽，虽请了众多名医诊治，异人密授，长生要诀几乎背得滚瓜烂熟，山珍海味吃了不知多少，总无显效。这穆帝更有一种怪病，从十岁上就得了梦遗，而且一夜数次，腥臭无比，晨起时不是没精打采，便是黏汗淋漓。每每上朝，只是装装样子，做做门面，能够坐着就算好的，一切均由母后决断。到了十五岁上，已属婚冠年龄，虽有嫔妃相随，任其受用，然终无孕育。至于朝政大事，虽已依议亲政，然一国事众，岂是他能决断得了的？况自建元以来，国不太平，灾祸连年，先是江州刺史征西将军庾翼部将干瓒、戴羲举兵谋反。相隔一月，豫州刺史路永又叛奔贼军。更可恨的是，征西大将军桓温竟不顾朝命，擅自讨伐，与苻健之子苻苌大战蓝田，非但没有取胜，反而被苻苌打败，造成京城震骇。如此种种，扰得朝廷鸡犬不宁、人心惶惶。其间更是天灾不断，几乎年年有旱涝，岁岁有地震。因而每逢上朝，总是奏本如山。见此情景，穆帝虽也焦急，可毕竟回天乏术，只能去询母后决断。那老太后毕竟是女流之辈，有什么主见？无非是公说听公，婆说从婆，只要有奏，十九准之。内中自有一些奸佞之徒，趁机浑水摸鱼，从中渔利。几个乱臣贼子，暗中争权夺利，掀起内讧，把整个晋室江山，闹得乌烟瘴气，乱七八糟。穆帝见状，有何办法？只好一人躲在宫中唏嘘。

且说这天正是上朝的日子，那穆帝在龙凤椅上坐定之后，略略正了正身子。因他昨夜与嫔妃交欢过度，一宿无眠，此刻只觉得有些头昏眼花，刚想闭上眼睛养养精神，忽看到母后的眼睛正盯着自己，不觉心中一惊，神气反倒清爽起来。原来这褚氏毕竟是过来之人，那种男贪女欢，岂能不懂？因见穆帝整日里没精打采，脸灰眼青，知是在那爪哇国里待得太久，平日里没少从旁提醒。但穆帝毕竟正当少年，元精渐盛，虽然体弱多病，但那淫欲之事，是早就懂得了的，因而，口头上虽十分恭从母后训示，但到宫里一触到那软绵绵的冰肌嫩肤,热烘烘的灵香玉骨,早把母后的那些告诫一股脑儿抛到脑后去了,只顾彻夜癫狂,图一时的快活。

当下,那穆帝轻轻咳了一声,吐出一口浓痰,早有侍女过来,用鎏金樽接着。那立在穆帝下侧的殿头官就从旁闪出,喝道:"有事出班早奏,无事卷帘退朝。"喝毕,只见班部丛中闪出一人,伏地奏道:"陛下,目今自广陵至荆州一带,瘟疫盛行,伤损军民甚多。加之朝廷政烦役重,百姓困苦,暴人趁机肆虐,盗贼趁火打劫,且大灾之后,仓库空虚,饥民万千,人相食之,积尸盈于衢路,哀声达于四野,伏望陛下释罪开恩,省刑薄税,祈禳天灾,救万民于水火。"

穆帝听毕,沉吟良久,道:"瘟疫之事,朕已知道,已着草令官拟就草诏。从即日起,降赦天下罪囚。应有民间税赋,悉皆赦免。"侍郎谢恩,刚刚起身,只见班中又有一人越班启奏:"陛下,臣也有一奏。"

穆帝一看,乃扬州刺史庾冰。

穆帝道:"卿有何奏?"

庾冰拜罢,奏道:"陛下,臣前番领陛下之命,专程赴会稽山阴,召东山隐士谢安出山,共匡社稷。不料那谢安贪恋山色,高谈老、庄,毫无处世之意,昨天忽又呈来回书一封,请陛下拆阅。"

穆帝大喜,道:"谢安石乃当今名士,朕十分器重于他,前番屡屡征召,总不来见,今日呈来回书,莫非已有入仕之意?"

庾冰道:"陛下,容臣实告,那谢安仍无此意。"

穆帝一听,便沉下脸来道:"既然不愿出山,还写什么回书?"说毕,把那封回书掷于地下道:"谢安石久违上命,无人臣之礼。如此悖慢,理应明正国法。然朕念谢氏满门忠良,不忍加诛,暂且饶他一次,若再不来,朕定不赦。"遂令再下诏书,要谢安速来建康赴任,若再抗命,就要依律拟刑,决不饶恕。

侍中王坦之那天也在班中,见龙颜大怒,早吓得变了脸色。一待退朝,便急匆匆回到家中,夫人见着,不觉吃了一惊,道:"老爷,你今天如何这般脸色?"

王坦之道:"夫人,要闯大祸了。"

夫人吓了一跳,道:"你却说得明白些,闯什么大祸了?"

王坦之道:"那谢安石只顾游山玩水,累违朝旨。今日上朝,龙颜震怒,已着草令官再拟诏书,若谢安再固执不就,就要派人去东山捉拿于他,到那时,谢氏门庭就要完了。"

夫人一听,也变了脸色,道:"这可如何是好?"

王坦之道:"夫人也不必惊慌,想我王、谢两家,乃世代深交,况谢安石与我又有八拜之交,安石今日有难,我怎能不闻不问?"遂更罢衣冠,也不吃饭,急匆匆往会稽王司马昱府第求救去了。

且说转眼之间,又过去一月,刚刚还是金风送爽,玉露迎秋,不知不觉已到了十二月。这日晨起,那东山之上忽然刮起风来。不一刻,天上便纷纷扬扬落下一场大雪。你看那雪,真是:须臾四野难分路,顷刻千山不见痕。却似银箔铺世界,碾碎昆仑玉乾坤。当日这雪,直下到午牌时分才止。

早饭过后,便有几个僧人在那山上扫起雪来,原来那雪已把国庆寺大门封住。这国庆寺乃东山上聚众之地,凡有紧要之事,或是有至亲好友上得山来,必在此处相聚。今日大雪封山,若积雪不化,数日之内,料也不会有人上来。当下谢安传下话去,凡奴婢仆人,一律放假一日。众谢儿郎,统到山上蔷薇亭会集。谢家那些小儿,都是平时被约束苦了的。这谢安自己虽喜欢游山玩水,可对晚辈的管教却极是严厉,些许动弹不得,每日里不是习书识字,便是去山上割草打柴,稍有懈怠,便遭斥责。今日松了禁锢,哪个不欢呼雀跃,便一声吃喝,统统拥到蔷薇亭去了。待进入亭内,只见谢安已独自在座,中间一张石桌上,已搁着一把锡制酒壶,一盘切好的肉。桌旁生着一盆炭火,火焰熊熊,噼啪作响。那亭子挺大。四周白雪纷纷,亭内却干燥如常。见众人进入亭内,谢安便令依次坐下。谢朗为大,坐了上首,谢玄、谢琰坐了下首。侄女谢道韫聪颖可爱,谢安视其为掌上明珠,格外喜爱,就令她坐于近旁。分拨停当,谢安笑道:"今天叫你等过来,猜我要做什么?"

侄儿谢朗道:"明摆着的,不过是吃些肉,喝些热酒,快活快活。"

谢安笑道:"只是说对一半。"

儿子谢琰道:"莫非欣赏雪景?"

谢安道:"也不全对。"

谢玄道:"依侄儿之见,叔叔这些酒肉,岂是容易吃的,必定要动些脑筋,费些气力,白吃白喝是不可能的。"

谢安抚掌笑道:"还是遏儿聪明。你等听着,今日来此,一是赏雪,一是接诗,若胜,得酒一杯,肉一块;若败,于雪地罚站。"

谢朗道:"多久?"

谢安道:"不多,也就半个时辰。"

谢朗吐了下舌头道:"乖乖,既如此,侄儿便不吃这酒肉了。"

谢安笑道:"不吃又怎样?"

谢朗道:"回房睡觉去。"

谢琰扯住道:"你要走,太便当。"

众人皆大笑,谢朗嘟囔道:"你也别扯我,这儿我最笨,这罚站的事,想必定是我的了。"

谢道韫笑道:"哥哥也太胆小了,诗还未吟成,怎么便知要罚站?况且叔叔说的话,怕是不能更改的。你也别心慌,但等叔叔出了题,便知分晓了。"

谢安笑道:"还是韫儿说得对。"遂起身,望着亭外纷纷扬扬的大雪,当即拟就一句道:"白雪纷纷何所似?"

众人你看我,我瞧你,一时不知如何接这句诗。忽然谢朗拍了下大腿,大叫道:"我有了。"

谢安道:"好,胡儿定然是佳句!"

谢朗道:"佳句倒也说不上,只是别罚站罢了。"

众人又笑他。谢道韫笑道:"哥哥们别笑,但只听他的,便知分晓了。"

谢朗咽了口唾沫,眼睛直直地盯着大伙道:"撒盐空中差可拟,可是佳句?"

众人一听,哄的一声笑了起来。谢玄、谢琰起哄道:"这句不好,这句不好,罚站,罚站。"

谢安道:"你等先别笑,胡儿敢率先接诗,勇气可嘉。况谁胜谁负,尚未定论,怎可贸然罚站?"说毕,他双目直视儿子,只是冷笑。你道为何?原来这谢安有个用意,他今天要趁机为难儿子。难他作甚?原来,这谢琰什么都好,只一桩不是,平时只喜欢舞刀弄枪,骑马射箭,就是不喜文墨。谢安早想当众羞他,只是没有机会。今天来了,也就不会放过他了。那谢琰见父亲只管瞧着自己,知道大事不好,心里一慌,赶紧把头别了过去,看那亭外的雪景。谢安瞧着,心里笑道:"小畜生,也学得十分狡猾了。"刚要叫他接诗,没料旁边的谢道韫先他开口了,道:"叔叔,侄女倒有一句。"

这谢道韫虽然年幼,却是个绝顶聪明之人,方才见叔叔只管盯着谢琰,便知道今天是要为难他。这谢琰肚里有多少货色,她心里最是清楚。若是当众出了丑,弟兄们取笑起来,怕是不好受的,遂于紧要之处站了出来,解了谢琰的围。谢安心里明白,忖道:"这个韫儿,看来要比哥哥们略胜一筹了。"遂笑道:"韫儿既有佳句,何不出示大家?"

谢道韫撒娇道:"侄女却又不敢。"

谢安道:"因何不敢?"

谢道韫道:"侄女怕罚。"

谢安笑道:"方才还劝过人家哩,怎的自己要接了,也怕了起来?"

谢朗在一旁忍不住,做了个怪脸道:"莫非怕冻坏了脸面,嫁不了郎君?"

众人又大笑。谢道韫跺脚道:"呸,你个嚼舌的,总无好听的话。"说毕就要打谢朗。谢安笑着扯住道:"你等也别取笑她,韫儿年纪最小,既敢当众站出来,必定有好诗,罚与不罚,为叔自有公论。"

谢朗又叫道:"妹妹也别慌,只是再想得周全些,免得冻坏了脸面。"

谢道韫啐了他一口,道:"谁要你多嘴。"众人拼命忍住笑,都说:"妹妹快接啊。"

谢道韫略一思忖道:"依我看,若要接叔叔这句诗,用'未若柳絮因风起'这句,也还对得上。"

谢安一听，连连叫好。叫毕，用手点着面前的几个小儿郎道："你等听听，几个须眉男儿，还不及韫儿这句诗好，羞也，羞也。"

众人听着，脸上自有愧色。还是谢琰胆大，瞧着谢朗道："爹爹，谁胜谁负，已有定论，为何不叫他去罚站？"

那谢朗一听，知道谢琰说的是谁，便要发作。谢安笑道："罚自要罚，不过尚早，再叫你等对些功课，也好见个分晓。"言讫，略一皱眉，道："大凡风流人物，总是有些本事，若能用四字囊括起来，说得对了，便是赢了。"

谢朗道："多一字不行吗？"

谢琰道："只你多嘴，四字便四字，怎的要多出一个字？"

谢道韫道："二位哥哥不要吵了，但听叔叔把话说完。"

众人这才止住。

谢安道："刘真长如何？"

谢朗道："莫非就是咱家那位叔叔？"

谢安道："正是他。"

原来，刘真长乃谢安夫人刘氏的兄长，故此谢朗叫他叔叔。

谢朗道："若是这叔叔，侄儿已想好了四个字。"

谢安道："是哪四个字，胡儿快说来。"

谢朗道："'清蔚简令'怎么样？"

谢安一听，点了点头，笑着道："这回胡儿该赢了。"

谢朗得意道："其实再说几个也无妨。"

众人都笑他。谢安道："王仲祖如何？"

谢琰抢答道："'温润恬和'也够了。"

谢安点点头。谢朗在旁嘟囔了一句，道："这句太一般。"

谢安道："桓温又如何？"

谢道韫小心翼翼接上道:"'高爽迈出'这句怎么样?"

谢安暗忖道:"这句倒不错。"复又道:"阮思旷如何?"谢琰刚想答,谢道韫抢答道:"'弘润通长'又如何?"

谢琰一脸不高兴。谢朗做个鬼脸道:"让你小阿妹一次。"

谢安笑道:"袁羊又如何?"

谢朗刚要答,却被谢琰抢去了,答:"'洮洮清便'又怎样?"

谢朗撇了撇嘴道:"也让你小阿弟一次。"

谢安又道:"殷洪远如何?"

谢道韫道:"'远有致思'怎么样?"

谢安笑道:"叔叔又如何?"

众人一听,便不吭声了。

谢朗道:"这便犯难了。"

谢安道:"难什么?"

谢朗道:"如何不犯难,方才那些大人,多是些不相识的人,且都又在别处,若是说错了,也不关甚痛痒。如今要说叔叔你,活脱脱就在眼面前,岂敢妄论啊。"

谢安笑道:"也不要你妄论,实说就是了。"

谢道韫抿着嘴笑了笑,对谢朗道:"要是说叔叔,自然要比方才的那些人高许多,只是一时半会儿也想不出好的词。还是请哥哥先说吧。"

谢朗道:"我知道你是个狐狸精,狡猾得很,你以为我不敢说?"

谢道韫激他道:"怕也不一定。"

谢朗也不睬她,只管皱着眉头想,众人都笑他。谢朗道:"你们也别笑,这句子有些眉目了,只是尚缺两个字。"众人越发笑。过了一会儿,谢朗一拍脑袋道:"有了。"

众人道:"快说。"

谢朗得意道:"要是说叔叔,用'天高皇帝远,快活如神仙'这十个字,是最合适了。"

谢琰道:"啥意思,且又多了六个字?"

谢朗道:"瞧你也真蠢,叔父非比常人,自然字就要比别人多。至于意思,是最明白不过的。叔父不恋官,不为利,整日里只在这东山上喝酒玩乐,连皇帝老子也管不着,你说快活不快活?"

众人一听谢朗这么说,知道这蠢汉又在胡说了,便都叫了起来,喝道:"胡说什么,还不住嘴。"喝毕,赶将过去,要拖他去雪地里罚站。那谢朗一边躲藏,一边大喊冤枉,道:"你等自个儿不说,别人说了,又要挑剔,是何道理?"

谢安见状,笑着连连道:"别急,别急,还有一题,由胡儿来答。"说毕,把脸转向谢朗,道:"胡儿,《毛诗》中何句最佳?若能对答得出,那受罚之事,也就免了。"

谢朗听了,搔搔头皮道:"叔叔,什么毛屎狗屎,莫非就是那面条儿粗细的玩意儿吗?"

众人一听,笑得差点岔过气去。谢安喝道:"你这厮也太没能耐,连《毛诗》也不知道,成何体统?今日若不是看在众兄妹的面上,定不饶你。"

谢朗一听,吓得脸都白了,蔫蔫地站在一旁,再不作声。

谢安道:"哪个来答?"

众人一见谢安脸色,哪个还敢作声,唯谢道韫不怕,道:"叔叔,依侄女之见,《毛诗》三百篇,莫若《大雅·烝民》篇中那句'吉甫作诵,穆如清风,仲山甫咏怀,以慰其心'为最佳。"

言未毕,只听旁边有一人在轻轻窃笑,众人一看,乃是谢玄。原来这谢玄自接诗至此,还未发过一言,不是他无诗可接,而是心中有气,不想理睬。你道为何?原来这谢玄年纪虽小,志气却高,心想叔叔平素对他十分器重,今日竟是如此冷淡,而对小妹却十分偏袒,总是处处庇护着她。更气人的是叔叔刚才说他们弟兄还不如小妹这个女子的诗好,真是岂有此理。故此越想越气,越想越怨,便忍不住脱口而出,要与小妹比试高低,道:"叔叔,至于《毛诗》中何句最佳,侄儿却另有主张。"

谢安一听,心中便已有数,微微笑道:"遏儿要么不说,说了定是高见。"

谢玄道:"以侄儿之见,《毛诗》中当属《诗经·小雅·采薇》篇为最佳,'昔我往矣,杨柳依依。今我来思,雨雪霏霏。行道迟迟,载渴载饥。我心伤悲,莫知我哀',不知叔叔意下如何?"

谢玄吟毕,便立在一旁,目视谢安。谢安脸露微笑,正要开口,没料那谢朗已忍耐不住,先叫了起来,道:"妙,妙,这句最妙。"原来这谢朗对叔叔也心生不满,心想叔叔今天如此捧着小妹,分明是瞧他们兄弟不起,方才见谢玄吟了《毛诗》,也不分好歹,便故意喝起彩来。

众人正待谢安说话,却不料谢安慢慢站起身来,踱到亭子一角,侧过头道:"孩儿们,今日赏雪吟诗,各有收益,罚站之事,下次再说,叔叔今日有点累了,要在这里静坐一会儿,你等暂先回房去吧。"

众儿郎一听,心里暗道:"这叔叔也是怪了,方才还是有说有笑的,十分开心。怎的一会儿便变了脸色,莫非有谁冲撞了他?"细细一想,却又没有。也不敢询问,一个个吐吐舌头,悄悄回房歇息去了。唯谢道韫温柔心细,临走时道:"叔叔,外面天冷,不可待得太久,当心着凉。"

谢安道:"韫儿放心,叔叔马上就回。"

众人一走,谢安便又回到亭中,坐回凳上,禁不住忧从中来。你道为何?原来谢安方才问众儿郎《毛诗》中何句最佳,本是想考考众人的学识,没想到侄儿谢玄竟吟出这几句诗来,着实令他吃了一惊。这《采薇》一篇,四十八句,一百九十二字,谢安早已背得滚瓜烂熟。尤其是最后八句,堪称全诗绝唱,足见遏儿目光高远,非他人可比。但此诗看似借景抒情,实则是厌恶军旅,不思征战。遏儿小小年纪,怎么会对这八句诗耿耿于怀,情有独钟?

却说谢安一个人在蔷薇亭里坐下站起,站起坐下。连风转了方向,把那鹅毛大雪刮进亭子也没觉察。

那厢谢玄这时也在自己房内坐立不安,一部兵书只读了一页便无心再读。原来这谢玄虽然年少,却心胸宽广,志向高远,早就想干一番冲天大业。无奈自己年少力薄,只好在叔叔腋下学些文武之道、杀敌本领,待自己长大以后,就像族中的前辈一样,跃马扬鞭,去征战沙场,为家国社稷建功立业。只是自己的叔叔,好像并无仕进之意,终日里只是饮酒赋诗,游山玩水,对朝廷的征召,能推则推,能躲则躲。由此他心中早生不满。可自己是晚辈,也不好直言,不想今日竟来了机会,便故意吟出这首诗来,以刺激叔叔,看他会有什么反应。

这叔侄俩一个这样思,一个那般想,不知不觉又过了数月。这日饭后,天色渐暗,谢安下山送走客人,折回山上,觉得十分无聊,便独自一人在书房弹起琴来。弹了一刻,甚觉无味,又读起书来,谁知那书只读了一页,便又读不下去,故而复又弹琴。

如此这般，反复数次，竟把夫人刘氏引了进来。这刘氏乃当朝名士丹杨尹刘惔之妹，温柔贤惠，聪敏有识，在当时，也是出名的女界人物。当下刘氏道："老爷，你今晚弹琴，全然不似以往，琴声时断时续，乱而不韵，这般心烦意乱，不知是何原因？"

谢安叹了口气道："无端心烦，也说不出个道理。"

刘氏道："莫非又在想出山之事？"

谢安道："一言难尽。"

刘氏道："老爷，容妾一言。想我谢氏一族，叔伯兄弟之中，多在朝廷建功立业，唯老爷一人久居东山，毫无出世之意。以妾之见，大丈夫既有报国之术，必欲立报国之志。老爷虽近不惑，正当盛年，若不为家国社稷计，也得顾及家门，转思仕进才是。"

谢安正色道："人各有志，难道大丈夫定要建功立业吗？出山之事，我自有谋划，夫人不必多言。"说毕，独自一人出门，往调马路方向去了。

刘氏见夫君这般神色，知其心里烦闷，也不便多说，只好叹息一声，吩咐了僮仆几句，要他过去陪伴谢安。刘氏刚要进房歇息，忽见从外面匆匆进来一人，进门就叫："阿妹且慢。"定睛一看，便笑了起来，道："原来是哥哥来了，快快请进。"

·第三章·

且说谢安夫人刘氏正要进房歇息,忽听到门口有人在叫,定睛一看,见是右军王羲之,于是请进书房,见过礼后,笑道:"右军哥哥来得正好。"

王羲之道:"阿妹此话怎讲?"

刘氏道:"方才正劝你那位兄弟,只是十分固执,如今生了闷气,一人往调马路方向去了,你却过去,劝他一劝,或许会听从你的。"

王羲之笑道:"劝他什么?"

刘氏道:"劝他出山,去朝廷做官,光宗耀祖啊。"

王羲之笑道:"阿妹可知小弟的经历吗?"

刘氏道:"怎么不知,当过临川太守、宁远将军、江州刺史,还当过会稽内史、右军将军,多得很哩。"

王羲之笑道:"还有呢?"

"还有,还有……"刘氏笑道,"我若说出来,你不能生气,若是小肚鸡肠,我不说也罢。"

王羲之道:"任凭阿妹说个痛快,哥哥听着就是。"

刘氏道:"说起你这位哥哥,要论文才韬略,在上山来的弟兄中,也是数一数二的。只是哥哥的秉性,小妹实在不敢恭维。"

王羲之"哦"了一声,脸色当即沉了下来,道:"请道其详。"

刘氏笑道:"你瞧你瞧,我道你真能忍耐,原来说到痛处,也就露出真面目了。"

王羲之笑道:"阿妹直说无妨,我听着便是。"

刘氏笑道:"你也不用掩饰,其实人都一样,若是说他好时,个个眉开眼笑,若是揭他短处,免不了心生不悦,左右掩饰。就说哥哥您,百般令人佩服,唯为人过于清高。放着好好的官儿不当,只顾图个快活,如今与我家老爷合成一伙,也变成个逍遥居士了。"

王羲之叹道:"官场的勾当,若如阿妹说得一般轻巧,倒也令人十分向往。只是那种明争暗斗、尔虞我诈,实在令人厌恶,故此要我劝说安石出山,恐无大效。"

说话之间,早有丫鬟提着灯笼,去调马路上找到谢安。谢安闻王羲之来了,慌忙过来,见过礼后,笑道:"你二人在说什么?这么投机?"

刘氏打趣道:"你耳朵没烫吗?正在说你呢。"

王羲之便把方才与刘氏说的话复述了一遍,谢安笑道:"原来是这个,说它作甚,免得自寻烦恼。"言毕,见王羲之风尘仆仆,有些疲惫,便命小厮备些香汤,叫他沐浴去了。又见他还未用膳,又叫僮仆们弄些酒菜,与他对饮起来。刘氏因有些困了,道了个安,先回房间歇息去了。二人饮了数杯,谢安道:"哥哥前番下山,一晃又是月余,今日匆匆而来,不知有何急事?"

王羲之道:"急事实有一桩,要请贤弟相助。"

谢安道:"你我兄弟之间,何必如此客套,有何急事,但说无妨。"

王羲之道:"明日三月初三,兰亭有个聚会,多是些书家好友,大家合在一处,叙叙别后的情谊,切磋些各自的技艺,众兄弟命弟前来，特邀兄长下山一走，不知兄长能否赏脸？"

谢安大喜道："兰亭聚会，自然是要去的，我明日便随哥哥下山。"

你道这谢安为何这般痛快，要去兰亭一走，其中有段缘故。原来这兰亭地处山阴之地，离这东山约有百十里水路，因兰溪与鉴湖相合，湖口有亭，故曰兰亭。昔谢安奉朝廷征召，赴扬州任职，在途中经过兰亭，见此处景色宜人，风光极佳，便去造访，从此便结下缘分，凡一年半载，总要去兰亭巡游一次。在扬州称疾辞职，回东山隐居后，去得更勤，少则一月，多则两月，邀些亲朋好友，或临川泛舫，文咏禊饮；或提笔挥毫，潇洒墨池。今日右军邀他共聚兰亭，自然十分高兴。当下二人又说了些话，见时将二更，遂命僮仆撤去残席，二人又吃了盅东山香茶，觉困意来了，正要各自歇息，忽听门外传来一阵吵闹之声，正在疑惑，一小厮匆匆来报，说门外有一讨饭老汉，定要求见山上的主人。

谢安道："无非是要些银两，给他一些不就是了。"

小厮道："银两给了，他却不要。"

谢安道："莫非欠多？"

小厮道："倒也不是，只说定要见山上的主人。"

谢安笑道："这又有些怪了。"遂命那人进来。只见是一个腌臜老儿，四十多岁年纪。旁边一位小女子，十三四岁光景，穿着一件纱衣，倒是生得剔透玲珑，娇小可爱，此刻正躲在老汉身后轻轻抽泣。谢安命人搬过凳子，请他二人坐下，道："动问老哥，你姓甚名谁，何处人氏？"

那老汉道："实告你这位兄长，老夫姓祝，名安，乃山西太原府人氏，先前也是一大户人家，后来因遭了盗劫，家中财物被抢个精光,浑家杨氏还被掳去做了那厮的压寨夫人。老汉无奈,便流落江南,一路要饭,到了此处。"

谢安道:"你可有亲友在此?"

那老汉道:"有是有的,还是叔伯兄弟,只是人家如今已是员外,家里有了万贯资财,便不认我这个穷亲戚了。"

王羲之道:"莫不是蔡岙的那个祝员外?"

老汉道:"正是他。"

谢安道:"他有个女儿祝英台,你可知道她?"

祝安道:"知道,论辈分,还是俺侄女,只可惜她已不在了。"

老汉背后那小妞探头道:"俺叫她姐姐。"

谢安道:"都说那祝英台女扮男装,去钱塘读书,与梁山伯义结金兰,后来学成归家,许下婚嫁之事。不料其父已将英台许与马家,二人遂成相思,一个病亡,一个殉情,可有此事?"

祝安道:"事是真的,朝廷还有御批,令将二人合葬一墓,了其心愿。只是此事传得远了,便变了模样!"

谢安笑道:"如何变了模样?"

祝安道:"说那山伯死后,英台适嫁马家。路过其墓,忽狂风大作,山崩地裂,那英台见了,毅然投入墓中,之后变成双蝶,遂又转世人间,你道奇也不奇。"

谢安笑道:"这个故事,若再传它三五百年,又不知会变成如何模样。"笑毕复又道:"不知老哥今来东山,有何事宜?"

祝安道:"不瞒兄长,老汉是来投奔一个人的。"

王羲之道:"他叫什么?"

旁边小女道:"叫谢安。"话音未落,那祝安就一巴掌拍过去,叱责道:"那爷的名字,可是你叫得的。"

小女子噘噘嘴,没敢哭出来。

谢安笑着道:"投他做什么?"

祝安道:"瞧你这兄长说的,这方圆数百里,纵横南北间,谁不知道他谢老爷大名。也不是俺老汉有能耐,只是俺这小女儿,小名祝女,为人聪敏,三岁上,她娘就教得她几个小曲儿。之后便自个儿揣摩,如今唱得也有些模样了。故此特来献于那谢老爷,做个小侍女使唤,烦闷时也好散散心。"

谢安一听,呵呵大笑。

王羲之笑道:"老哥,你可认得那谢老爷?"

祝安道:"我虽不识得谢老爷,可江湖上久传他是条好汉,不仅武艺高强,且又仗义疏财,扶危济困,是个顶天立地的大英雄,谁个不敬他?"

谢安朝王羲之眨眨眼,道:"又变了模样了。"

王羲之道:"你要见他吗?"

祝安道:"深更半夜的,爬上山来,自然想见他。"

王羲之指着谢安道:"老哥,远在千里,近在眼前,这个便是你要见的谢老爷。"

祝安惊愕道:"可是当真的?"

谢安笑道:"在下便是谢安。"

祝安一听,双膝一屈,纳头便拜,道:"适才甚是失礼,万望谢老爷恕罪。"话毕,频频磕头。

谢安慌忙扶住道:"初次相识,哪能受此大礼。"遂叫小厮端来茶水,令他坐下,道:"你父女二人千里迢迢,来投奔于我,若是瞧得起我,便在这山上住下,也不分什么主仆,你只替我管束那班僮仆小厮,都是些村野粗人,力气是有的,只是不懂礼仪规矩，亟须有人调教。"

祝安道："这个不难，老汉以前也曾学过几路拳脚，若有不听使唤的，好歹也能教训他一下。"

谢安笑道："好，好。"接着又问："老哥，你可种过庄稼？"

祝安道："老爷，种过的，我当年流落江南时，曾在会稽镜湖一带种过两年租地，初始尚好，后因潮水侵袭，租地坍塌，致作物颗粒无收，故一路乞讨，前来投奔老爷。"

谢安道："好，我在离此不远的东山湖畔有个庄园，约有良田千亩，现种着些稻谷、桑树、茶叶及四时果品，除供山上取用，多余的，都散给周边的农人。因庄园新建，园工又杂，偷盗毁损之事时有发生，亟须派人严加整肃，我拟派你前去，不知老哥意下如何？"

祝安道："老爷派我去整肃庄园，是抬举于我，我自然乐于前往。只是我这女儿……"祝安欲言又止，感到有些为难。

谢安明白他的意思，笑道："你女儿祝女，就留在山上。早晚服侍夫人，学些文墨女红，日后嫁个良人，托个终身，将来等你老了，也可为你送终。"

老汉一听，也不说话，伸手扯过女儿，纳头再拜。起来之后，谢安已命人取来十两碎银交与祝安。祝安哪里肯受，道："收留老汉，已是感激不尽，如何还能让老爷破费？"

谢安道："权表薄意，切勿推却，暂先置些衣物，之后每月的俸禄，由账房发给。"

说话之间，那后堂膳房的厨子，已端上一桌酒菜。祝安哪里肯吃。王羲之道："吃些薄酒，何足挂齿。"倒是那个祝女，许是肚子饿了，在二人拉扯之间，早已爬上凳子，抓了一块肥肉塞进嘴里。老汉瞪了女儿一眼,又在她脸上刮了一下,只好入席。

且说众人只顾饮酒,不知不觉,已是酒过三巡,菜上五味,谢安此前与王羲之已饮过多杯,现在接着再饮,三杯下去,便有些醉眼蒙眬了。忽然,他笑着问老汉道:"老哥,北方何物为胜?"

祝安打个饱嗝,道:"桑葚甜甘,鸱鸮革响,乳酪养性,人无妒心。"众人大笑。

王羲之复道:"北方驴多,我等未曾见过,不知遥想其形,当何近似?"

祝安乜斜着眼道:"头当似猪。"言毕复笑。

众人又取笑一阵,忽见窗子外面已射入一抹光亮。王羲之道:"兄长,东方白了。"

谢安道:"白了便好,你我也不必睡了,弄些醒酒的汤来吃了,早早打点行装,动身便是。"

那祝安见谢安和王羲之有公事在身,便起身告辞,谢安也不挽留,命人送去后房歇息。这里,仆人早为二人备好行李,牵出马匹。二人出了山门,下山之后,也不搭话,跨上坐骑,"驾"的一声喊,那马奋起前蹄,一声长嘶,飞奔而去。

且说谢安、王羲之挥动马鞭,沿着山阴大道一路飞奔,不足两个时辰,便到兰亭门外。这日兰亭内外,早已是人山人海。两人下得马来,正要寻条路走,忽然袖口被人扯住,扭头一看,见是支遁、孙绰等人。那和尚接过谢安的马缰道:"我等在此已恭候多时,不见二位到来,心里正犯嘀咕呢。"

王羲之便把昨晚祝安父女如何上山投奔谢安,谢安如何设酒宴款待等事述说一遍。和尚笑道:"原来如此。"

众人说着,已到了曲水亭内。这曲水亭乃当年王羲之任会稽内史时所筑。原来这山阴一带有个风俗,若家有不幸,需祓除不祥,就要找个去处,或漆或洧,或洛或瀰,只需一曲清流,自可临川泛觞,文咏禊饮,图个吉祥。后来那右军常居兰亭,于一池旁苦习书法,见池旁有一水蜿蜒,忽有所悟,遂在近旁勒石筑亭,并种修竹千竿,使之环绕左右,供人观赏,久而久之,便成一处游玩胜地。

当下众人进入亭内,门口早有小厮接着,依次领众人入席,桌上已摆满了果品、点心,众人边谈边吃,约莫过了半个时辰,有一人过来,在王羲之耳边嘀咕几句,王羲之说了声:"好。"

那人便大喊一声:"各位请。"

众人便立起身来,穿过墨池、鹅池,最后来到书堂。早有人在堂内一字铺开桌子,桌上两端全是些文房四宝。

支遁和尚见状叹道:"观这兰亭,果是个清静去处,若能在此地做个官儿,倒也快活,只可叹那书呆子如何竟动了怪念,将那一应官职统统辞去,只顾与安石在东山逍遥。"

旁边王羲之笑道:"那官场中的事,岂是你和尚知道的?"

和尚道:"你以为我不知你底细?"

王羲之道:"啥底细?"

和尚把嘴凑到王羲之耳边,悄悄嘀咕了几句。

王羲之一听,连连跺脚道:"这个和尚,实在该打。"说着,拿起桌上的镇纸石,就要击他光头,和尚告饶道:"书呆子,这个使不得,这个使不得。"

二人正在笑闹,忽听得一小厮在那边喊:"众位老爷,这里有个规矩,握笔的手总得干净些,不能太腌臜了。"于是众人过去,依次于盆中净了手。

王羲之这时道:"众兄弟,今日兰亭聚会,实是一桩盛事,虽无丝竹管弦之声,然一觞一咏,足可以畅叙幽情,各位也不必拘谨,只管甩开手腕,于咫尺之中掀波助澜,以显我等书风,若是袖手旁观,便要罚酒三升。"

众人都笑,支遁和尚叫道:"罚酒贫僧倒也不怕,只是写得不好,又会如何处置?"

王羲之笑道:"这有何难,只管在旁磨墨就是了。"

和尚道:"这书呆子也太狂妄了。"众人又笑。

谢安道:"其实支公草书也写得极好,各位一刻便可知道。"

说话时,王羲之已摊开纸笔,直视众人道:"哪位开笔?"

众人没敢趋前,旁边孙绰道:"以弟之见,安石兄所书,草、正并驱,隶、行共进,且运笔奇特,纵任自如,有螭盘虎踞之势,宜应率先开笔。"

谢安正要推辞,王羲之道:"安石德望高重,艺术精通,今日开笔,理当应该,何必推辞?"

谢安一想,知道推辞不掉,便笑道:"也罢,既然众兄弟如此器重小弟,小弟便先献丑了。"说毕,挽起袖口,凝神片刻,然后扭动手腕,书就两行草书,众人一看,乃是曹子建所作《箜篌引》中的两句诗:"生存华屋处,零落归山丘。"笔力雄健,龙飞凤舞。众人喝彩,只有那和尚在一旁一言不发,脸色凝重。

早有小厮把那幅字于廊柱中挂了起来,谢安一看,连连笑道:"献丑,献丑。"言毕把笔搁下,笑道:"诸位,小弟有句话说,若是论当今书法,便是右军第一,故此今天这兰亭聚会之序,宜由他来书写,不知众兄弟意下如何?"

许询在旁道:"这样最好,临川兄之书,当今之世,无出其右。这兰亭之序，是非他莫属的。"

原来论起书法，这王羲之实要比谢安胜出一筹。当年太尉郗鉴令门生去王家求婿，羲之父王导命他去东厢房自选。见那王家诸兄皆在其内，闻有人挑婿，多有矜持之色，唯有一人在桌旁坦腹裸胸，挥笔作书，不闻不声。门生回禀郗鉴，郗鉴道："此人正是吾婿。"遂以小女妻之。此人就是王羲之。后来王羲之官拜会稽内史、右军将军等职，虽入官场，然更爱书法。会稽老幼无人不晓。时有友人庾翼，常与王羲之有书信往来，有次书云："吾昔有伯英章草十纸，过江颠沛，遂乃遗失，尝叹妙迹永绝，忽见足下之书，焕若神明，顿还旧观。"足见他的书法之精湛了。

王羲之见谢安推奉自己，也不推辞，潇洒一笑，便铺开蚕纸，提起鼠须笔，手腕一拧，写了下去。

永和九年，岁在癸丑，暮春之初，会于会稽山阴之兰亭。修禊事也。群贤毕至，少长咸集。此地有崇山峻岭，茂林修竹，又有清流激湍，映带左右，引以为流觞曲水，列坐其次。虽无丝竹管弦之盛，一觞一咏，亦足以畅叙幽情。

是日也，天朗气清，惠风和畅。仰观宇宙之大，俯察品类之盛，所以游目骋怀，足以极视听之娱，信可乐也。

夫人之相与，俯仰一世，或取诸怀抱，悟言一室之内；或因寄所托，放浪形骸之外。虽趣舍万殊，静躁不同，当其欣于所遇，暂得于己，快然自足，不知老之将至；及其所之既倦，情随事迁，感慨系之矣。向之所欣，俯仰之间，已为陈迹，犹不能不以之兴怀，况修短随化，终期于尽。古人云："死生亦大矣。"岂不痛哉！

每览昔人兴感之由，若合一契，未尝不临文嗟悼，不能喻之于怀。固知一死生为虚诞，齐彭殇为妄作，后之视今，亦犹今之视昔，悲夫！故列叙时人，录其所述，虽世殊事异，所以兴怀，其致一也。后之览者，亦将有感于斯文。

王羲之书毕，也不复再读，把笔一扔，呵呵笑道："献丑，献丑。"那谢安在旁，看得都已呆了。这时上来几个小厮，把那幅长卷移到廊下，让风吹得干些。

这里孙绰、许询、支遁、孙统、徐丰之、王凝之、郗昙等人也都上前，写了几幅，虽笔法不一，也是各有千秋。内中有个余姚秀才，自称其书法为乡下第一，到了兰亭，才知是山外有山，天外有天，于是心生胆怯，众人极力怂恿，他就是不敢出手，便罚酒三升，灌得他酩酊大醉。众人正在取乐，忽听得外面起了一阵吵闹，有人大叫："拦住他，拦住他。"

谢安一听，不知外面出了何事，出去一看，只见有人骑着一匹黑马，朝这书堂飞奔而来，把那两边茶摊果子摊的桌凳也踢翻了几处。那人跑得近了，远远便喊："老爷，老爷。"

且说这日兰亭内外，真是万头攒动，各种声音掺和一起，十分嘈杂。而那前来游玩的人中，不少是些官头脑儿，在家都称老爷。故此，即便那人叫歪了嘴巴，喊破了嗓门，喊了一千个一万个"老爷"，也不知道究竟喊谁。直至那人看到谢安，从马上翻滚下来，一把扯住他的袖子，谢安才看清是刚来东山的管家祝安。见他这般模样，不禁大吃一惊，连忙把他拉到一个僻静处，问道："老哥，怎么是你，何事这般惊慌？"

那祝安喘息一会儿，慢慢缓过神来，道："老爷，夫人请你速速回山，朝廷又遣差人来了。"

谢安一听，已明白三分，遂走到众人跟前，拱拱手道："诸位，小弟家中有些急事，先自告辞了，抱歉，抱歉。"说毕，飞身上马，两腿一夹，朝亭子外奔去。后面的祝安紧紧跟上。

谢安一走，那支遁和尚与王羲之等道："安石此去，恐怕离出山之日，为时不远了，诸位暂且在此应酬，贫僧也要回沃洲山去了。"遂走出亭外，飞身上马，朝沃洲山方向奔去。

且不说谢安自离开兰亭，快马加鞭，一刻也不敢停留，飞也似朝东山奔去。单说那东山之上，这时已是乌云密布，整个山上，人人心惊肉跳，个个战战兢兢。想那以往朝廷来人，不论官职大小，总是满脸堆笑，极重礼仪。而今天这人，却是满面横肉，眼露凶光，上山之后，也不说话，气势汹汹地直奔谢安的书房。这山上的人，哪里见过这种场面。有几个胆小的女子，早躲进自己的房里，不敢出来。唯谢朗、谢琰、谢玄等一干愣头小子并不惧怕，早把宝剑长枪取了出来，伺机要将那差人的狗头剁下来，喂家中的狗吃。亏得夫人刘氏发现得早，将众人痛骂一顿，并将他们反锁上门。这刘氏出身官宦世家，哪种场面没有见过？然夫君不在山上，总觉心中没底，况一个女流之辈，在朝廷差人面前抛头露面，总也不妥。故只好一面派些伶俐艺伎与那差人周旋；一面遣祝安速去兰亭禀报夫君，叫他即刻回山，自己则在蔷薇洞前等候于他。直至见到那大路之上有两匹快马飞奔而来，才松下一口气来，对身旁的侍女道："快去备些热水，待老爷一到，即可洗漱。"

那刘氏把侍女打发不久，谢安就上山来了，刘氏接着便把朝廷差人如何急着见他，山上众人如何惊慌，谢朗等人如何要将差人杀了等事约略说了一遍。

谢安道:"差人现在何处?"

刘氏道:"正在明月堂吃喝,我已遣数名女子陪他,此刻怕也不会寂寞,老爷不如先去洗洗再去见他。"

谢安道:"这恐不妥,我前番已有回书奏与圣上,不意朝廷。今日又遣差人前来,恐怕凶多吉少。不过夫人也不必惊慌,暂且回房歇息,待我进去,一刻便可知晓。"

当下,谢安整顿衣冠,也不慌张,慢腾腾朝明月堂走去。那差人此刻已有三分醉意,正搂着一个胖胖的艺伎,往她的嘴里灌酒,疙瘩似的一身横肉,倒也结实,胸脯下面露出些黑肚皮来。那艺伎哪里见过这等粗劣野蛮之人,见着便要恶心,但碍着是朝廷差人,也不敢得罪,只好强装欢颜,将就着吃些。见谢安来了,便似来了救星,从那差人怀里钻脱出来,道:"大人,老爷来了。"言未毕,便一溜烟逃回后房去了。

那差人见谢安来了,便装得正经起来,站起来后,板着脸喝道:"谢安听旨。"

谢安一怔,连忙跪下,道:"谨候钧旨。"

那差人便从袖中摸出一方圣旨,展开以后,读了下去,大意是:如今社稷艰危,强敌扰境,国之难,亦民之难,国之责,亦乃民之责。然卿安卧东山,以奢靡为荣,以放诞为贤,朝廷数有征召,卿却屡辞不就。实有罪,理应禁锢终身,但念卿之大才,望能思及前过,仕出东山,此乃国之幸甚,民之幸甚,亦卿之幸甚……

那差人读毕,就在太师椅上坐下,冷冰冰道:"谢安,你打算何时出山,有个时日,下官回去,也好禀告皇上。"

谢安起来,与他作了个揖,道:"大人,出山之事,待在下三思后,再容禀报。"

那差人一听,呼地起身,怪声怪气地道:"谢安,你屡次三番敷衍朝廷,莫非要得个欺君之罪?此次再不出山,莫怪皇法不容。"说毕,鼻孔中哼了一声,连个招呼也不打,气呼呼下山去了。

第四章

且说谢安自送走那朝廷差人，整日里只是闷闷不乐，玩也无趣，食也无味。不知不觉，又过了许多时日。这日雨后初晴，山上景色极佳。谢安牵出马来，往那调马路上遛了一圈，甚觉无聊，便又回到书房，读起书来，读了两页，也觉无趣，刚要在榻上闭目养神，忽觉门外竹帘一动，露出一张脸来。谢安定睛一看，乃是祝女。

原来这祝女自上山以后，才及数月，便调养得体态轻盈，姿容昳丽，举止之间，百媚生娇。而且性情乖巧，应对机敏。这令谢安十分宠她。日子一久，谢安便冷淡了东山上那班艺伎。原来这谢安什么都好，却有一桩不是，就是凡有看中的女子，总要花些银两，把她买上山来，好生养着，教她弹琴赋歌，知书识字。待脱了村野俗气，便叫她出来表演才艺。如今山上也蓄着八九个这等女子。内中有一名叫柳飞的，性格极刚烈，乃扬州人氏，早年跟随爹爹在江阴一带卖艺，后来爹爹被一当地泼皮踢死，她便流落风尘。十四岁上梳拢过了，一时名震秦淮。无奈所接客人，多是些公子王孙、经营商贾。后仰谢安之名，一人投奔东山，果然极受谢安器重，在山上学些琴棋书画、歌舞伎艺。友朋上山时，谢安便令她做些乐舞表演，深得众人赏识。不料自祝女来了之后，这谢安便把一门心思全都用在她的身上。柳飞想自己已人老珠黄，总不能长久待在山上，依附他人，遂趁人不备，不辞而别,下山去了。待谢安得知,派人去追,那柳飞早已去得远了。

当下,谢安见祝女在门外探头探脑,便不觉喜道:"祝女为何不进门来?"

祝女道:"夫人叫奴婢来照看老爷,勿忘了喝那参汤,刚才见老爷正闭目养神,所以不敢吵动。"

谢安笑道:"老爷此刻不是已经醒了?"

那祝女一听,方才抿了抿嘴,进得屋来。谢安道:"几日不见,你便又养得好了许多。"

祝女道:"这是东山的人好、水好,想当初爹爹与奴婢沿路卖唱,只能换些粗劣的吃食,乞丐一般,自然无法调养。如今在老爷底下,像小鸡儿一般,吃也不愁,穿也不愁,事事总有人护着,自然吃得好看起来。只是老爷这般恩情,奴婢如何才能偿还得清?"说着,那小眼儿便红了起来。

谢安见状,不觉心疼起来,道:"你也不必这样,好日子还在后头,待你长大以后,老爷为你找个如意郎君,完了姻缘,也好白头到老,共享天伦之乐。"

谁知那祝女一听,连连摇头道:"老爷,奴婢风尘残质,今蒙如此大恩,早晚总要报效,所以情愿陪伴左右,服侍老爷终身,至于婚嫁之事,是断断不从的。"

谢安一听,笑道:"你小小年纪,便有这等心思,也真难为你了。"

二人只顾说话,忽听外面有人咳了一声,祝女一听,便要起身,谢安道:"不必惊慌。"说毕就朝门外叫道:"夫人请进。"

门外那人果是刘氏。原来这刘氏虽是女流,但肚量极大,自从嫁与谢安,见他蓄纳艺伎,耽于女乐,要是换了别人,早已醋性大发,闹得天翻地覆,唯她却不以为然。且常与人道:"夫妇之礼,男正位乎外,女正位乎内,像这等男欢女乐之事,原是极自然的事,女流之辈,何消问得!"方才她听夫君正与祝女调笑,本要走了进去,恐祝女年小,羞怯不起,所以先咳嗽一声,提醒他们。见夫君唤她,知道没什么尴尬,才进入门来。

那祝女一见夫人进来,小脸儿早羞得飞红,一溜烟儿跑了。

谢安笑道:"我俩正说得高兴,你却来了,也真扫兴。"

刘氏笑道:"我也没有打扰你们,只管说话就是了。"坐下之后,刘氏见那碗参汤还未喝下,便命丫鬟取过一只暖锅,在房里重又炖了,嘱谢安喝下,刚要起身回房,忽然管家祝安来报:"谢万老爷来了,现在白云堂喝茶。"

谢安一听,慌忙从榻上起来,约略整了下衣冠,便朝白云堂走去,到了那儿,果见谢万正与众人说笑,于是兄弟见礼。谢安道:"阿万上次下山,距今已有数月,怎的不见有书信往来,令我天天为你担忧。"

谢万道:"哥哥不知,弟自上次下山去后,边关战事频繁,有时一日三战。那员番将,甚是厉害,天天都来挑战骂城,为弟既为主帅,哪敢有半点懈怠。"

谢安点头道:"这倒也是。"说话间,不知不觉已到了掌灯时分,有僮仆这时端上了酒菜,谢万一看,是一盘煨虎肉、一盘炖山鸡、一盘炒泥鳅、一盘蒸千张。还有肥鹅嫩鸡、时鲜蔬菜,摆了满满一桌。于是笑道:"哥哥,你我二人,怎消受得了这桌酒菜。"

谢安道:"这几样时鲜蔬菜,都是你爱吃的,那盘虎肉还是新鲜的。这虎也是活该,不知从哪里受了箭伤,逃到山上,躲在一处茅坑里面。恰巧那天有一小厮去坑里解手,刚刚脱了裤子,便觉有股热气从旁扑来,扭头一看,见这虎竟伏在旁边,便一声不吭,吓昏过去。这虎也怪,竟不吃他,后被胡儿发现,用刀捅死。今天这肉,是腿上的一块,极精瘦鲜嫩。"

谢万笑道:"这虎也真善良。要是被我遇着,定要放它归山的。"二人说笑着,不知不觉已饮下数杯,谢安才把话扯到正题,道:"阿万这次回来,莫非有紧要事体?"

谢万道:"并无什么大事,只是来看看哥嫂。"

谢安道:"边关战事趋紧,阿万还是早日回去,切不可掉以轻心。"

谢万道:"哥哥只管放心,那番将虽然厉害,总不是为弟对手。前番一次大战,已杀得他死伤过半,退回本境去了。"

谢安劝道:"阿万,你才流精通,武艺高强,也是国家一根栋梁。但古人曰:一支难顶大厦。你身为主帅,平素却从不体恤军心,察其劳苦,反而矜豪傲物,啸咏自高,又常鞭笞部下,如果不改,众将必生怨恨。万一战事险恶,怎能叫他们为你冲锋陷阵,拼死效命?为兄甚为忧虑。"

谢万笑道:"哥哥言重了,以弟的武艺,于百万军中取上将首级,如囊中取物。众将虽有怨气,谁敢不服?"

谢安一听,正色道:"皇法无亲,你虽战功卓著,万一兵败,必将前功尽弃,不仅弟要遗憾终生,就是谢家门面,亦要一落,那时悔之晚矣。"

谢万哪里肯听,但碍于兄长的面子,便胡乱应付了几句。这样又饮了数杯,看看夜色已深,便各自回房歇息。

这次谢万来东山看望哥嫂,本想在山上好好歇息几日。不料哥嫂整日只是规劝,甚是腻烦。他便找个借口,告辞兄嫂,要回营去。谢安也不挽留,只道:"阿万稍等。"说毕回到自己房中,一刻出来,道:"我来送你一程。"

当下二人下了山来,骑上马后,沿曹娥江江道行了二三里路,谢万道:"哥哥远了,请回去吧。"

谢安道:"不妨再送一程。"

又过了好几里地,谢万道:"哥哥不必再送了,常言道'送君千里,终有一别'。"

谢安道:"容我再送一程。"

谢万无奈,二人又行得一二里地,忽见前面有一座竹楼,右旁东山,左濒娥江,楼侧悉是修竹,森耸可爱。谢万道:"好个去处。"

谢安笑道:"这是新开的酒肆,何不进去饮它几杯?"二人遂下得马来,进入店内。酒保上来,把竹椅竹桌用净布抹了,笑道:"不知老爷到来,小的有失远迎,还望恕罪。"

谢安道:"都是自家之人,何必客气,但只弄些新鲜盘馔、果品、菜蔬上来,再打两壶黄酒,要陈些的。"

酒保应了一声,正要离去,又回过头来对谢安道:"对了,老爷,后天是曹娥娘娘的庙会,庙祝想请老爷过来主持庙会,还要在这酒楼宴请四方宾客,不知老爷能否赏光?"

谢安道:"曹娥娘娘的庙会,我自然是要来的。"

酒保高兴地向谢安鞠了一躬,转身走了。

谢万道:"这个酒家有些特别,不知何人所开?"

谢安笑道:"这东山的地盘,除了你哥哥,还有何人?"

谢万大喜,道:"这里地处要冲,在这里开个酒家,哥哥真是独具慧眼。"

说话间，酒保上来，把两只碗、两双筷、数碟菜、两壶酒尽数放在二人面前。为二位主人筛上酒后，酒保笑道："这是刚开鬏的女儿酒，少说也有十七八年了，吃了极生气力，二位老爷只管喝。"

谢万喝了口，赞道："真是好酒。"

二人各喝了三五碗，忽酒保上来，笑道："二位老爷都在，这新开酒楼万事俱备，只缺一样东西，小人做不得主，请二位老爷定夺。"

谢安道："是何东西，这么紧要？"

酒保道："您说紧要，却是件极简单的事，您说不紧要，却又少不得它。"

谢万笑道："你这酒保，真会饶舌。怎的啰里啰唆，不直说出来？"

酒保道："其实是这酒楼的名字尚未取好，小人所以着急。"

谢万笑道："这有何难，待我想来。"略一思忖，道："临江楼如何？"

酒保道："好是好，只是这名字在这东山一地，少说也有六七处了。"

谢万道："修竹馆如何？"

酒保道："四老爷，这个文了些，不像酒家的名。"

谢万笑道："你这个小二，黑黑的，倒也懂得些文墨。"复笑道："乌龟楼如何？"

酒保吃惊道："如何竟取这个名？"

谢万道："这楼状似乌龟，故而取其名。"

酒保大笑道:"若取这个名,这酒家迟早要倒灶。"

谢万道:"怎么会倒灶?"

酒保道:"四老爷不知,这会稽一带有一个说法,若一家男人被别人勾去了老婆,这男人便叫作乌龟。故此这名极腌臜,怎的可取它。"

谢万泄气道:"你这酒保也太难弄,怎么取个名,便这般的纠缠。罢了,你自个儿取吧,我不管了。"言毕,端起面前的一碗酒,咕噜咕噜一饮而尽。

谢安冷笑道:"区区一个名,又有何难哉?"遂从袖中取出一方纸,摊于桌上道:"我已为你写好酒家的名字,不知合意否?"

酒保一看,乃"别将楼"三字,笑道:"这个名字,才有味了。"

谢万惊道:"哥哥为何取这名字?好不吉利。"

谢安道:"此名虽不吉利,但能醒人。贤弟,你此一去,必凶多吉少,你若能记住这'别将楼'三字,方保无虞。若是忘了,你我将永别矣。"言毕起身,策马而回。

谢万忖道:"咱家这位哥哥,怎么变得神神道道的,我好端端的,怎么会凶多吉少?又怎么会与哥哥'永别'呢?"遂不在意,与那酒保打个招呼,过江去了。

且说谢万在路上行了多日,这日回到营盘便接到朝廷圣旨,新任他为西中郎将,监督司、豫、冀、并四州军事,领豫州刺史。谢万得旨,好不高兴,心里只笑话哥哥胆小。于是大开筵席,与那几个心腹连醉三日,却把前方那一干将领撇在一边,不予理睬。这日酒醉未醒,便下令拔营起寨,往山茌进发,去攻燕军。那些将士跟在后面,只顾冷笑。你道为何?原来那山茌乃燕军重地,原来由燕泰山太守贾坚把守,后山茌被晋北中郎将荀羡攻入，擒了贾坚。这贾坚的祖、父均为晋臣，唯他在燕做官。荀羡便着人去劝他降顺，道："君世代事晋，不应忘本归顺。"不料那贾坚道："晋自弃中原，并非我贾坚甘心忘本，今既身为燕臣，怎得再思变节。"荀羡再使其母劝降，贾坚便闭目不睬，七日不食，绝粒而死。贾坚死后，燕国怎肯罢休？便遣大将慕容尘、司马悦来夺山茌。两军对垒，战不数日，那荀羡连连失利，只好逃走。山茌复被燕军夺去。那荀羡从此愤懑成病，上书朝廷，遣人以代己职，把这块难啃的骨头扔与谢万。那谢万只图升官，哪知这内中的险恶，一路欢天喜地，耀武扬威。只有众将知道，谢万的才具远不及荀羡。荀羡尚且败北，他能独胜？由此，那众将与主帅，遂已生了二心。谢万自然不知。到了山茌，已是午夜时分。队伍扎下营寨，众将士正要生火造饭，被谢万发现，他竟不由分说，喝令大家统去睡觉，不得造饭。有个伙夫，动作慢了一些，谢万便举起马鞭劈脸就打，众将士见状，皆咬牙切齿，愤愤不平。

这样又过了数日，那山茌守将慕容尘、司马悦见谢万来势凶猛，便紧闭城门，不与交战。由此谢万越发趾高气扬，整日里只令一些军士赤膊脱裤，在城下辱骂，要引他交战。这日，谢万正在中军帐内独饮，忽有小卒送来书信一封，拆开一看，乃王羲之所书，曰："以君迈往不屑之韵，而俯同群僻，诚难为意也。然所谓通识，正自当随事行藏，乃为远耳。愿君每与士之下者同，则尽善矣。食不二味，居不重席，此复何有？而古人以为美谈。济否所由，实在积小以致高大，君其存之！"谢万读毕，把信扔于桌上，呵呵笑道："右军所虑，实在多此一举，阿万岂是小儿辈？"

且说那谢万与燕将慕容尘、司马悦在山茌相持数月，那慕容尘十分狡猾，见谢万兵众将广，自己不是他的敌手，任你谩骂也好,挑战也好,就是闭关不出。谢万正攻城不下,忽闻晋将诸葛攸,起水陆兵士二万余人,前往伐燕,与燕将上庸王慕容评大战数月,兵败东阿。慕容评乘胜追击,围攻东阿,且已分兵进窥河、洛。建康震惊,急令谢万出驻下蔡,北中郎将郗昙出驻高平,以阻慕容评南进。

谢万领命,当晚就升起营帐,一面饮酒,一面执鞭,指麾四座。先遣征房将军刘建修治马头城池,令虎威将军王栋起运粮草,又令偏将张弓清扫辎重。那张弓有些耳聋,出班稍迟,谢万起身,用那酒杯劈头盖脸砸将过去,正中张弓鼻梁,顿时血流如注。张弓跪哭道:"主帅,末将张弓随你转战南北,几经生死,左耳患疾,你岂是不知?今日无端受辱,末将心已破碎,愿主帅好自为之。"言毕,拔出佩剑,只在脖上一抹,那一腔热血便冲到帐顶。众将一见,皆掩面痛哭。谢万大怒,拔剑在手道:"谁敢唏嘘,立斩不赦。"众将这才止住,心下实在愤恨。当晚启程,谢万自为先锋,率众进入涡颍,以援洛阳。不料还未抵达,那高平守将郗昙,因得了泻疾,久治不愈,便退还彭城。谢万见其兵退,以为是贼盛致退,不禁惶骇。正在犹豫,那众将见状,哪里还愿趋前,恨不得将他杀了,只是看在谢安的面上,才饶他一命。当下,趁一个空当,呼啦一声,统皆散去。谢万见状,连忙大呼,然这种时候,还有谁人听他?不足半个时辰,只剩得他光杆一个,心里想想也觉得害怕,便跟着一干人马,落荒而逃,及至逃回军中,才知是虚惊一场。

早有消息四下传开。这日谢安正与夫人、祝女在蔷薇洞品茗,忽见那管家祝安连滚带爬从山下奔来,一见到谢安,扑通一声跪倒在地,大哭道:"老爷,大事不好了。奴才奉老爷之命,去四老爷营中探听消息，不料行至半途，便听沿途百姓都在传言，四老爷兵败洛阳，已被押回朝廷。"

谢安也不慌张，从容问道："何时兵败？"

祝安道："大约就在半月之前。"

谢安又道："因何兵败？"

祝安擦把泪道："一时还无消息，奴才已遣数人前去探听虚实，马上就可回的。"

这里刘氏听闻四弟兵败，早已哭得死去活来，几次昏厥。亏得祝女在旁，揉胸捶背，大声呼唤，方才把她救醒，扶回房里去了。

刘氏刚走，那派出去的几个家丁才陆续赶回，都道："前日朝廷已下了诏旨，此次兵退，高平守将郗昙因疾自退，虽未经准可，然权可原谅，降为建武将军。西中郎将谢万无故自败，罪难轻饶，本应斩首。但念及谢门世代勋劳，以功抵罪，着即废为庶人，限日出京，永世不得为官。"

谢安闻报，仰天叹道："阿万此生完矣。"不觉黯然泪下。

且说这日，谢安因心中烦闷，便偕夫人到前山一断崖边游玩。这断崖在曹娥江一侧，崖下有一巨石，斜指半空，下临大江，望之若倾，有将崩江中之感。早先此石并无名字，只因这年来了一位和尚，在这巨石下遇着正在垂钓的谢安，谢安询以石名，和尚笑而不答，只用一杆树枝，在地上划了几下，谢安一看，乃"指石"二字。待再看那和尚，已自飘然而去，从此这指石便有了些名声。凡来东山之人，总要来此观赏一番。

当下二人找个去处坐下。这日天气晴好，山上无雾，站在崖边，可见崖下紫气氤氲，崖下半山腰中，那指石临江凸出，气势磅礴。

刘氏道:"老爷,久闻这指石下有处深潭,极有肥鱼可钓,可是真的?"

谢安道:"这是真的,只是这鱼有个传说,夫人是否知道?"

刘氏道:"有什么传说?"

谢安道:"这事又要说到菩萨。说是那年,南海观世音菩萨路经此处,透过祥云,见有一名少年在这潭边钓鱼,边钓边哭,觉得有些蹊跷,便按下云头,变成一名老者,问少年因何而哭。少年称家中老母病重,极想吃鱼,可钓了半日,不见一鱼上钩,所以悲伤。菩萨一听,笑道:'这有何难。'遂一甩拂尘,往那潭中抛下一条大鱼。钓起鱼后,菩萨见那少年鱼篓扁窄,放置不进,便走上前去,往那鱼上踩了一脚,那鱼遂成扁形。自此以后,这潭中之鱼多呈扁形。"

刘氏一听,笑道:"这个传说,便如真的一般。"

二人正说得开心,忽见山下起了一阵尘土,仔细看时,见有几匹快马从山下的江边飞奔而来。很快便有几人上得山来,只见为首一人,一副书生打扮,两绺银白美髯飘在胸前,后面几个军士,个个膀大腰圆,十分凶悍。谢安正在细看,不料旁边的刘氏早吓得变了脸色,道:"老爷,瞧这干人马,样子凶恶,怕是来者不善。老爷不如寻个隐蔽去处,躲藏起来。"

谢安道:"夫人,这一介文弱书生,区区几个兵丁,何惧之有?夫人只管放心,但看我来对付便了。"言犹未毕,那一干人马,已经来到面前。为首那个书生,一见谢安,便快步奔到跟前作了个揖,笑道:"安石兄别来无恙。"

谢安定睛一看,呵呵大笑。你道来者何人?原来是侍中王坦之。谢安连忙上前,执住他的手道:"呵呵,老友远来,安石有失远迎,还望文度兄恕罪。"

王坦之笑道:"兄弟相见,何罪之有。只是兄长在这东山隐居,神仙一般快活,也太自在了些,为弟倒是有些嫉妒了。"

谢安笑道:"贤弟若有兴致,不妨也来这里做个隐士,你我朝夕相伴,岂不快活。"

王坦之笑道:"那样圣上怪罪下来,你更担待不起!"言毕,见夫人刘氏在旁,作个揖道:"嫂夫人一向可好?"

刘氏还礼道:"托兄长的福,还算好的,只是常受惊吓之苦。方才见兄长一干人马,直奔山上而来,后面几个弟兄,煞是威风,总以为又有什么祸水,直至见到兄长,才算定下心来。"

王坦之笑道:"这么说,就是为弟的不是了。"遂把那几名军士喝退,令到后房歇息。这里,谢安引着王坦之,缓步往国庆寺走去。那管家祝安见来了人,知是个大官,早把那寺里寺外打扫得干干净净。及至众人走得近了,那祝安便摆了个噱头,叫那些仆人家丁、艺伎小厮,统统聚集门前,分成两班,迎接他们。王坦之见状,笑着对谢安道:"这般礼遇,怕又是兄长的主意。"

谢安笑道:"哪里,哪里,这都是祝安那老儿的花样。他见你来了,才这般折腾,若是来了朝廷钦差,他倒是不买账的。"

二人说着,便到了内堂,尚未坐毕,只听到外面传来"噻、噻、噻"三声鸣响,声音甚是洪亮,王坦之惊道:"这是什么声音?"

谢安笑道:"这是铜钟的声音,必得有贵宾上山时才敲,一年中也不过敲上一两次而已。"

王坦之笑道:"如此说来,我倒是成了座上宾了。"说毕,二人在太师椅上坐下,早有仆人献上茶来。

谢安笑道:"贤弟此来,不会是作逍遥之游吧?"

王坦之道:"不瞒你说,奉征西大将军桓温之命,特邀兄长下山。"

谢安笑道:"见你来得蹊跷,我也猜个七八分了。只是前番已有回书呈与朝廷,怎的还要纠缠?"

王坦之道:"你也真蒙在鼓里,那封回书,差点送了你的性命,要不是小弟与会稽王在圣上面前极力陈情,你今日怕早做了刀下之鬼了。"

谢安一听,吃了一惊,道:"这是何故?"

王坦之便把圣上见了那信,如何当庭震怒,他与会稽王司马昱又如何商议,并夜闯永安宫劝帝改诏等事细说了一遍。谢安方才大悟,道:"原来还有这等事情,也难为二位了,安石日后定当报答。"

王坦之笑道:"你我兄弟之间,谈什么报答。只是这次,兄长必得随弟下山一遭。一者,去谢圣恩;二者,也给为弟一个面子;三者,秦贼窥晋,边关吃紧,朝廷急需贤人匡佐圣上。"

谢安惊道:"怎的秦国又来骚扰?"

王坦之叹道:"自穆帝亲政,内政多付简文参决,外政多为桓温把持。荏苒五年,江淮一带,尚无大变。唯那秦兵屡屡扰境,与他征战数次,均皆失利,圣上甚是忧虑。"

谢安叹道:"如此下去,国又何宁,家又何宁,想我堂堂晋室,半壁江山,反被那小小外夷欺侮,究竟是备御不周,还是别有他故?"

王坦之道:"木朽虫生,墙罅蚁入,目今多事之秋,正需兄去重整朝纲,还望看在家国社稷分上,勿再推却。"

谢安摇头道:"无有内讧,焉有外侮,欲御外患,必先安内,内乱踵起,怎能对外?安石乃一介书生,手无缚鸡之力,有何德能?弄得不好,反而祸及自身,况前番屡屡冒犯朝廷,早已结下芥蒂。今日若再出山,岂不被人耻笑?"

王坦之一听,不觉沉下脸来道:"如此说来,兄是定不下山了?"

谢安道:"大丈夫一言既出,岂能更改!"

王坦之仰天叹道:"家有不孝之子,国有不忠之臣,悲哉,哀哉!既然安石兄不忠不孝,还有何言可谈?为弟就此告辞。只是那桓温不比圣上,说一不二,你若与他冲撞,便要大祸临头了。"

言讫,怒冲冲步出大门,与那几个军士走下山去,然后跨上坐骑,沿江道飞奔而去。及至一个转弯之处,正要放慢马步,忽见那树丛之中,兀地跳出一个人来,大喝道:"哪里去!"

王坦之一惊,险些坠下马来。定睛一看,乃是祝安。那祝安笑道:"大人,小的在此恭候多时了。"

王坦之厉声道:"大胆祝安,你莫非与那谢安串通一气,要来害我?"

祝安笑道:"哪里话来,奴才不过与大人开个玩笑,实是我家老爷有书信一封,叫奴才守在这里,呈与大人。"说毕从怀中取出那信。王坦之拆开一看,不觉哈哈大笑,道:"好一个谢安石,果然厉害。"言毕,夹住坐骑,猛抽数鞭,头也不回地回建康去了。

且说谢安自送走王坦之后,便回到书房,取出笔墨,即刻写成几封书信,派人呈与支遁、孙绰、许询、王羲之等人,叫他们速上东山,有要事相商。这里,管家祝安来报,说那王坦之接了书信,如何如何,谢安得报,只顾微笑。你道为何?原来这也是谢安的锦囊妙计。他见王坦之此来东山,必定又是召他下山。此前朝廷曾屡次三番征召于他,他不是托病推辞,就是不见朝廷使臣。眼下国家有难，作为晋室臣民，他总不能置之度外，不闻不问。况谢氏门第，自谢万兵败，已渐衰落，也需有人振持，不如乘此机会，来个顺水推舟，暂且出去看看。若是还算顺利，就在朝廷尽心效力；若是不太顺畅，再栖迟东山也为时不晚。然这王坦之，虽与自己有八拜之交，情同手足，但他毕竟久居官场，也不知变有未变。时下常有一些小人，自己本领不大，本来可在朝廷称王称霸，见他人来了，自己争不过他，便生嫉妒。故此，他便一面故意拿些话来试探王坦之，一面将祝安叫到门外，交给他一封书信，内中只写一个"出"字，封好口后，道："若是这王坦之喜气洋洋下得山去，这召我出山之意必是假的，你可不必睬他，让他自去。若是怒气冲冲下得山来，便是真的，你可把信呈交与他。"那祝安见王坦之满脸怒容下得山来，所以才从树丛中跳将出来，将那封书信呈交与他。

闲话休叙。这样又过了数日，谢安在白云堂等到了从山下赶来的支遁、孙绰及许询等人，唯王羲之因突患腹疾，不能前来。此前王羲之也有事要与谢安商议，不巧谢安去余姚游玩，多日不回，于是王羲之便决定去找谢安，适上虞有位朋友也邀他前往。没料正要动身，王羲之便腹痛起来，服了药石，也无大效，只好草就一信，送与那位上虞朋友，称："得书知问，吾夜来腹痛，不堪见卿，甚恨！想行复来。修龄来经日，今在上虞，月末当去。重熙旦便西，与别，不可言。不知安所在。未审时意云何，甚令人耿耿。"（此信后来被人叫作《上虞帖》，流传千年，现藏上海博物馆，为王羲之存世不多之真迹。）此事按下不表。

谢安见王羲之未到，甚是遗憾，只好遣人再去找他，自己与留在山上的众位兄弟等他到来。叙谈之中，大家见谢安下山之意已决，也就不再相劝。

这日中午，谢安与众兄弟正在明月堂畅饮，忽见门外走进一人，定睛一看，原来是王羲之来了。众人连忙起身，将他接住。谢安笑道："我说早起山上的喜鹊为何总是叫呢，原来是兄长来了。"

支遁和尚拉住王羲之的手，打了个饱嗝道："你叫我们等得好苦，来，来，来，先罚三杯再说。"

王羲之连连笑道："认罚，认罚。"说着，就端起桌上的一杯酒一饮而尽，待要饮第二杯时，谢安将他的手按住了，道："兄长旅途劳顿，身体又刚康复，还是明日再喝吧。"

旁边孙绰道："对，对，兄长还是明日再喝吧。"

至此，王羲之、支遁和尚、孙绰、许询等人已齐集东山，陪谢安度过了这最后的逍遥时光。

转眼便到了这月初五，是一个黄道吉日，谢安一行吃过早饭便要启程。那东山之上，男仆女婢，总共百十口人，统来送行。祝安又出花样，叫那众人分成两班侍立两旁。前次王坦之来，大家的脸上全是笑的，这次却是不同，个个都板着脸孔。内中有几个艺伎，平素深得谢安宠爱，原以为自己的一生总算有个归宿，不料转眼之间就要离别，心中想想实在悲哀，一个个早哭得鼻红眼肿，相拥成团。其实谢安的心里，又何尝不是如此。虽然这山上的寺院、宅第及东山湖的庄园，他皆托付王羲之和支遁等人打理，一应人的俸禄，皆照原样。但毕竟主人不在，自己一走，这东山难保不会败落。这么一想，也不禁悲从中来。至于随行人员，谢安这次也不多带，一则路远迢迢，旅途不便；二则那京城之地，不像这东山上面，可以随心所欲，任意支使。故此，只能带些有用的人去。就是祝女，也暂且跟随她爹爹祝安留在山上，待过些时日，安定下来再来接她。待里里外外安排停当，准备妥帖，谢安才率夫人孩子及随身仆婢下得山来。

在山脚转弯处，早有一小厮接着，把谢安一行引到江边一处码头。码头旁边已泊着三只帆船，帆船甲板上早已备下一桌酒菜，甚是丰盛。几个老友已在那里等候，见到谢安，都起身与他作揖。

谢安笑道："众位兄弟这般客套，反倒使人生分了。"

支遁取笑道："马上便是朝廷的大官了，怎敢怠慢啊？"

谢安笑道："支公也别取笑，安石这次下山去，实在也是不得已，日后还是要回到这东山上来的。"

王羲之举起酒杯道："不管如何说，贤弟今日还是出山了。我等备下这桌薄酒，也算是为贤弟饯行，只是这次别离，不知何年何月才能再见。"言毕，把那手中的酒，尽数洒入江中，道："贤弟平素喜酒，我等亦然。今日这酒洒入江中，便会跟随贤弟而去。日后贤弟在仕宦之中飞黄腾达时，勿忘我等弟兄一场。"

谢安听了，心中自也惆怅，道："安石与众兄弟情同手足，今日一别，虽天涯海角，然兄弟之情，却是系于一心、旦夕不忘的。"

许询道："安石兄，弟有一言，不能不说。"

谢安道："但听赐教。"

许询道："官场险峻，仕途坎坷。便如这滔滔江河，深不可测，暗流汹涌，望兄长好自为之。"

谢安道："安石定铭记在心。"

正说话间，那管家祝安来报，一切准备停当，只等谢安发话，即刻便可启程。谢安道："知道了，只管等着就是。"祝安刚要离开，谢安又把他叫住，问道："随带的瓷器装船了没有？"

祝安道:"装了,全放在尾仓,用砻糠裹着,即便遇到什么风浪颠簸,也不用怕的。"

原来谢安在东山湖畔建有一座龙窑,开始时,只为山上烧制一些自用的碗、盅、罐、盆等青瓷用品,后来时间长了,又兼烧一些砚、瓶、耳杯、灯盏、粉盒及笔筒、茶具托盘等礼器。有位在会稽经商的胡人在朋友处看到其中一只青瓷粉盒,甚是喜欢,便专程赶到东山,不仅买去了窑库里的全部粉盒,还带去了其他许多青瓷样品。他说下次来时,要买下龙窑里的全部瓷器,运到西域去卖。谁知这胡人还没回来,龙窑的主人却要走了。

祝安走后,谢安又向众兄弟敬了几杯酒。

孙绰举着酒杯道:"安石贤弟,我有一忧虑,不知当讲不当讲?"

谢安道:"但说无妨。"

孙绰道:"贤弟此次出任征西大将军桓温司马,此人虽为晋室重臣,威震内外,但却心胸狭窄,诡计多端,又早存不臣之心,朝廷对他也无办法。贤弟此去,恐怕免不了有一番生死较量,望及早防备才是。"

谢安点头道:"兴公所言,岂能忘却,我时刻牢记便是。"

那支遁和尚也接口道:"为官者,适者存,不适者亡,自古以来都是如此,贤弟此去,切不可久恋官场,能进则进,不能进则退,那华屋可居,山丘可是去不得的哟。"

谢安听了,心里咯噔一下,猛记起那三月初三兰亭聚会时,自己写了两句曹子建之诗,众人纷纷喝彩,独这和尚不发一言,只顾在旁冷笑。这和尚极通玄机,深奥莫测,莫非他从中发现了什么奥妙?遂说道:"支公金玉良言,安石定当铭刻在心。只不知支公还有何言吩咐,敬请赐教!"

和尚微笑着举着酒杯道："贫僧乃村野粗人，有何德能赐教贤弟，但既然你我兄弟一场，贫僧有两句话要送于贤弟，权作送别之礼。"说毕命人取来笔墨，对谢安道："请摊开手掌，闭上眼睛，我叫你看，你方可看。"

　　谢安依言，闭上眼睛，将手摊开，只觉手心上笔在游动，有股冷气，从尾椎直冲丹田。待到睁眼看时，那手掌之中已写着这两句话："不镇广陵军，小心西周门。"

　　众人不解。谢安亦笑道："没头没脑的，是何意思？"

　　支遁呵呵大笑道："此乃隐语，不可泄漏，日后必见分晓，但望贤弟切记在心，不可忘却，去吧。"

第五章

且说谢安经朝廷屡屡征召,又适逢征西大将军桓温请他出任幕府司马,于是他择个黄道吉日,告别众位亲友,带着家眷,雇了三只上等帆船,离开东山。一行人顺风顺水,晓行夜住,一路进发。这日到了余杭坡冈,已是拂晓,便泊定船只,要登岸吃些东西。忽看到河对岸停着两只官船,派人过去一问,才知是吏部郎谢奉所乘。于是谢安过去与他见礼。原来这谢奉虽不是谢安近亲,却也是一门远族,排论起来,还是谢安辈分高些。交谈当中,才知道谢奉因一桩案子得罪了穆帝妃子,穆帝便把他革职为民。谢安一听,甚觉叹息。于是安慰一番,便又回到船上,拔锚起航。

这样又行了数日。这日到了一处,人来人往,甚是闹猛,上去一问,才知已到了新亭,于是泊岸。看看天色将晚,谢安一边遣人去城里禀报,一边找个僻静旅店住下。当晚各自歇息,一夜无话。次日五更,众人早起,刚刚吃罢早饭,便有桓府差官员来请。不料那人见了谢安,纳头便拜,口中道:"谢大人,小可这厢有礼了。"

谢安一见,慌忙将他扶起,道:"谢某村野之人,怎受得了大人如此礼仪?"

那人笑道:"谢大人,你果真不认得我了?"

谢安仔细一瞧,甚是陌生,道:"小可实记不得与大人有过交往。"

那人又笑道:"小可姓蔡,小字朗,三年前在谢万谢将军麾下任副将之职,因一小过,被他鞭笞,几乎致死,适大人那天来营中探望将军,被您救下。如此,您便记得吗?"

谢安一听,终于记起,便道:"家弟性格暴虐,现已废为庶人,也是他罪有应得,咎由自取。那桩小事,实是谢某应该做的,大人何必常记心上。"

蔡朗道:"救人一命,胜造七级浮屠,小可至死不忘。"

谢安道:"如今你怎么在此供职?"

蔡朗道:"谢将军被废黜之后,我等也无路可走,只好投奔桓大将军帐下,做个小官,混口饭吃,日后若有好的去处,自然也要走的。"

当下二人又说了一回话,看看天已大亮,蔡朗起身道:"今日在新亭有些礼仪,特为谢大人所设,请随我上马。"

谢安道:"谢安何等之人,能受此重礼,有大人你迎接,已是十分过意不去了。"

蔡朗道:"大人有所不知,那新亭乃三国时所筑,依山滨江,向来是一处兵家必争之地。如今天下有些太平,才把那里辟作游宴迎宾之所。然据我所知,朝廷命官之中,能在此地受到迎候的,实不多见。望大人切勿推却,速随我去。"

谢安无奈,只好随他上马。一路飞奔,不足半个时辰,便到了一个去处。远远望去,但见亭台楼阁,溶溶碧池,中间一座大殿,玲珑盘郁,势若虬龙。大殿正中,一条青石大道伸延开来,约有数里之遥。

二人来到门口,早有小厮接着,将谢安从正门引入殿内。谁知进去之后，谢安便吃了一惊，原来那大殿里面，已是旌旗飘展，鼓乐悠扬，香焚宝鼎，花插金瓶。众多朝士都在等着，见他进去，那班文武便都迎了上来。为首一位长者，鹤发童颜，乃扬州刺史庾冰。见到谢安，庾冰呵呵笑道："好一个谢安石，你也骗得老夫太苦。前番请你出山，原想抬举于你，没想才过了两月，你便说了个谎，托病走了。"

谢安笑道："前次离职，小可确是有疾在身。"

庾冰笑道："老夫不管你有疾无疾，只是这次出山，莫非马上又要走的，你却说个实话，我等心中也好有数。"

谢安笑道："老大人如此器重在下，谢某能不知恩图报？"

正说之间，会稽王司马昱走了过来，呵呵笑道："安石兄于今乃来，何其迟也。"

谢安笑着作揖道："罪人前来服刑，何问迟速？"

众人大笑。会稽王又道："安石兄既能与人同乐，也必能与人同忧。这次下山，若再半途而废，就是你的不是了。"说毕朝他眨眨眼睛。

谢安会意，朝他施礼道："小可无德无能，今蒙相王如此厚爱，实是三生有幸，我若再不效犬马之劳，还有何颜面立于人世。"

言犹未了，背后又上来一人，乃中丞高崧。此人有些不羁，到了谢安跟前，先是朝他的前胸擂了一拳，然后笑道："安石兄，你累违朝旨，高卧东山，端的是十分快活。时人皆言，安石不出，百姓将会如何。如今你已出山，不知时人又将如何说你。"言毕，大笑而去。

谢安见他语带讥讽，正在尴尬。忽听门外有人叫道："桓大将军到。"喊声刚落，只见大路尽头飞来一乘四骑马车，及至行得近了,从车上下来一个矮子。谢安一看,知道便是桓温了。原来这桓温有几个特点:面白,眼小,发赤,身材矮小。京城有首儿歌"眼如紫石棱,须作猬毛磔"说的就是他。那桓温下得车来,才走两步,就大呼道:"安石何在?安石何在?"声如豹吼,众人都笑。原来这里又有一个故事,这桓温原为宣城内史桓彝之子,出生那天,其哭声恰被故将温峤听见,觉其声音奇特,甚为惊异,于是试他再啼,果然声甚洪亮。温峤叹为英物,料其将来必成大器。那桓彝见婴儿为温峤赏识,遂赏为义子,取名为温。

说话时那桓温已走进殿来,众人接着向他施礼,桓温也不还礼,只管寻找谢安,谢安跪道:"大将军,小可有礼了。"

桓温一见,连忙把他扶起,道:"不可,不可,老夫军务缠身,不能亲来迎候,望司马多多见谅。"

谢安道:"桓公乃朝廷栋梁,德冠宇内,下官怎敢企望有如此厚礼,就是方才的场面,已是于心不安。桓公如此一说,岂不要活活折煞下官吗?"

桓温笑道:"你只要下得山来,便是再隆重一些,也是应该的。只是我有一语,却要问你。"

谢安拱了拱手道:"请桓公赐教。"

桓温笑道:"为何圣上辟君,君屡而不就,而我召君,何以即来?"

谢安道:"圣上累下诏旨,均是以礼见待,明公召我,却是以法见绳。小可畏法,所以即来。"

桓温一听,呵呵大笑,道:"好一个谢司马,果然厉害。"笑毕,顾左右道:"今日安石出山,乃朝廷喜事,我等何不痛饮几杯,为他洗尘。"

众人附和，于是进入偏堂。桓温在中，谢安在左，会稽王在右，其余各文武官将，分左右两侧依次坐下。早有仆人摆下筵席，甚是丰盛。酒过三巡，菜上五味，那桓温便有些酒性上来，笑道："昔闻安石在东山蓄伎，个个能歌善舞，甚是有名，我等无此艳福。今日后堂之中，也有几个婢妾，虽是粗劣了些，却也有些身段，不如唤来，舞上一曲，也可助助酒兴，如何？"

会稽王笑道："如此甚好，只是须找些年少的，不可唤那残花败柳，免得倒了胃口。"众人皆笑。早有几个仆人于地下铺上杂色氍毹，周遭放兜罗异锦十二围屏。准备妥了，一声巴掌声响，从侧门之中走出婢妾十数人，个个飘长裙，衣轻袖，绮罗斗艳，兰麝熏香，端的是金谷丽姝，不同凡响。随即乐起，这十数女子便舞动起来，左盘右旋，或疾或徐，宛如软骨仙娥，真个是彩袂飘飘，暗香流动。内中有一小婢，约略会些剑舞，于是一人在中，众人在旁，为她伴舞。一招一式，倏如风雪骤至，满堂萧飒，把众人看得眼都花了。

桓温笑问谢安道："这些婢妾，比那东山的艺伎，可要差些？"

谢安道："要说舞技，约略是要差些。只是这些婢妾，整日只是做饭端盘，没甚训练，有这等舞姿，也就不容易了。"

桓温笑道："以后你便留心些个，挑些伶俐女子，只管教她们礼仪歌舞，日后在筵席之上，也可助众人酒兴。"

谢安笑道："这个不难。"

众人正在畅饮，忽见一门吏匆匆走来，至桓温跟前，禀报道："大将军，方才颍口守将张达遣人送来急书一封，请大将军示下。"

桓温接过书札，约略一看，大怒道："这燕国也太猖狂，去年趁我不备，掠去颍口三万余人，今年又来抢掠。如此下去，怎么得了？看来，不给他点厉害看看，还真以为我朝中无人了。"言毕，起身告辞，气呼呼地走了。这里众人只顾饮酒，直至晨星升起，金鸡报晓，方才罢休。

且说谢安在桓温府中住下，他虽只是一个司马，然在桓府当中，官职仅次于长史，也算是桓温身边的近臣了。因他不带兵马，仅充幕僚，除了日常公务，便也无甚大事。每日里不是与桓温下棋饮酒，就是出骑游猎，生活也还十分悠闲。那桓温本是有野心之人，因羽翼未丰，才不敢有过分的动作。自从得了谢安，便像是如虎添翼、如鱼得水，平日里对他百般器重，一应大事，均与他商量再定。久而久之，反把那班心腹近亲之人冷淡了起来。

一日早起，谢安正在梳理，头发才盘了一半，忽见蔡朗进来，向他打了个稽首，道："大将军有请司马。"

谢安道："回禀大将军，小可正在梳理，完了便去。"

那蔡朗去后，一刻又来，道："大将军有要事与大人商议，吩咐小的，若司马梳理已毕，不必再取帻缠头，到那边再缠不迟。"

谢安道："发冠不整，被人见了，恐遭笑话。"但见桓温催促得紧，只好起身。到了桓府，桓温正半躺在榻上等他，见到谢安这般模样，取笑道："司马这般模样，倒也不敢恭维。"

谢安笑道："桓公有召，安敢不至？"

桓温即命人取来新帻一方，下得榻来，要为谢安缠头，谢安哪里肯依。桓温笑道："司马向来不拘小节，今日这般拘泥礼度，莫非你我之间有生分之处？"

谢安连忙道："桓公礼贤下士，平易近人，谁人不知？"

桓温笑道："既如此，便就不需推辞。"言毕亲手为他缠头，缠了一半，忽然叫道："司马，你如此年纪，怎的发须早白？老夫大你多岁，却是发无二色，这是为何？"

谢安笑道："松柏之质，经霜犹茂；蒲柳之姿，望秋先零，所以有别。"

桓温听了大笑道："以司马之辩才，江东不复有二耳。"一刻缠毕，早有婢女献上茶来，桓温道："今请司马，实无要事，只是有人送来一味药草，未曾见过，一名远志，一名小草，老夫辨识不清，何以一物而有二名？特来请教。"

时参军郝隆在旁道："此甚易解，远志又名棘菀，以小人之见，出则当为小草，处则才为远志。"

谢安一听，甚是尴尬。恰巧旁边站着一个小儿，甚是清秀，接话道："如此说来，司马大人就是小草了。"

桓温一听，大怒道："孽子胡言，还不退下。"

谢安一听，连忙劝道："桓公息怒，小儿戏言，何必当真。"

桓温叹道："此乃小儿桓玄，只因其母妊娠之时，忽见月下有流星坠入铜盆，如二寸火珠，炯然明净，其母惊而生之，故又名灵宝。不料此儿长到三岁，人是极顶聪明，就是与众不合。别人去东，他偏走西，别人说黑，他却见白，由此老夫极为忧虑。若是长大成人，再不更改，必然惹出大事，招来杀身之祸。"

谢安听了，心中怦然一动，笑道："三岁小儿，尚未定型，脾气古怪偏执也是有的，桓公不必担忧。"当下二人又说了一回话，谢安看天色将晚，便起身告辞。

自此桓温便常差人来请谢安，每每交谈移日，天黑才归。这桓温乃朝廷重臣，堪称一人之下，万人之上。别说一般大臣，就是当朝丞相，他也不放在眼里，唯对这谢安却视为上宾。你道为何？原来这桓温要篡夺帝位。谢安是一个极好的谋臣，若是他肯尽心出力，这晋室江山，可谓十拿九稳。只是眼下还未摸透他的心思，所以常用言语挑之，要他心里明白。这谢安哪有不晓之理？只是自己官微职小，又未站稳脚跟，自知一时也撼不动他，只好装聋作哑，佯装糊涂。心底里却处处提防着他，唯恐说漏了嘴，被他起了疑心，动了杀机。这桓温见谢安这般唯唯诺诺，以为谢安已在他的掌心握着，便就少了提防，将那篡帝的心思渐渐地表露出来。

且说这日，桓温又遣蔡朗来请谢安。谢安闻知，心中极不愿去，可又不好当面回绝，于是灵机一动，便假装如厕出恭。原来这东晋官府的厕所有些特别，不论男厕女厕，门口总有婢女侍列，皆丽服藻饰，一人端置一金藻盆，盛甲煎粉、沉香汁净手，另一人端置一漆箱，盛干枣数枚以塞鼻掩臭。这谢安的厕所，还要特别，若要进去，先要更衣。如此这般，上一次厕所，必得一个时辰。这蔡朗来回三次，总不见谢安出来，等得急了，便要进去，被那婢女拦住，道："大人正在如厕，怎好贸然闯入？"

蔡朗笑道："如厕太久，莫非已经睡去？"众婢莫不掩口而笑。只好遣一老婢入内去叫，一刻出来，道："大人肚痛，今日不能侍事。"

蔡朗无奈，只好面复桓温。不料过了几日，桓温复又遣人来请。谢安摇头叹道："如此盛情，实难承当。"言毕即去。与桓温叙谈为政之要，凡十六条。这日谈了一半，天已大黑，谢安告还。桓温无奈，只好送到门口。见他走了，桓温环顾左右道："尔等见我有如此待人吗？只可惜在我桓府门中，已久不见这样的人啰。"

不料言犹未了，背后有一人冷笑道："谢安石度量汪汪，犹如万顷之波，澄之不清，淆之不浊，其器深广，难以测量，大将军不可不防。"

桓温一看，见是参军郗超。这郗超乃桓温的心腹，为人卓荦不羁，有旷世之度。昔桓温与他在徐州相遇，见他义理精微，谋略过人，遂辟为参军之职。只因这郗超长着尺二美髯，而桓府主簿王珣须髯极短，故府中有语："髯参军，短主簿，能令公喜，能令公怒。"当下桓温见郗超话中有话，便邀他入室，屏退左右，笑道："参军方才言语蹊跷，不如说得明白一些。"

郗超道："您道这谢安石真肯听您使唤吗？俗话说，知人知面难知心，画虎画皮难画骨。桓公只观他的言语便可知道了。"

桓温道："他有什么言语？"

郗超道："桓公忘了他早间常说'治本在得人，得人在审举，审举在核真，未有皇得其人而国家不治者也'。"

桓温道："这又有何错，可谓言简而理博。"

郗超冷笑道："内中却有隐情，毛病便在这'皇'字上。桓公询他治本之道，乃就官位而论，他却偏称皇上，那意思甚是明白。若是皇上用人不当，家国何以能治？此中影射，已经不言而喻。"

桓温怒道："谢安石狗胆包天，竟敢影射于我。"

郗超道："此事已甚明了。"

桓温道："不如把他杀了，免得留下后患。"

郗超道："这倒不妥，不如把他留着，观他日后动静，再作处置不迟。"

没料郗超言犹未毕，那桓温便大笑起来，道："此乃英雄所见略同也。"

郗超惊道:"莫非桓公早有察觉?"

桓温笑道:"老夫岂能被蒙在鼓里?"

且说那桓温与郗超只顾在一旁说话,却不防在那鲛绡帐后,引来了一位绣阁娇娃。你道此人是谁?就是桓温义女,名叫桓秀,小名姝丽。那桓温总共生有六子:桓熙、桓济、桓歆、桓祎、桓伟、桓玄,个个都是儿子,唯独缺少一颗丽珠。说来也巧,那次桓温与燕将慕容评大战金沙滩,这日战了三百回合,不分胜负。见红日西沉,便鸣金收兵。不料回营途中迷了方向,正在焦急,只听到旁边草丛之中,有细细的啼哭之声,下马一看,见是一个婴儿,浑身是血,旁边一个妇人,宫人打扮,已经死去。桓温心中已经明白,于是割下袍角,将那婴孩裹住,抱回营寨一看,是一个女孩,心中好不高兴,遂遣一干人马,星夜送于夫人,取名桓秀。谁知这桓秀被抱回之后,百日之内,只是啼哭,至三四岁,总不能言语,人却生得眉清目秀,相貌极好。因恐是个哑巴,夫人有些嫌弃,唯这桓温十分喜欢,视为掌上明珠。不料到了七岁之上,这日桓温正为一事烦恼,坐在书房叹气。恰巧桓秀进来,爬上桓温膝盖,嘴巴张了两张,竟然喊出"爹爹"二字,把个桓温喜得眉开眼笑,亲了又亲,瞧了又瞧。自此这桓秀便在桓温身旁学些琴棋书画,因聪明伶俐,一学即会,至于针线女红,品竹调丝,吹弹歌舞,自不必说。尤其是一张娇脸,一杆玉身,如巫山神女,洛水仙妃,真个是:国色天香,威压三千粉黛;女流第一,胸藏十万貔貅。不知不觉,蹉跎岁月,这桓秀已到了二八年纪。虽是深阁藏娇,极少交际,但那灵香玉骨却是禁锢不得,腾腾发酵起来。说来也巧,这桓秀一日正觉无聊,便步出闺房,到爹爹的书房里来找书看,不料刚刚步入后堂,只听得正厅之中有人在笑,拨开帷帐一看,只见一个书生,丰采丽都,甚是英俊,坐在一把太师椅上。爹爹正用一条新帻为他缠头,桓秀心里不禁好笑。原来这帻是桓秀平日所织,素来只给爹爹一人使用,今日不仅为他所用,且爹爹还亲自为他缠头,想必此人有些来历。到了次日,这桓秀来找爹爹下棋,见这书生又在正厅坐着,正与爹爹谈笑风生。之后数日,天天如此。说来也奇,这桓秀自见了这人之后,日日便想见他,若是不见,很是难受。久而久之,心中那一片芳魂,早被那人勾摄了去。

这日午后,桓秀因昨夜无眠,有些头晕,正在房里歇息,忽见一丫鬟来送燕窝羹,便扯住道:"秋姐,我向你打听一个人。"

秋姐道:"哪个人?小姐只管问。"

桓秀红着脸道:"你可知道那白面书生姓甚名谁?何处人士?"

秋姐道:"莫不是那个天天来找老爷说话的人?"

桓秀道:"正是他。"

秋姐笑道:"原来小姐还不知道,他就是大名鼎鼎的东山谢安石,目下是桓府的司马,老爷极器重的人。"

桓秀"哦"了声,也不再问什么。你道为何?原来这谢安是爹爹天天挂在嘴上的人,她岂能不晓得?只是不知面前这人就是谢安石。心想这么一个美男子,这么一个贤达的人,若是能够嫁与他,也就对得起自己的一生了。这么一思忖,心中又是喜,又是忧。喜的是这谢安就在桓府做司马,以后少不得日日能相见;忧的是这谢安必定有家室,自己又如何嫁给他?即便这谢安对她也有意,这脉脉的春情,又如何说给他去听?因此,日也思,夜也叹,整日里只呆呆地半卧在床上,竟害成了相思病。那桓温夫妇见女儿整日里病恹恹的,茶饭也不思,话语也不多,只道是病了,便请了郎中来诊治,配了几帖药,连服数十剂,总不见有疗效。这样又过几天,桓秀的病反而加重了。这日晚饭后,桓秀又想起谢安来,便挣扎着爬起来,来到爹爹的正厅堂,想看看谢安坐过的地方。没想到竟听到爹爹与郗超说的话,心里大吃了一惊,心想这么好的一个人,如何还要害死他?我若是嫁与他,这谢安便是我夫君;我与他若是没缘分,总算也是心上的人。爹爹的杀性,原是极重的,凡他厌恶的人,没一个能逃得出他手心。我为何不写封书信告诉他,叫他提防些?想毕,便移动三寸金莲,半步一喘,三步一息,回到房里。这桓秀的病,这时反而好了许多。你道为何?原来这桓秀自刚才一惊,一动,把那一身的思春之病,随着香汗,从那三万六千毛孔之中,统统赶了出来。当下桓秀取出笔墨,速速写就一信,叫来秋姐,如此这般,吩咐一遍。秋姐去后,桓秀刚要睡下,那门便被撞开,只见秋姐匆匆奔进门来,叫道:"小姐,快起来,快起来。"桓秀一听,以为出了什么大事,早吓得面如土色,眼睛一闭,便昏了过去。

第六章

且说丫鬟秋姐奉小姐桓秀之命去给谢安送信,不料刚刚潜出大门,便与一人撞个满怀,只因那天刮风,把那桓府门上的油灯刮个全灭,因此黑咕隆咚。那人见黑暗之中偷偷奔出一个人来,料定不是好人,于是一把将她扯住,拖进桓府,于明处一看,才把那手放下。你道这人是谁?原来就是谢安,这深更半夜的,谢安来此作甚?说来也巧,原来那会稽王司马昱自新亭与谢安一别,回到家中,不慎染上了风寒,终日只是咳嗽,后经调治,才渐渐康复。这日心情极好,便把谢安叫去,想找一个去处,玩他一日。正好扬州刺史庾冰闻相王有恙,也来探视,见相王心情极佳,便自告奋勇,邀他去长江泛舟。相王当然叫好,便遣谢安往桓府一走,邀那桓温也一同前往。不意刚到门口,便撞上了这个秋姐,当下谢安笑道:"我道是谁,原来是秋姐姑娘,着实把我吓了一跳。"

秋姐道个万福,道:"奴婢不知大人驾到,方才有所冲撞,还望大人恕罪。"

谢安笑道:"不知者无罪,只是你深夜出门,又是一人,须得小心才是。"

这秋姐毕竟机灵,见谢安这般说了,便从袖中取出那信,接上话头道:"只是有封急信,那人叫奴婢定要送去,所以走得有些匆忙。"

谢安笑道:"那人也太无理,便是急信,也得找个小厮去送,何必遣你一个女子?好吧,我可为你效些小劳。你若方便,把那信给我,我即遣人送去。"

秋姐见来了机会,笑道:"只是这信只能交予大人自看。"

谢安一听,心中已自明白,遂屏退左右,接过那信一看,才恍然大悟。原来这谢安自任桓府司马,每与桓温交谈,总觉那后堂的锦帷无风屡动,隐约之中,有娇容偶露,好似芍药笼烟,半明半灭。谢安瞧见,只道是桓府婢妾偷窥,无甚留意,不想落花有情,流水无意,如今竟酿出这等风流事来,不免好笑,道:"也难为你家小姐,如此忠言相告,谢某当终生不忘。等下待我与大将军见面之后,想与小姐见上一面,也好当面致谢,不知可否?"

那秋姐一听,巴不得他去见见小姐,便扮了一个鬼脸道:"如此最好,只是大人快些去见她,莫叫小姐久等了。"

二人说毕,各自分头办事。秋姐见谢安要来,有些忘情,故此一上阁楼,见四下无人,便叫唤起来,把那桓秀吓得半死。约莫过了半个时辰,秋姐忽听楼下有一异响,出门一看,不是别人,正是谢安,笑道:"大人果然言而有信,怎么只你一人?"

谢安取笑道:"一人还不够吗?谢某深夜叩见小姐,若是被大将军知晓,还不将我的腿打折?"

秋姐笑道:"还是大人想得周全。"于是把他引入内房。里面那个桓秀,没见面时时时想见谢安,谢安来了却反而不知如何是好。听到外面脚步声响,心里只觉怦怦乱跳,待到谢安进得门来,两腿已抖得不能站立。还是秋姐老成,见她这般模样,上去把她扶住,待与谢安施过礼了,才叫她坐在床沿之上。谢安道:"谢某蒙小姐错爱,今日冒昧登门,特来致谢。"说毕,向她作了一揖。

那桓秀这时已缓过神来，见谢安如此谦恭，心里更觉喜爱，微微笑道："小女胡思乱想，实是不明事理。今日惊动司马，心里着实惶然，只是信中所提之事，还望司马切记。司马现虽屈居爹爹门下，但以司马之才，日后必是国家栋梁，故须十分保重才是。"说毕，那杏仁眼儿早已红了起来。

谢安一听，心里着实吃惊，心想这个多情女子，怎的还有这般见地，也道："小姐厚望，小可铭记在心，终生不忘。"言毕，起身。

这时那个秋姐，早已溜了出去，守着门口，把那一对男女，关在闺房里面。心想，你俩一个有情，一个有意，何不趁此良宵，做个露水夫妻，也不枉了小姐一片真情。正在痴想，不料那门便自开了，走出谢安一人。秋姐见那小姐立在门内，眼睑下面有些泪迹，知道没有做得成功，于是上去，把那小姐扶住。但听谢安道："小姐保重，小可就此告辞。"说毕，头也不回，下楼去了。

自此这桓秀再也不见谢安，终日在那闺房之中诵些佛经。后来嫁人不足二月，便一命呜呼。别人只道命短，只有谢安心里清楚，但男女私情，不堪外吐，只好暗自叹息，按下不表。

且说谢安应会稽王司马昱所托，邀征西大将军桓温同游长江。这桓温倒也爽快，一口应允。于是次日一早，众人便早早来到长江边上，会聚一处。早有扬州刺史庾冰接着，把众人引上一条上等游船，正要登梯，桓温站下，要会稽王先上，会稽王哪里肯上，道："桓公功德盖世，理应先上。"

桓温笑道："上就便上，伯也执奴，为王前驱。"

会稽王亦笑道："所谓无大无小，从公于迈。"

众人大笑，上了游船二层，庾冰道："我等今日聚会，实是难得，以下官之见，须请相王坐在正中。"这庾冰老迈，且又有些迂腐，以为相王乃当朝丞相，又是皇叔，而桓温位虽显赫，总在相王之下。方才见二人推让，故此先来一个排定。不料言犹未了，那桓温的脸上就变了颜色。这司马昱乃官场老手，桓温的为人，他岂是不知，见桓温这般模样，便笑道："不可，不可，还是请桓公在中。"

桓温听了，才又恢复常态，笑道："相王乃当朝丞相，德高望重，还是依了老夫，且请坐了。"

会稽王无奈，只得坐了正位，桓温坐了第二位，谢安在场，不发一言，只是微笑，及至庾冰请他入座，他才坐了第四位，把那第三位让给了庾冰。

坐毕，船上小厮便端上一桌酒菜，都是些稀罕水货，极是新鲜。正吃之时，那船已离了岸边，慢慢驶向江心。说来也巧，昨日这天还是狂风乱作，江浪滔天，今日忽然风和日丽，江风和煦，把那泊港的白帆和逍遥的海鸥也都吸引了出来。饮了一阵，船到江心，那桓温便上了酒性，将那小眼一睁，笑道："我等今日难得泛舟，若能吟些古词诗经，褒贬几个古人，岂不可以助助酒兴？"

会稽王笑道："如此最好，只是桓公博览群书，精微古人，谈论起来，我等便要相形见绌了。"

原来这桓温虽是一员武将，却是极精辞赋，善属诗文，昔北征之时，他命随从袁宏作《北征赋》一首，以颂他的功德，曰："闻所传于相传，云获麟于此野。诞灵物以瑞德，奚授体于虞者。疚尼父之洞泣，似实恸而非假，岂一性之足伤，乃致伤于天下。"桓温读毕，对来访的王珣说，此赋虽好，但赋的末尾，似不够有分量。此话传到袁宏耳里，袁宏便提起笔来，又补上"感不绝于余心，诉流风而独写"二句。桓温看了，这才呵呵笑道："如此甚好，如此甚好。"

当下桓温见会稽王如此推崇自己，也就谦让一番，笑道："桓某乃一介武夫，有何德能，等下若是出丑了，还望各位宽容。"

谢安笑道："桓公这般谦恭，倒是我等要桓公宽容了。"

众人说笑一阵，便不再言语。过了一阵，见众人只顾等着，桓温忍不住笑道："你等怎么不言语了？"

庾冰道："只等桓公的诗题。"

桓温笑道："怎的便要老夫出题？"

谢安笑道："桓公说要吟些古词诗经，褒贬几个古人，自然要你出题啊。"

桓温大笑，往桌下一瞧，道："你等众口一词，莫非在桌下做着什么勾当，怎的都来戏我？"言毕，捋了一下那黑色虬须，站起来道："好吧，老夫献丑了。"说着，走到那栏杆旁边，略一思忖，道："昔曹子建自洛阳东行返回鄄城，过伊、洛之水，写下'泛舟越洪涛，怨彼东路长。顾瞻恋城阙，引领情内伤'之句，时子建弟任城王曹彰猝死洛阳，悲痛欲绝。今我等泛舟长江，却逢安石兄东山复出，心甚欢悦，又该作何佳句？"

会稽王笑道："桓公这诗题太难了些，曹子建乃建安之杰，诗骨奇高，我等怎可与他比拟？"

桓温笑道："不是说长江后浪推前浪吗，我等怎的便不如他。若是相王不肯出句，便要罚酒三升。"

会稽王笑道："罚酒倒也不怕，只是有些不服。"

桓温道："如何不服？"

会稽王道："桓公率先出题，原是好的，然只背了别人一首，不见自己作诗,我等怎么对接。"

桓温笑道:"你可依他的诗对接,若是对接得出,便是赢了。"

会稽王笑道:"这般对接,便是有这长江般的酒量,也是不够。"

桓温笑道:"好吧,我却饶你一遭,只是你须吟他这诗中的二句,若得老夫认可,便可免罚。"

会稽王道:"这倒不难。"略一皱眉,道:"依我之见,倒是喜欢这诗中的'丈夫志四海,万里犹比邻'二句,不知桓公意下如何?"

桓温一听,拊掌大笑道:"此句甚佳,此句甚佳,大丈夫理当四海为家,岂能常踞一地。比如安石出山,便是这个理。"

谢安笑道:"桓公比之过甚,下官乃一介儒生,有何德能?唯桓公转战南北,四海为家,才可配得此佳句。"

桓温听了,不觉大笑,道:"言之有理,言之有理。"

且说那桓温只顾在游船上饮酒诵诗,因为高兴,把藏在心中的那个秘密,也渐渐透露了出来。你道为何?原来这桓温近日要干一件大事,他想迁都洛阳,因恐朝廷不准,百官反对,才常闷闷不乐。今日泛舟赋诗,那会稽王吟出这两句诗来,甚是合他胃口,以为找到了知音,所以才叫起好来,有些忘情。这事别人不知,谢安心里却十分清楚,说来令人难以置信,又是那痴情女桓秀给他透的风声。原来这桓秀自与谢安分别,整日只在闺房垂泪。这日秋姐进来,送上一碗参汤,道:"小姐,你也保重些个,何必为那谢安伤了身子,好在我们就要离开此处,把那负情哥儿丢在这里。"

桓秀道:"你又胡说什么,我等好好地留在这儿,怎的便要离开?"

秋姐道:"小姐有所不知,方才老爷与参军商议,要把京城迁往什么洛阳,小的去送茶水,顺便听了几句,所以才知道这事。"

桓秀一听,倏地变了脸色,道:"秋姐,你好大胆子,竟敢偷听军机要事。若是被爹爹知道,是要被凌迟处死的。"

秋姐一听,早吓得哭了起来,跪下道:"小姐,小婢性命便在你手上了,你好歹发个慈悲,饶了小婢一遭,下次再也不敢了。"

桓秀道:"你却起来,我有话问你。"

秋姐道:"别说问话,便是赴汤蹈火,也是愿意。"

桓秀道:"我遣你去谢司马谢大人府中走一遭,敢是不敢?"

秋姐抹着眼泪道:"那个负情汉子,理他作甚。"

桓秀叱道:"不许胡说,我只问你,敢是不敢?"

秋姐道:"敢是敢的,只是不太情愿。"

桓秀道:"这就好了。"说毕,进入房内,一刻出来,交给秋姐一封书信,道:"你把这信交给司马,必得亲手给他,若是被外人知道,你我性命就要休了。"

这谢安正是得了桓秀的密信,才知道桓温已经有了迁都的野心。方才见桓温这神态,知道他不过在借题发挥,测试人心。自己若是附和于他,那迁都之事一经提出,又怎好反对?若是沉默不语,这桓温诡谲奸猾,必引起他的疑心。不如干脆来个佯装糊涂,也从那诗中找出几句,看他如何反应。遂笑道:"二位明公甚是高见,然以下官陋见,倒是喜欢这诗中的另外二句。"

会稽王笑道:"安石素以风韵淹雅、文义见称,你既有高见,何不快快道来。"

谢安笑道:"高见倒也不是,下官以为,若是论起这首诗来,不如'变故在斯须,百年谁能持'这二句,更令人感叹,此乃下官一孔之见,望二位明公与季坚兄赐教。"

会稽王道："好便是好，就是有些伤感。"

庾冰笑道："下官亦有同感，不知桓公意下如何？"

旁边的桓温，这时却默不作声，你道为何？原来这桓温见谢安刚才吟出这两句诗来，心中顿生不悦，心想我桓温待你向来不薄。这晋室天下，满朝文武中，哪个人见到我，不俯首帖耳、唯唯诺诺？唯独你谢安不愿附和于我。正在气恼之时，不料那平静的江心中起了变化，有一股怪风从半空中刮了下来，正巧蹿过那船的旁边。那风一声呼啸，在江心吸起一汪水柱，像巨龙一般，来回扭动，并迅猛朝游船扑来。待众人发觉时，已经迟了。众人慌忙起身，要想躲避，哪里还来得及，人未站稳，那船已欹侧了。桓温眼快，见这怪风来得凶险，连忙趴下，然后扯着庾冰的袍角，钻进了仓里。那会稽王平素胆子极大，有一次与武陵王司马晞出游郊外时，桓温密使人在车后猛击金鼓，致使烈马狂奔，把那武陵王吓得汗流浃背，骇然失色，惶怖恳求下车。唯这会稽王，穆然清恬，音颜无变。但眼前这种怪风，会稽王却是从未见过，也吓得面如土色，魂飞魄散，只顾在桌旁打转。后见桓温爬进仓内，他也效仿，身子一蹲钻了进去。只有谢安，不慌不忙，兀然立在船头，双脚叉开，目视怪水，面无惧色。说来也奇，那怪风发作一阵儿，但听一声呼哨，顷刻风止，怪浪遁去。谢安虽衣衫俱湿，然面色如旧。忽见桓温从舱内爬出，那虬须之上已经粘了不少尘迹。谢安兀自想笑，但见那狼狈模样，也就忍了，于是转过身来，将他扶起。又见会稽王和庾冰相继爬出仓来，便一起将他们搀出。再见那桌酒菜，已是滑脱精光，不知被风刮到何处去了，那四人坐的凳子，竟也少了一条。

当下众人坐定，喘息一阵儿，方才缓过神来。艄公见谢安衣衫湿了，忙遣人送来一套新衣，与他换了。这时有小厮又端上酒菜，摆下茶盏，众人饮了几杯，心中仍有余悸。桓温见众人只顾饮酒，闷声不语，便开口道："方才那风，怎的凭空便刮了起来，老夫活了这般岁数，却是未曾见过。"

谢安道："此乃怪风，通常冷热过殊，交融一起，便成此风。虽说恐怖可怕，只要避开其锋，便可无事。"

会稽王道："说来也是惭愧，我等戎马半生，哪种场面没有见过？今日反被这怪风吓得半死，唯谢司马不畏不惧，实是敬佩。"

谢安笑道："四才同在舟上，哪有共尽之理？"

众人这才大笑，庾冰道："这倒真应了谢司马说的那句'变故在斯须'的诗了。"

桓温在旁，只顾点头。会稽王、庾冰只道他认了这话，也不介意。唯谢安心里明白，只是没有点破罢了。当下众人登岸，各自告别，还未上马，只见那驿道尽头腾起了一股尘土，及至那马跑得近了，才见是朝廷差官。那差官见了会稽王，翻身下马，跪道："启禀相王，圣上有请，命相王速速进宫见驾。"

会稽王一听，知道有了急事，只说了句："知道了。"便飞身上马，头也不回，进城去了。

第七章

且说会稽王司马昱、大将军桓温、扬州刺史庾冰及司马谢安等人泛舟长江，刚及登岸，那会稽王便被皇上急召进宫，众人也不知何事，便各自回府去了。

约莫过了五六日光景，这日谢安正在书房看书，忽门官来报，说外面有一老者求见。谢安命他进来，一见那人，竟被唬得半晌无语。你道此人是谁？就是会稽王司马昱。见过礼后，谢安忙把会稽王扶到太师椅上，道："好相王，你怎么这副打扮，若是被人认出，岂不坏了大事？"

会稽王笑道："微服私访，乃孤家常事，若是被百姓认出，这又何妨。孤家爱民如子，民也必然爱孤。"

谢安忙命人沏出香茗，屏退左右，道："相王前番被圣上急召，不知有何急事？"

会稽王道："我正为此事而来。"言毕环顾左右，谢安道："相王但说无妨，下官这里有个规矩，凡是有客来访，下人们不得在旁，都去门外偏房候着，听不见的。"

会稽王悄声道："你可知道，朝廷近日要出一桩大事。"

谢安笑道："莫非是迁都之事？"

会稽王一听，吃了一惊，道："你怎么知道？"

谢安笑道："凡事能瞒得了别人，又怎能瞒得了我。"

会稽王道："正是此事。你道如何是好，那圣上得知消息，已急得病了,把我召去。我有何计?故此前来请教司马,有何良策?"

谢安笑道:"相王言之过重,下官乃一介儒生,手无一兵一卒,哪有什么良策?"

会稽王道:"你也不必推却,既然你早知道,想必总已有些谋划。"

谢安听了,片刻不语,道:"相王还记得那舟上吟的诗吗?"

会稽王道:"怎么能忘,不就是'丈夫志四海,万里犹比邻'二句吗?"

谢安冷笑道:"正是这二句诗,险些被桓温利用了去。"

会稽王吃惊道:"这又怎讲?"

谢安道:"他要迁都洛阳,总要有人附和于他,相王这二句诗,不就是附和他的迁都吗?"

会稽王变色道:"这桓温也太奸猾了,怎的把孤家这二句诗也扯进去,实在可恼。"

谢安道:"相王可恼,还无伤皮毛;下官可恼,已有身家性命之忧了。"

会稽王道:"你也被他抓住了把柄?"

谢安道:"不就吟了那两句诗吗?桓温已起疑心了。"

会稽王忧虑道:"若是与他做了对头,还真有些麻烦了。"

谢安道:"这桓温原有大才,可惜心术不纯。此人万一得志,实为朝廷之忧。那荆州地控上游,凤号形胜,朝廷那时怎可令他前去镇守?万一发生变故,岂不酿成大患?"

会稽王叹道:"此事我曾密奏圣上,只是圣上惧他,不敢扼制,只好任他去了。"

谢安叹道:"如今他便得寸进尺,那洛阳乃兵家必争之地,桓温曾长期镇守,苦心经营,十有数载,百姓只知有他,不知有皇。其党羽又多,若是真的迁了过去,那可如何是好?"

会稽王怒道:"他难道反了不成?"

谢安冷笑道:"这是明摆着的事,桓温要仓促迁都,分明是要从中作乱,乱中称帝。若是朝廷准奏,那我大晋的末日,已为期不远了。到那时,即便有十个相王,百个谢安,也是无能为力了。"

会稽王一听,吓得面如土色,冷汗直冒,半晌才道:"难道我祖打下的江山,要拱手让于他桓温不成?"

谢安冷笑道:"那倒未必。"

且不说谢安与会稽王在司马府里商议拒绝迁都之事,单说那边的桓温,这些日子也与参军郗超一起,紧锣密鼓商议迁都事宜。这日早起,桓温身子有些不适,正在榻上闭目养神,忽然接到朝廷给他送来的一份文书,原来自半年前吏部尚书病逝以后,此位空缺已久,朝廷要他荐举一人。桓温接过文书,略一思忖,想起一个人来。你道是谁?就是谢安。桓温为何要在这时荐举谢安?这吏部尚书乃朝廷重臣,不说平民百姓,就是当朝丞相,皇亲国戚,也要敬他三分。桓温把这重职交与谢安,岂不是自找麻烦,自讨苦吃?其实不然。原来这桓温极奸猾,谢安与他有了生分,他岂不知?然人非草木,孰能无情?想当初谢安隐居东山,是他把人请下山来,充任幕府司马,官非重职,却也不小。如今再荐他出任吏部尚书,一来可显他桓温的大度气概,二者谢安纵然是铁石心肠,也该为之一动。他桓温也无别的企求,只要谢安别反对他迁都就是。只此一桩,日后叫他做个小王,也是有的。这么一想,急差人去请谢安。不足一刻,谢安赶到。桓温见谢安来了，慌忙下榻，呵呵笑道："谢司马多日不见，一向可好？"

谢安施礼道："托桓公的福，样样都好。"

桓温笑道："你怎的不来见我，叫我这般思念？"

谢安道："桓公乃朝廷重臣，政务繁忙，不召下官，下官怎好贸然打扰。"

当下入座，桓温道："你来我府中也已有些时日，我见你才识广博，韬略满腹，实是国家栋梁，我诚心要抬举于你。望你尽力竭职，辅助于我。"

谢安道："恩公抬举，便如拨云见日一般，下官铭记在心。"

桓温大喜，道："今叫你来，就为这事。因朝中缺吏部尚书已久，老夫特荐举你出任。日后也好立功河朔，延誉江南，做它一番事业。"

谢安闻言，起身谢道："下官才疏识浅，怎堪担此重任？且吏部责任重大，非同儿戏，还望明公三思。"

桓温道："以你之见，何人堪任此职？"

谢安道："莫如参军郗超，此人满腹经纶，足智多谋，实是社稷良才。由他出任，最为适宜。"

桓温笑道："安石谦恭过人，诚是可嘉，然老夫之意已决，你也不必推却，速速上任去吧。"

谢安谢恩，拜谢而去。这里桓温一面速遣人将荐举文书奏予朝廷，一面从后厅唤出郗超，与他一说。郗超笑道："此安石诈计耳。"

桓温怒道："怎的无端谗他？"

郗超冷笑道："谢安石胸怀大略，岂甘久居桓公门下，彼佯为勤敬，赞誉在下，且又力辞吏部之职，本意是要你打消疑虑，坚举其职，设法脱离羁绊。"

桓温一听，半晌才道："若如此，这谢安也太可恶，怎的老夫又上其当？不如撤回奏本，叫他回东山便了。"

郗超叹道："奏本已呈，怎可收回？若是被大臣们知晓，岂不沦为笑柄？不如将错就错，静观他的动静，再从长计议。只是谢安此次一去，怕是有些麻烦了。"

且说桓温自荐举谢安出任吏部尚书，经郗超点破，才知又上当了，心里叫苦不迭。不料才过数日，朝廷又颁下圣旨，除辟谢安为吏部尚书外，再征拜他为侍中、中护军之职。桓温闻知，气得七窍生烟，可仔细一想，也只能责怪自己。这样懊恼了几日，心情才复平静。于是，择一吉日，又率部移镇姑孰。

这日他把郗超找来，再议迁都之事。此前郗超已经拟了一份奏折，桓温看了，增删三遍，才觉满意，遣人连夜送往朝廷，大意是：现巴蜀既平，逆胡消灭，时来之会既至，休泰之庆显著。皇上宜应远图庙算，大存经略，光复旧京，疆理华夏，使惠风阳泽洽被八表，霜威寒飙陵振天外。今江河悠阔，风马殊邈，皇上宜应驻于国中，才能霜露均匀，冠冕全国，朝宗四海。如今河南已克，自永嘉之乱流落江南者，请一切北迁，仍返故土，以充实河洛。然后皇上御驾，朝服济江，仪表两河，宅中驭外。臣虽庸劣，才不周务，然愿躬率三军，廓清中原，等等。

那穆帝本已有病，见了这个奏本，哪里经受得起这种打击？于是，在一惊一吓中，于显阳殿中一命呜呼，年仅十九岁。这穆帝在位十七年无子，于是会稽王司马昱及侍中谢安等，入白褚太后，迎成帝长子琅琊王丕嗣位。褚太后依议施行，布诏天下。然后百官备齐法驾，至琅琊王第迎丕入宫，升殿即位，是为哀帝，时年二十二岁。

且说晋哀帝即位，改元隆和。新帝因即位不久，天下未定，故朝中的大事，能推则推，能拖则拖，也包括桓温提出的迁都之议。约莫过了半年光景，到了公元363年，天下刚刚有些太平，不料那太妃周氏在琅琊王第中突然暴死，哀帝只好出宫奔丧。谁知丧事未毕，那各地的告急文书便如雪片一般飞到宫中，其中最令人头痛的是燕兵闻穆帝新丧，趁机攻入了荥阳，太守刘远弃城东走。其次是项城将士，因朝廷多年不加安抚，不堪困苦，聚众叛奔。另外，桓温这时也趁乱作梗，因前番他曾表请迁都洛阳未准，这次他又再次奏请，并阴布羽翼，广拓声威，逼迫朝廷。朝廷闻知，内外震骇。会稽王连夜奏于哀帝，谁知哀帝闻报，只说了"知道了"三个字，连多说一个字也没有。你道为何？原来这哀帝虽为皇帝，被人称作是"中兴正统，明德懿亲"之人，实则却是个最无用的昏君。他有一个嗜好，就是极信方士之说，整日仿效黄老，不食五谷，单吃那长生不老之丹。久而久之，以致毒性沉痼，人只瘦成一把骨头，还要将那丹药一把一把吞咽下去。对于朝廷大事，一概交与崇德太后总掌。因此对于入侵也好，叛奔也好，迁都也好，统统不屑。众臣见他这样，谁敢再谏？谁愿再谏？

只有崇德太后觉得责任重大，想这晋室江山，自先帝司马懿起家河内，经八王混战，历五胡闯入，神州致慨陆沉，骨肉相继诛戮，真乃腥风血雨，此争彼夺。至司马睿依魏晋故事，在建康城称帝晋王，好不容易延续至今，总算有个半壁江山，亿兆庶民。不料到今日反而千疮百孔，外扰内乱，岌岌可危，想想真是悲哀。这日上朝，太后道："众卿家，前番燕兵入寇荥阳，项城将士叛奔,朝廷已命西中郎将袁真,都督司、冀、并三州军事前去御敌。又遣北中郎将庾希率部,聊补项城之缺。今更有一桩大事,乃征西大将军桓温再奏迁都洛阳一事,不知众卿意下如何?"

两班文武听毕,你看我,我瞧你,没一人敢发声。正在尴尬,忽见班下闪出一人,道:"启禀太后,臣有一奏。"

众臣一看,见是谢安。

太后大喜,道:"谢爱卿既有良议,请速速奏来。"原来这崇德太后也是憋得不行。上朝议事,自古以来,都是有议有论,有决有定,才成体统。如今桓温奏请迁都洛阳,众人因为惧他,竟没一人敢吱声。你道这太后坐在龙凤椅上有多难受,巴不得有一臣出来说它几句,通通这太极殿内的闷气。

谢安道:"依微臣之见,这迁都之事,万万不可。"

太后道:"有何不可?请具道来。"

谢安道:"太后,自古今帝王之都,岂有常迁?以臣之愚见,帝王之兴,总不外乎借地利人和以建功业。今河、洛一带,迭经戎马,已闹得七零八落,不可收拾。虽经桓大将军规复,但总归是劫灰满目,景物萧瑟。况燕人又屡次窥伺,烽火连年不绝,怎好仓促迁都?古语云:王公设险以守其国。今晋室中宗龙飞,并非信顺于天人,实赖万里长江之天险啊!"

谢安奏毕,那崇德太后在龙凤椅上眉开眼笑,心想朝廷有此良臣,何虑不保?遂笑道:"众卿还有何奏,也请一并道来。"

不料言落之后,两班文武,仍无一人出来说话,观那神色,个个惴惴不安。太后怒道:"你等平日口口声声都是社稷忠臣,不意今日稍有艰危,个个都噤若寒蝉,唯恐累及自家性命。日后国家真有大难,你等岂不是会把这泱泱江山拱手相让吗?"

言犹未了,那班中有一臣叫道:"太后息怒,蝼蚁尚且贪生,何况人乎?至于迁都之事,臣有一奏,可为太后解忧。"

太后一瞧,见是侍中王坦之,心中稍觉宽慰,道:"王爱卿乃世代忠良,家国之事,还望多多忧劳操持。"

王坦之道:"太后,今桓温大唱高议,我晋室江山,岂能屈服于一人之下,而置亿兆之愿不顾?以臣愚见,这迁都之事,断不能从。"

太后听毕,半晌无语,及至抬起头来,已是泪流满脸,道:"谁说我晋室江山无忠良之臣?两位爱卿之言,字字千金。今吾心顿固,迁都之事,就此作罢。"言毕,退朝。

这日桓温正与众将痛饮,饮得多了,便吐出真言,用手指着众将鼻子道:"你等身为将帅,本来可创大业,若甘心寂寂无闻,终将为先贤耻笑。"

众将见他醉了,都暗自窃笑。桓温又道:"大丈夫若不能流芳百世,亦当遗臭万年。"言毕大笑。笑毕,见那探子立在一旁,便道:"有什么好的消息?请告诉老夫,老夫定当重赏于你。"那探子的嘴巴张了两张,也不敢骗他,只好如实将谢安、王坦之在朝堂上反对迁都的事述说一遍。桓温一听,气得七窍生烟,眼前金星乱迸。那桌上的肥鹅嫩鸡,美酒佳肴,这时也仿佛成了刺眼的物件。沉默片刻之后,他竟忽地跳将起来,将那一桌酒菜,统统掀翻在地。

众将见状,恐他有伤身子,便拥上前去劝阻。

桓温却厉声道:"谢安石不过一介书生,手无缚鸡之力,竟能制止迁都大事。汝等虽率千军万马,又怎抵得上他一个指头。"

众将惭愧无语,只好纷纷退去。

见众将走了，桓温独自一人步出营帐。是夜繁星满天，桓温仰天叹道："谢安石啊谢安石，你究竟是哪颗星啊？老夫如何才能将你揣在手里？"言讫，拔出佩剑连砍数树。正砍着，从背后上来一人，一把将他抱住，叫道："大将军，你好狠心，怎的拿这些树出气？"

第八章

且说那桓温闻谢安、王坦之在朝堂上罢了迁都之议，心中大怒，拔出剑来，将那帐外的小树接连砍倒几棵。不料正砍着，从背后上来一人，一把将他抱住，道："大将军，你好狠心，怎的拿这些树出气？"

桓温一看是郗超，道："老夫命你去洛阳操办迁都事宜，怎的这么快就回来了？"

郗超笑道："下官未去洛阳。"

桓温惊道："不去洛阳，你又去了哪里？"

郗超道："下官去了建康。"

桓温道："这是为何？"

郗超笑道："依下官之见，这迁都之事，定然不成。"

桓温道："此话怎讲？"

郗超道："洛阳乃桓公苦心经营之地，根基坚固，盘根错节。朝廷既有谢安等人在侧，怎么会容许迁都之事得成？"

桓温怒道："既然早知不成，你为何不劝阻于我？"

郗超道："时机未到，桓公能听得进下官的劝阻吗？"

桓温叹道："此老夫之过也。"

郗超笑道："桓公也不必懊恼，虽然迁都不成，但不日之后，会有另一桩喜事从建康传来。"

桓温道："迁都不成，何喜之有？"

郗超道:"三日之内,必见分晓。"

三日一过,这日桓温正在书房阅读兵书,忽闻朝廷传来圣旨,又新辟他为大司马、都督中外诸军事,加扬州牧,兼徐、兖、荆、扬四州刺史。桓温阅毕,将那圣旨往桌上一掷,恰巧郗超进来,笑道:"大司马,升官晋爵,理当高兴才是,为何不露声色?"

桓温冷笑道:"此乃朝廷安抚之计,老夫岂会上当?"

郗超一听,呵呵笑道:"大司马洞察秋毫,真乃一针见血也。"

且说朝廷自罢了桓温迁都之议,恐他再生事端,便给他加了许多官职,以为这样一来,他总会有所满足,有所收敛。不料此招反被桓温识破,愈觉朝廷惧他。于是又生出一计,他要亲率大军,讨伐赵魏,以树自己的威望。当下便命郗超草拟一书,上奏朝廷,没料朝廷没有理睬。桓温心有不甘,于是再奏,只见奏书写道:"臣近亲率所统,欲北扫赵魏,军次武昌。获会稽王昱书,说风尘纷纭,妄生疑惑,辞旨危急,忧及社稷。省之惋愕,不解所由。臣虽庸劣,才非其人,然燕贼可恶,入我封畿,掠我边疆,残我禾稼,寇仇不灭,国耻未雪,我若不再征,家国何保?故臣愿竭筋骨,宣力先锋,翦除荆棘,驱诸豺狼。伏愿陛下决玄照之明,断常均之外,责臣以兴复之效,委臣以终济之功。此事既就,此功既成,则陛下盛勋比隆前代,周宣之咏复兴当年。"云云。

不料桓温的奏本还未送出,那建康后宫之中又出了一桩大事。原来那哀帝因迷信方士,好饵金石,以致服食过多,遂致中毒,终于一命呜呼,享年二十有五,在位不过三年。于是举国哀悼。消息传到了燕太守慕容恪耳里,此人足智多谋,听闻东晋的皇帝死了,便趁他们丧乱之时,率兵急取洛阳。洛阳守将陈祐检阅守城的人马,才不过两千多一点,粮草也不过数月,自知不能固守，遂率领人马离城出走，消息传到建康，一时人心惶惶。

正在姑孰的大司马桓温闻哀帝驾崩，觉得来了机会，遂表荐其弟右将军桓豁监督荆州、扬州之义城及雍州之京兆诸军事；又表荐其弟振威将军桓冲，监督江州、荆州之江夏及豫州之汝南、西阳、新蔡、颍川诸郡军事。名是举贤不避亲，实是趁机安插亲信，培植桓家势力。至于燕国入侵，他根本不放在心上。亏得谢安等人辅佐太后，急急定了嗣位之事，请哀帝弟奕入承大统，由崇德太后出面下诏道："帝遂不救厥疾，艰祸仍臻，遗绪泯然，哀恸切心。琅琊王奕，明德茂亲，属当储嗣，宜奉祖宗，纂承大统，俾速正大礼以宁人神，特此令知。"

诏令既下，颁示百官，当即迎帝入殿，是为奕帝。后人亦称废帝。当下又是丧君，又要立帝，忙忙碌碌，悲悲喜喜，连洛阳被燕军所克也无暇顾及。唯桓温所部离洛阳不远，他明知洛阳守军不过二千，敌不住燕军数万之众，本应遣军援救。可他心中自有盘算，硬是不发一兵一卒，只好眼睁睁看着那座城池被燕军夺去。

且说这日，侍中谢安正在家中与王坦之闲叙。这日极热，炎暑熏蒸，王坦之虽当风交扇，犹黏汗淋漓，不堪忍受。谢安却身着布衣，犹命婢妾取热白粥食之，神色安然无异。王坦之笑道："这么热的天，安石尚食热粥，如何忍受得了？"

谢安大咽一口道："心静身自凉，急躁生暴热。我并非不热，乃自为忍耐，多加克制罢了。"

二人正在说话，忽有门僮领一差官匆匆而入，道："二位大人，皇上派人来了，请二位大人过去说话。"

谢安起身对差官道："回禀皇上，臣等即刻就到。"言毕进内,与王坦之一起更换衣冠,一刻便到显阳殿。行过大礼,见丞相司马昱亦在旁侧,便在他旁边坐下,道:"陛下有召微臣二人,不知有何圣谕?"

奕帝道:"方才接到大司马的奏本,觉得有些紧要,故请二位卿家前来商议对策。"说话时那司马昱已把奏本递与谢安、王坦之二人。

奕帝道:"这桓温前番奏请迁都,今又上疏伐燕,不知有何用意?"

谢安道:"陛下,桓温不臣之心,早已昭然若揭。迁都被罢,他必不服,今又奏请伐燕,无非想立功河朔,收集时望,然后还受九锡,乘机篡位称帝。陛下若以社稷为重,这伐燕之事,万不可准。"

司马昱道:"只是这燕贼也太可恶,屡屡扰我边境,如若一味退让,不予以抗击,彼必以为我朝中无人,将来得寸进尺,如何是好?"

奕帝道:"不若派一得力之将,前去伐燕,这样既可扼制桓温野心,又可与敌抗衡,岂不更好?"

王坦之谏道:"陛下,这样反为不妥。若是那人胜了,桓温必嫉恨于他,内讧定由此而生;若是败了,就会被桓温捉得把柄,朝廷反为被动。殷浩北伐兵败,便是教训。"

司马昱在旁叹道:"就是这个殷浩,几乎断送了我大晋半壁江山。"

原来这殷浩曾任扬州刺史,威望极高。有一年桓温准备擅自北伐,朝廷惧他功成,越发不能扼制,遂命会稽王赶去武昌劝说于他,桓温这才作罢。然那北伐之势已经形成,朝廷便令殷浩前去统帅，总以为他胜券在握。不意这殷浩却是个无用之人，北伐数年，竟然屡战屡败，不仅寸土未得，反而失去许多地盘。那桓温怎肯罢休，便上疏弹劾，要将他废为庶人。朝廷理屈，黄连自吞。后来那失地反被桓温收复，弄得朝廷十分尴尬。

当下谢安道："陛下，王大人所言极是。以微臣之见，那边境可不必管它，晋之大敌，不在燕而在秦。边境骚扰，些许土地，无伤大体。朝廷可常遣人马前去镇戍，一来可以训练将士，使之轮换实战，二来也可免兵疲之苦。"

奕帝听毕，当即准奏，急命草诏一书回复桓温。一面又命谢安密遣心腹前去姑孰，观那桓温动静，唯恐有变。一应分拨停当。

这日谢安正在琴房弹琴，忽门童来报，说有会稽来的三人求见，谢安急命请进，一见是王氏三少，遂笑道："子猷、子重、子敬三侄，是哪股风把你们吹到这儿来了？"

王徽之作揖道："侄儿三人奉家父之命，特来探望叔叔，问叔叔一向可好？"

谢安笑道："一向尚好，只是你父亲可好？"

王操之道："父亲极是思念叔叔，自叔叔离开东山之后，父亲便独处一室，也不知为甚，只是脸上常有些泪痕。我等问他，总是不答。"

谢安黯然道："你父亲这人极重情义。东山一别，为叔也极思念于他，只是朝务缠身，不得前往。我只问你，你父亲的身子一向可好？"

王献之道："好便还好，只是近来腿疾复发，肿胀不能行走，服了五石散，仍不见效。我等来时，他还躺在床上。"

谢安道："你父亲身患多病，却长年服食丹药，长此下去，必有害无益。"

王操之道："我等也常劝他不要服散，可发作起来，也无良药，只好任他去了。"

谢安垂泪道："你等母亲早逝，他一人在家，不知谁人在旁照料？"

王徽之道："只有一腌臢老汉在旁照料。不瞒叔叔，这东山之上，叔叔在时，甚是人丁兴旺，中规中矩，如今却大不如前了。"

谢安惊道："这是为何？"

王徽之道："如今和尚公公常云游在外，三五个月不回山上。孙叔、许叔也皆如此，只父亲一人守在山上。那些下人，知这份家产是叔叔您所创，便就不听父亲使唤，只管好吃懒做，偷鸡摸狗。说来您可能不信，那些小厮丫鬟，原都是些极规矩的人，如今些许羞耻也没有，白日里也厮混在一起，无端生出三五个男女来。"

谢安大怒道："这种村赖，实是可恶，那管家祝安，也是不管？"

王徽之叹道："这老汉实是可怜，他的忠心没人可比。可那山上的人，谁愿服他？某次他被三五个小厮灌醉了酒，剥去裤子，强令其与老婢交媾。老婢羞辱不起，当晚就跳崖死了。老汉次日也发了疯，如今成了废物，日日在那蔷薇亭上等你。"

谢安听毕，泪如雨下，道："那座东山，我苦心经营二十余载，刚刚有了眉目，不意今日被糟蹋成如此样子，实是可悲。"言毕取过笔墨，急书一信，着那新任会稽内史王复前去东山整肃，收治病人，安置残弱；一干无赖，统统逐出山门；几个恶棍，一律按刑律处治。限日禀报，不得有误。书毕，与众侄进入内堂，见过夫人刘氏。

王献之道："叔母，几位弟兄怎不来相见？"

谢安道："都在边关尽职。胡儿在郧城，琰儿在上明，遏儿在彭城，彼等常有书信来往，也还争气。"

刘氏埋怨道："气是争的，可那般年纪，往常还要在家里撒娇的，你却统统把他们赶往边关。那种地方，岂是孩儿们去得的？"言毕便垂下泪来。

谢安叹道："我岂是无情？如今边关吃紧，社稷正当用人之际。我家的儿郎不去冲锋陷阵，还有何人愿去？"

王徽之叹道："当今家国危难，众兄弟都在边关尽职。我等一介书生，手无缚鸡之力，仅凭一支秃笔，有何能耐？想想也真愧煞。"

谢安笑道："贤侄此话差矣！想你父亲，一支毫笔，谁人能及？纵然有千军万马，又何足论哉！"言毕，见天色将晚，于是共入膳厅，早有婢仆摆上酒菜，甚是丰盛。众人畅饮一番，各叙别后之情。恰巧王坦之有事来访，便相邀一并入座。饮到次日凌晨，众人皆有醉意。

忽谢安与王徽之道："贤侄之书比令尊如何？"

王徽之正在打盹儿，没有听清，谢安笑道："以我观之，贤侄之书虽有父风，然殊非新巧。观你字势疏瘦，笔踪拘束，如此二者，实乃翰墨之病瘤也。"

王徽之听毕，半响无语，忽睁眼道："外人哪得知道？"言毕睡去。

谢安又笑与王操之道："子重近出，擅名江表。然依我之见，所书实无丈夫之气，行行若萦春蚓，字字如绾秋蛇，聚无一毫之筋，敛无半分之骨，此乃妄得其名也。"

王操之闻言惊醒,笑道:"阿敬如何?"复又睡去。

谢安笑道:"阿敬近摄王刘之长,避己之短,故将来必擅名一时,为风流之冠。"言讫,直视众人,除王献之一人似睡非睡,余皆鼾声大作,于是命婢仆扶众人回房歇息。那王坦之醉后不能骑马,谢安便命轿夫把他抬去,一夜无话。

且不说谢安在府中与王家三少饮酒作乐,畅叙别后之情。单说朝廷自罢了桓温伐燕的奏本后,急遣人将朝廷的回复送与桓温。这日桓温正在帐中独饮,自那奏本呈上朝廷,他便日日在等回复。不料一等再等,等了七日,竟等到一个晴天霹雳,不觉火冒三丈,将桌上那盛酒的双龙琉璃盏砸得粉碎。盛怒之间,参军郗超进入帐来,见桓温一脸怒气,劝道:"大司马息怒,凡事总得从长计议,免得伤了身子。"

桓温怒道:"你等只劝我从长计议,然老夫已年过六十。如此等待,要到何年何月?"

郗超笑道:"说得也是,只是今日有位来客想要见你,正在外面等候。"

桓温道:"既然有客,何不请进?"

郗超道:"只是这客人有些特别,须经大司马准许,方可引见。"

桓温警觉道:"他是何人?"

郗超道:"侍中、吏部尚书谢安石。"

桓温一听怒道:"他来作甚?我又未曾请他。"

郗超道:"谢安石乃当朝重臣,伐燕之事,不妨听听他的见地,或许有些教益。"

桓温道:"也罢。但有一条,老夫性急,等会儿若是争执起来,有些冲撞,你须从旁暗示些个,免得一时冲动,动起手来。"

郗超笑道:"这个不难。"言讫出门,将那谢安引进。见过礼后,谢安笑道:"大司马别来无恙,今日气色极佳,满面春风,想必伐燕之事已成定局。"

桓温一听,心里暗忖道:"这厮怎的这般说话,莫非有人走漏了风声,让他知道了?"遂正色道:"谢大人不可戏言,伐燕之事,朝廷已罢了我的奏本,你岂不知?桓某怎敢擅动?"

谢安一听,呵呵笑道:"好一个儿戏。大司马,此事你瞒得了别人,岂能瞒得了下官?"

桓温冷笑道:"何以见得?"

谢安冷笑道:"有艨艟三百艘、粮草五千车为证。现在卧虎山黑龙潭集结,只需桓公一声令下,便可直驱燕境。"

桓温一听,料他已经知道,遂笑道:"谢大人果然神机妙算。老夫实不相瞒,这伐燕之事我意已决,只是部属之中,尚有异议。今日得见大人,望能赐以良策。"

谢安笑道:"依下官之见,以桓公才略,这区区燕国,弹丸之地,何在话下。然下官今来,并非怂恿桓公伐燕,乃是请求暂缓进伐。"

桓温心想:"这厮着实可恶,前番在朝廷力罢伐燕,今日又来游说,我倒要听听他有什么高见。"遂道:"既能伐燕,又不可伐燕,是何道理?"

谢安道:"时机未到。依下官之见,古人攻伐,必先决胜庙堂,今燕不可击者四,晋不宜动者三。"

桓温笑道:"你倒有些讲究,不如说得细些。"

谢安道:"燕自战其地,我悬军远入,一不可击;敌众我寡,不熟地形,二不可击;我军利在速战,燕军备而不急,三不可击;

燕有深沟高垒，我军顿兵死地，四不可击。"

桓温觉得好奇，又问："三不宜动又如何？"

谢安道："近来天文错乱，风雨不时，一不宜动；众心有疑，疑兵不固，二不宜动；燕未内乱，福德正隆，三不宜动。"

桓温听毕，呵呵大笑道："谢大人之言差矣，昔燕主慕容俊病殁，朝廷上下均劝我克图中原。但我虑燕相慕容恪尚存，此人谋略过人，武艺高强，不敢轻敌，故此缓行。而燕秦二寇虽屡屡伺机窥晋，只因我未有隙，不敢来侵。今恪刚死，燕失栋梁，何不趁此良机，一举克燕，燕克，秦必却步，从此可免晋室之忧。此乃千载难逢的良机，何乐而不为呢？"

谢安一听，呵呵笑道："桓公所言差矣。古人云：为将者，知己知彼，方能百战不殆。今燕虽新丧，然根基未动，不宜大动干戈。况取燕必走水路，今天气亢旱，水道不通，漕运未便，如何进军？"

坐在一侧的郗超见谢安说得有理，便脱口道："大司马，谢大人之言有理，以超愚见，伐燕之事，不如暂缓，待来日水涨爆满，再一举进发。此乃天时地利人和，皆我有利，那时再遣人马，何愁燕贼不克？"

桓温一听，勃然作色道："伐燕乃先帝遗愿。我虽庸才，然狠受先帝顾托，每欲扫平燕秦，统一晋室。今天赐良机，汝等反出言沮众，究竟何意？"

郗超再谏道："大司马，先帝遗愿，自然要从，可当今皇上之意，也不能不遵呀！"

桓温大怒道："当今皇上无能，岂能断此大事。竖子不忧命在须臾，犹敢如此，嫌死晚耶？"遂叱左右将郗超推出营帐斩首。

两旁武士一声吆喝,早把郗超缚了。

谢安见状,也不搭救郗超,只顾微微一笑,道:"既如此,大司马后会有期。明年这日,下官自会来给参军做周年忌日。"言毕,步出营帐,跨上坐骑,飘然而去。

行不数里,忽见后面腾起一股烟尘,谢安勒马一看,乃是郗超。待他行得近了,谢安笑道:"嘉宾兄别来无恙。"

郗超道:"安石兄为何不来救我?"

谢安笑道:"此乃桓温缚鸡儆猴之术,名是责你,实是拒我,故此小可一走,你便被赦。"

郗超叹道:"江左有谢大人在,何愁不保。只是大司马不听忠言,一意孤行,六十老人,尚有如此野心,实不多见。"

谢安冷笑道:"求功心切,终非好事。大司马此次伐燕,必败无疑,日后恐将一蹶不振也。"言讫,猛抽一鞭,飞奔而去。及至走得远了,那郗超突然大叫一声:"啊呀!不好!怎的把这事忘了。"叫毕,便拨转马头,鞭子一挥,朝那谢安追去。

·第九章·

且说那桓府参军郗超，在谢安走后才忽然想起一件事来，叫了声："啊呀！不好！怎的把这事忘了。"便拨转马头，朝谢安追去，可哪里还追赶得上。你道这郗超把何事忘了，心里这么着急？原来这郗超是个极聪明的人，他想这桓温如此固执，伐燕之事，已无法说服于他，自己既为参军，总要跟随他去。若是伐燕胜了，这事也就罢了；若是出师不利，危难之际，自己又拿不出好的主意，岂不坏了大事？故此才想起谢安，要向他讨些计谋，不料待他想起，那谢安已走得远了。

且说桓温力罢众议，定要伐燕，遂于太和四年六月，自为元帅，命弟南中郎将桓冲及西中郎将袁真等，率水陆步骑五万从姑孰出发。一路大军，浩浩荡荡，人喊马嘶，烟尘旌旗，遮天蔽日，舟船艨艟，衔接百里，直捣燕境。不意才及两天，便初战告捷。建威将军檀玄首攻湖陆，一鼓作气，攻克城池，擒获守将慕容忠。消息报至桓温，正是晚上，桓温笑道："旗开得胜，此乃良兆。速令队伍日夜兼程，明日一鼓擒之。"于是不及休息，即令部众齐起，埋锅造饭，饱餐一顿。不待天明，便拔营前进，衔枚疾走，直逼燕境腹地。谁知行了半日，那队伍便就松懈起来。你道为何？原来此时正是六月天气，虽然晴明得好，却是酷热难当。时辰未到响午，一轮红日已经当空，四下里又无半点云彩。那北方之地，原本就极干燥，又天久不雨，树木稀少，而行军辎重必走大路,数万人马尽数暴晒在酷日之下。加上尘土扑面,几乎使人窒息。那年纪轻些的官军尚可支撑挣扎,年老点的哪里受得了这般煎熬,早走得汗流浃背,气喘如牛。自有几个老兵倒在树下,任你杖捅棍打,只是哼哼,不肯起来。更有那些水军,因天气亢旱,水道不通,舟船艨艟无法行动。虽然桓温下令,由冠军将军毛虎生率军两千,企图开凿巨野三百里,引汶水汇入清水河,再从清水河挽舟入河。谁知这种天气,坐着尚热得不行,哪里禁得起在烈日下挥镐抡锹?况这些水军,原本都是些旱地鸭子,只是舟船筑好之时才改为水军,无非冠个名字,哪里有几个会水的?因而河未凿通,累死、淹死、吃了生水病死的已过数百。待河凿通,两千军卒只剩半数。

且说这日,队伍继续开拔。那桓温坐在战车之中,尾军而行。只是越往北去,这天气便越是酷热,虽有木顶挡着,但那阳光逼射下来,里面便如蒸笼一般,那件织锦战袍,早被汗湿得精透。正在难受,忽窗外有一将禀道:"大元帅,前面三岔路口有一处树林,极是茂密凉快,不如前去歇息再走。"

桓温听毕,怦然心动,但旋即叱道:"战场之中,人无贵贱,将士正在流汗赶路,我身为主帅,岂可独享凉快?"

正言语间,已到那个地方。桓温探头一看,只见山口险隘,口内一段依稀有条窄路,路侧万山包裹,林木葱郁,心想这里不独一处乘凉的去处,亦是一条兵家要道,若是燕军在这里埋支人马,倒是有些麻烦。正在犹豫,猛听得一声呼哨,遂登高一望,见自己的队伍已进去山谷一半,桓温叫声不好,速令退兵。哪里还来得及?那燕军已从林间杀出,一齐拥将过来,狂呼乱喊,无不以一当十。晋军大骇,势如山倒。桓温料知难敌,急令鼓吏击鼓退兵。不料那鼓吏见燕军凶猛，早慌了手脚，把那退鼓误作进鼓，咚咚锵锵擂将起来。晋军闻鼓，哪里敢退，人人拼死，争突敌阵。那桓温一看，转怒为喜，也拔剑在手，督众力战。两下交战，不足一个时辰，燕军败退。仔细一看，死者都是些老残步卒。

桓温笑道："真是以卵击石。"遂令队伍速进。不料话音刚落，忽听"嗖"的一声，从那林间射来一箭，险些射中桓温脑门。亏得桓温眼明手快，把头一偏，那箭在他耳边擦过，中在身后一名军士的脸上，军士当即毙命。桓温大惊，一刻也不敢停留，赶快钻进车内，急速朝前挺进。

这日，不知不觉已入燕境腹地，当晚扎下营寨。桓温正在帐内独饮，见参军郗超从帐外匆匆而入，佯醉道："郗参军深夜造访，莫不是要与老夫斗酒吗？"

郗超道："大元帅，下官有军机要事，特来禀报。"

桓温睁开醉眼道："有何军机要事，明日再报不迟。"

郗超道："大元帅，目下燕势方盛，福德正隆，我军虽胜，不过偶然。依下官愚见，现在班师，为时不迟。"

桓温笑道："参军此话差矣。前番谢安石曾料我伐燕必败，然我自率军以来，战必胜，攻必取，势如破竹，燕军屡战屡败。尤其今日一战，燕高平太守徐翻惧我势众，不战自降。燕将慕容厉、傅颜、慕容臧等虽经交战，一触即溃。如此神速，不出二日，我军必至枋头。枋头若胜，燕国一举可得，谢安石又将何言？"

郗超道："大元帅，下官正为此事而来。方才下官去军营巡察，见百里巨野已经凿通，舳舻艨艟，数达百里，只待汇入清水，便可挽舟入河。然时至今日，清水已全数入河，水位仍未过半，舟船无法通行。若寇坚持不战，运道必绝，此河反成死道，这岂不应了谢安石的预言吗?"

桓温一听,圆睁双眼道:"舟船不通,还有两腿,没有两腿,尚有两手,岂能以此论成败?"

郗超复劝道:"大元帅,时至今日,切勿再意气用事。筑造艨艟,凿河引水,已乃劳民伤财,将士多有怨言,若再更易,岂非火上加油?依下官之见,还不如率众先攻邺城,彼若出城交战,便是自投罗网,一战可决。然后待粮储充足,来夏乃进。若舍此良策,徒兵北上,进不速决,退更为难。寇得迁延岁月,设法困我,渐及秋冬,水更滞固,北方早寒,三军未带裘褐,必冻馁难耐,还怎能长驱直入,取得决胜?望大元帅三思。"

适西中郎将袁真在旁,见郗超之言甚有道理,亦劝道:"大元帅,参军之言不无道理,我军连连得胜,恐是燕军诈计。不可大意。"

桓温叱道:"以你这样怯懦,怎能堪当大任?"

袁真道:"兵书云,军事大要有五,能战当战,不能战当守,不能守当走,余二事唯有降与死耳,故为将者,知己知彼,方能百战百胜。今大元帅只知有胜,不料有败。若是燕军拼力反击,悔之晚矣。"

桓温大怒,喝道:"竖子不忧命在须臾,犹敢如此,难道不怕死吗?"遂叱左右推出斩之。

郗超谏道:"大元帅且慢。袁将军犯颜直谏,所谓忠于社稷,不知死之将至,今大元帅纵勿能用,奈何杀之?若袁将军朝死,我等暮诛,天下之人,谁还愿与大元帅生死同命?"郗超说完,觉得不太对头,秉烛一看,只见桓温早伏在酒桌之上,睡了过去。鼻腔之中,鼾声如雷。郗超长叹一声,瞪了桓温一眼,便愤然离帐而去。谁知郗超刚走，那桓温便悄悄睁开眼睛，哧哧笑了起来。

且说桓温不听郗超、袁真等人劝告，一意孤行，次日一早，便拔营启程，朝枋头开拔。早有伏路探子报至燕营，燕大都督慕容垂当即升帐，顾左右道："众位将军，今晋征西大元帅桓温率五万余众，犯我燕境，我军初战佯败，实是诱敌深入。今彼正朝枋头奔来，不知众将军有何良策？"

参军封孚起身道："请问大都督，今我有八万之众，御贼五万，本当绰绰有余，为何不迎头痛击，却反而久在此处择地驻营，按兵不动？今桓温众强士整，乘流直进，而我军徒逡巡南岸，两军兵不接刃，如何能击退强敌？"

慕容垂微微笑道："众将但请放心，吾观桓温今日声势，看似十分凶猛，但吾料他绝难成功。目下晋室衰弱，虽有谢安、王坦之等臣辅佐晋主，然桓温骄横跋扈，目中无人，又拥兵自重，朝廷早知其存不臣之心。昔桓温数奏北伐，企图威振雄风，晋廷恐其成功，日后难以控制，几次搁置，不予理睬。此次伐燕，晋廷又罢其奏。然桓温胆大包天，竟擅自出兵。是以桓温若想逞志，晋臣未必尽肯服他，众志不愿，势必多方阻挠，使其无成。"

你道这慕容垂是谁？原来此人十分了得，不仅武艺高强，而且足智多谋，才略过人，在燕国当中，是位响当当的好汉。只因慕容氏登基后穷奢极欲，残暴肆虐，慕容垂出于忠心，屡加谏议，由此得罪了一些大臣。后同族慕容暐等人妒忌慕容垂才能，曾密谋把他除掉。因走漏风声，慕容垂连夜出逃，投奔秦王苻坚，燕国从此衰落。此是后话，暂且不表。

当下大将申胤道："大都督所言极是，然桓温才略盖世，又率精良五万。似乎也不可轻敌。"

慕容垂笑道:"桓温伐燕,虽来势凶猛,然必恃众生骄,应变反怯。彼率众深入,应该急进才是,今反逍遥中流,坐失良机。彼欲以持久取胜,岂不思粮道悬绝,转运为难吗?故此,不出几日,我便料他师劳粮缺,情艰势绌,必不战自溃也。"

众将称善。内中有一白袍小将道:"然我军怎样拒敌,还请大都督运筹定夺。"

慕容垂笑道:"暂不有劳众位将军,我已令范阳王德与兰台侍御史刘当,分率骑士一万五千人,往屯石门,配合慕容德等,截其漕运,断其水路。命豫州刺史李邦,领州兵五千,截其陆运,断其粮草。又命参军悉罗腾与虎贲中郎将染干津等,引兵五千,诱敌深入。"

言毕,有一黄袍小将道:"大都督万不可轻敌,我方这点人马如何拒得桓温大军?"

慕容垂瞧他一眼,笑道:"小将军,兵书有云,将在谋而不在勇,兵贵精而不在多。各位按计速速行动,待一声令下,分四路奋力合击,他桓温纵然有三头六臂,恐怕也插翅难逃。"言毕步出营帐,策马而去。

且说这里慕容垂刚刚分拨停当,那边枋头城外已经爆发一场恶战。原来那燕将悉罗腾与染干津领了军令,在晋军必经之地设了一个假营,营内旌旗招展,炊烟袅袅;又派几名军士,在帐内高声笑闹,自己率领五千精兵埋伏两侧。不足一个时辰,那晋军果然气势汹汹杀将过来,为首一员大将,十分傲慢,见了前面营帐,也不察看,便跃马横刀冲了进去,后面士卒鼓噪而上。行至中军帐内,未见一兵一卒,方知中计。刚要退兵,忽一声炮响,从斜刺里冲出悉罗腾与染干津,后面五千燕兵随后赶到,将那晋军团团围住。那员晋将见中了埋伏，便大吼一声，挥着大刀，左冲右突，朝营外突围，企图杀开一条血路。那些燕兵哪里禁得住他那杆大刀，纷纷让开一条道路。悉罗腾一看不好，立即策马从左侧杀来，把那大将截住，大喝道："何方草贼，敢来此送死。"

那大将道："没有狗耳的，不闻有个段爷爷吗？"

悉罗腾一看，果是燕将段思，刚刚叛燕降晋。悉罗腾大怒，暗中谓染干津道："可恨此贼，定是来作向导，你可诱他过来，我当设法擒他。"

染干津吼了声，拍马上前，也不搭话，举枪便刺，未及数合，便虚晃一枪，败下阵去。那段思不知是计，拍马便追，刚追到一个山弯处，悉罗腾纵兵杀出，染干津亦回马夹攻。段思一慌，未及举刀，那悉罗腾便一刀砍去，只听"咔嚓"一声，似切瓜一般，段思的头颅便滚落在地。那些晋兵本来还想支撑，见主将已亡，也无心恋战，纷纷向外突围。燕军越杀越猛，早把三千晋兵围得铁桶一般。双方混战，搅成一团，晋兵到东，那燕兵也围到东；晋兵向西，那燕兵也涌到西，仿佛潮水一般，涌来涌去。晋军绝望之中，鬼哭狼嚎，势如山倒，互相残杀者无数。这一仗，直从午牌时分杀到日落西山，只见营内营外，尸横遍野，血腥冲天。营外有一旱潭，半日之中，血水倒灌进去，旱潭为之四溢。

且说燕将悉罗腾与染干津在这里首战告捷，那边往屯石门堵截桓温漕运的范阳王德与兰台侍御史刘当，也正大开杀戒。原来自桓温入燕以来，天久不雨，新凿河道半干半枯，不能使用，唯石门水深，故令全军粮草尽数运往此处。然石门有燕将慕容德扼守，几番试战，不能前进，桓温遣大将袁真前去攻克。袁真一到，便与慕容德交战，正在难解难分，却逢范阳王德与刘当麇兵赶到。两军相交,燕众晋寡,且晋兵人地两生,哪里禁得起燕军三支人马猛烈厮杀?晋兵渐渐退至船上,打算夺水路而逃。天公却又不作美,刚才还是顺风顺水,忽东北上黑风大起,山震地动,沙雾涨天,瓦砾夹击,晋军在下风处被击得鼻青眼肿。袁真那杆大旗亦一折两段,那半截旗杆被风卷到天上,兜了一个圈子,复又回到晋军头上,砸了下来,声若山崩,将那船只砸沉数艘,死了好些人马。晋军大骇,待到风小,见那船只已拢在一起,互相碰撞,加上逃命心切,一个个手忙脚乱,将那绳索也搅缠不清。正在叫苦,适逢燕军赶到,当即拔出火箭,飞蝗似的朝船上射去。那船上都是装着粮草的,本极干燥,加上烈日当头,那火箭一中目标,便腾腾地着起来,连半点扑救的希望也无。更惨的是船上的晋兵,这些人多不会水,见船上着起火来,便各自挣扎性命,往没火的地方躲,后来船也着起火来,只好凭火直往身上烧,烧得痛极了,就在甲板上号叫着打滚,卡自己和他人的脖子。剩下的便往水里跳,跳下去后又懊悔,只好没命地往没着火的船上攀。谁知那无火的船上早挤满了人,多一个人船就要沉。于是船上的人便毫不留情,见船被那人攀往了,遂抽出刀剑,将他的手全剁掉。

　　这一场厮杀,直杀得石门内外尸塞河道,清水变赤,不仅把桓温粮草尽数烧光,且八千人马已去五千。消息报至桓温帐内,桓温神色如常,道:"些许小败,何必惊慌。"

　　原来这桓温深谙军机,就在袁真与燕军大战之际,他想如此硬拼,必然吃亏。于是便来个声东击西,派遣兄弟桓冲亲率七千人马,悄悄渡过汶河,伏于枋头城下一处林中,见城那边杀得凶恶,便趁个空隙,令一千人马从隐蔽处掘地攻城,掘了二日,才从三面掘下五窟。桓温心中大喜,暗想掘通之后,从地道入达城中,燕军必然不备,慕容垂纵然有天大本事,也难保性命,此叫掏心之术。

谁知这桓温虽机谋过人,这次却犯了大错,那慕容垂岂是可欺之辈?交战二日,不见桓冲,那慕容垂便起了疑心,与众将道:"那桓冲身为前部先锋,武艺高强,谋略过人,本当一马当先,与我厮杀。然二日下来,不见他的影踪,恐怕有诈。那桓温老奸巨猾,众将需格外小心。"言毕,密遣五千精兵,分散动作,探听他的踪迹。

这日,有一军士前来禀报,称那墙根之下有异常声音,慕容垂即遣人挖一深洞,洞中置一大缸,伏耳一听,大笑道:"桓温老贼,原来如此。"即命招募壮士,备足有毒火器,于有声处守候。果然到了晚上,那些洞穴全被挖通。燕兵先是不动,待那晋兵全数鱼贯入洞,便发一声喊,将那有毒的火器,一齐喷洒过去。前面的晋兵连忙倒退,后面的晋兵却还在前涌,待到明白过来,已是死伤数百。桓冲见掘洞败露,正要退兵,那慕容垂早遣一支精兵从背后杀来。晋军猝不及防,当即乱了阵脚,各自溃退。桓冲大呼,立杀数人,可哪里禁遏得住?只好杀开一条血路,带些人马,冲了出来。

那桓温闻桓冲兵败,许久没有出声,只是仰望天空,忽长叹一声道:"慕容垂,枋头之辱,至死不忘,吾桓温不复此仇,誓不为人。只可叹此次兵败,正中谢安预料,此乃天意也。"言讫,怆然涕下,良久,才命郗超道:"退军。"

早有伏路小卒急报慕容垂,那慕容垂正在山上察营。听到禀报,笑道:"老贼逃了。"

旁边白袍小将道:"大都督,末将愿去追杀。"

慕容垂道:"不可。行军须知缓急,不应轻动。桓温老奸巨猾,今虽退军,尚未全败,必严兵断后,我若骤然追击,恐难取胜,不如暂缓一日。他见追兵未至,定当昼夜疾趋,速离我境,至离我已远,必力尽气衰,然后我倍道往追,此必胜无疑了。"众将服帖。慕容垂便令范阳王德道:"命你率劲骑四千,从间道抄至襄邑,埋伏于东涧之中,截住桓温去路。当晚出发,须马卸铃,军衔枚,不得暴露分毫。"

范阳王德出马领命,飞奔下山去了。慕容垂令参军悉罗腾道:"命你引四千骑兵,急逼桓温军营,要壮声势而作假象,使其狼奔豕突,互相残杀。桓温虽尚有数万之众,但连日奔波,必不堪再战,此法定能奏效。"

悉罗腾亦领命而去。慕容垂环顾左右,道:"桓温老贼,屡屡窥燕,今日之败,汝还有何颜面再见江东父老?"

且说桓温自枋头败军,小心翼翼,步步撤离,才没招致大乱。这日,率军到了一处。见四周群山环抱,树木参天,中间一块草地,甚是开阔。桓温一看,知是一处险地,急命队伍离开。但那些将士,已是连日奔波,早累得人困马乏。一进入草地,便把那刀枪往地上一插,呼啦一声倒下,睡起觉来。任凭那些将军棍捅鞭抽、拳打脚踢,就是不肯起来。虽是军令如山,终是法不责众。桓温无奈,叹道:"若是无事,便是天佑我也。"遂命队伍原地扎营,再派一支人马出山巡逻,以防不测。他自己也钻进营帐,准备休息,刚要闭眼,忽见一军士捉了只幼鹿进入帐来,禀道:"大元帅,小的们在林中捕得幼鹿一只,献给大元帅食用。"

郗超在旁道:"呦呦鹿鸣,其血可饮,其肉可啖,乃大补之食也。"不料言犹未了,那帐外忽地传来一声凄厉哀号,桓温猛然惊起,道:"此何人所号,如此凄泣?"

军士道:"此乃母鹿所号,总是不走,如今蹲在帐外,已有半日。"

说话间,另有一名军士,将那头母鹿拖进,道:"大元帅,也真奇了,方才这头母鹿哀号,竟忽地气绝,小的破视其腹,见其肝肠皆已寸断,不知何故?"

桓温一听,不觉毛骨悚然,从榻上跃起,叹道:"鹿尚如此,何况人乎?今我桓温损兵折将,半死疆场,若其父母闻知,又将如何?悲哉,哀哉。"言毕,挥手道:"食此幼鹿,实是不忍,速速放其归山,厚葬其母。"说毕,猛记起一事,问郗超道:"此涧何地?"

郗超道:"此处仍是燕地,名叫东涧。"

桓温一听,不觉大惊失色,道:"'东涧汩汩水长流,鹿鸣三声泪沾裳',此乃不祥之兆。慕容垂奸诡之徒,此处必有伏兵,速速离开此地。"言犹未毕,只听外面一声炮响,燕军一彪人马已从林中杀出。

桓温急出营帐,只见四周山上已是旌旗飘扬,燕军满山遍野朝这里杀来,叹道:"果然不出我之所料。"遂飞身上马,大吼一声,由桓冲、郗超等将护着,冲向燕阵,企图杀开一条血路。不想燕军越杀越多,越战越勇。那些晋军,经过连日奔波,早已不堪再战,见四面山上旌旗遍野,以为来了多少人马,人人失色,个个心惊。本来是桓温兵众,燕军兵寡,数万之众,尽可敌得了四千人马,无奈众无斗志,见敌即怯。桓温左冲右突,终是禁遏不住。众人只恨身上少生两翅,无术腾空,不得已觅路四窜。燕兵铁骑乘势截杀过来,见一个杀一个,好似砍瓜切菜一般。晋军好不容易拢在一起,又被燕军包围,于是双方混战,搅成一团。混乱之中,桓温见大势已去,连连长叹几声,调转马头猛抽几鞭,落荒而逃。桓冲在前开路,郗超挥刀断后,拼命阻击,边打边退。刚刚逃脱燕军追击,来到一处山岗之上,不料斜刺里又杀出一彪人马,如旋风一般袭来。桓温坐骑一惊,跳将起来,将主人掀翻在地。未及桓温爬起,那马蹄声已近身旁。桓温泪流满面,仰天叹道:"苍天在上,桓温此败,死不瞑目。"叹毕,嗖地拔出佩剑,目眦尽裂,横刀引颈,就要自尽。不料那剑还未碰到脖子,已被一人扯住,那人道:"大元帅,胜败乃兵家常事,些许小败,何必如此?"

第十章

且说桓温自枋头败归,刚刚逃脱燕军追击,不料又有一彪人马从山涧杀出。桓温自知性命难保,遂拔出佩剑就要自刎。不料那剑还未碰到脖子,已被一人扯住,那人道:"大元帅,胜败乃兵家常事,些许小败,何必如此?"

桓温一听,猛然跳起,见是小将谢玄,大惊道:"小将军何以在此?"

谢玄笑道:"奉叔叔、丞相谢安之命,特在此地恭候大元帅多时。"

桓温一听,缄默无语,然后翻身上马,飞奔而去。

回到姑孰,清点人马,五万之众只剩七千,不仅脸上无光,更是元气大伤。倒是朝廷宽容,非但不责他欺君之罪,反而召他来建康休养生息,并屡遣使臣前来慰问。

桓温越加尴尬,到了建康,只好闭门不出。适西中郎将袁真从石门败归,桓温旧怨顿生,心想前番饶你,乃是有郗超为你求情,如今石门兵败,看你还有什么话说?遂诬他拥兵观望,贻误饷源,以致粮尽丧师。把枋头之败的责任,全推在他的身上。当下拜表劾他,要把他废为庶人。

这袁真受了冤屈,哪里肯服,也下表劾他,列数八大罪状。桓温大怒,遂将他收捕入狱,阴欲加害。袁真这才害怕,于是佯装酣饮,或披发歌喉,或拜跪乞食,桓温以为真疯,便不复监察,听令自由。袁真这才窃得名马一匹，取了兵器，自挈二子，于一雨夜逃到寿春，降了燕国。朝廷知道这是桓温嫁祸于人，理应制止，然惮桓温新败，正在寻机发泄，万一弄僵，狗急跳墙，反为不妙，只好任他胡来。

也是气数到了，朝廷愈是让他、怕他，这桓温心里愈不过瘾。他本当要立功河朔，博取时望，以兵戎之胜还受九锡，然后威权既定，再顺顺当当专晋篡位。不料枋头惨败，声名顿挫。那种挫败感，又岂是袁真之辈的下场所替代得了的。故此，每日里总是闷闷不乐，唉声叹气，心里却在盘算再干一件大事，将朝廷对他的怨恨转到别处，自己便可宣威四海，镇服臣民。

正在苦闷之中，这时有一人正在草拟一篇檄文，列数了桓温多条罪状，要公开出来与他作对。你道此人是谁？乃侍中王坦之之父，散骑常侍、尚书令王述。这王述为政清廉，刚正不阿，更是一名文章妙手。昔王坦之为桓温长史，桓温欲为子求婚于王坦之，王坦之便回家禀告父亲。这王述甚爱孙女，孙女虽长大，犹常将其抱置膝上。王坦之便述以桓温求婚之意，王述大怒，把王坦之从膝上推下道："你竟痴邪，怎可把女儿嫁与小兵为媳？"桓温得知，遂记恨在心。此次桓温枋头兵败，这王述便据实记载，写了一篇《败枋头书》。洋洋数万言，把兵败经过说得惟妙惟肖，毫不讳言，还特地送给桓温，要他先行过目。桓温读毕，气得几乎昏厥，于是便把王坦之召去，道："令尊所书，文度曾见过否？"

王坦之道："未曾见过。"

桓温便把那书掷于桌上，叫王坦之自读，未读毕，王坦之便已变了脸色。桓温见状，叱道："枋头虽败，总不至如令尊所言，若此文流传开去，文度一家的门户，恐有不测。"言毕，拂袖而去。

王坦之听了，早吓得心惊肉跳，冷汗直冒，连忙赶回家里，要老父暂勿再作。谁知那王述十分固执，见儿子来劝，便怒道："桓元子丧师辱国，已是罪人，还想我替他掩饰吗？我若是笔下一曲，还算什么史家？"

王坦之道："目下桓温新败，正无怨气可发，连朝廷尚且怕他，何况你我？不如婉转一下，待日后有了机会，再正史实不晚。否则，惹恼了他，便有大麻烦了。"

王述大怒道："竖子还是朝廷重臣，食着民脂民膏，竟无这点胆量。我不怕死，看他把我怎的？"

王坦之见劝说无效，便只好作罢，暗地里偷出底本抄了一份，私下修改，呈给桓温，伪称是乃父手笔。桓温见原文已改去大半，且文中多有赞颂之词，才转怒为喜，罢了杀人念头。也是王坦之随机应变，否则硬顶起来，岂是他桓温的对手。这是一段插曲，按下不表。

且说桓温见王述改了檄文，心中的怒气虽已消退，但精神头总觉大不如前，每日里不是心慌神烦，就是疲劳不堪，照了铜镜，更是吃了一惊，见自己倏忽间竟变得老态龙钟，憔悴苍黄。暗自想来，不觉悲从中来，想自己南征北战四十余载，胜仗败仗，历经无数，从未像这次狼狈不堪。正在叹息，忽门官来报："丞相谢安在门外求见。"

桓温一听，暗道："谢安今来，莫非要来羞辱我不成？"遂强打精神，换了衣冠，命在前厅相见。一刻，谢安进门，与桓温见过礼后，笑道："桓公自来建康之后，下官还未曾登门拜访，今日稍有空闲，想与桓公畅饮几杯。"

桓温忖道："这厮也太狡猾，多日不见，不言枋头之败，只说要与老夫饮酒，不知何意，须得提防他些。"遂冷笑道："怕是醉翁之意不在酒吧？"

谢安笑道："酒还未饮，哪有醉翁？"

桓温笑道："多日不见，丞相的酒量莫非又有长进？"

谢安道："不过二升而已，如若再加，就要醉了。"

桓温惊道："先前不过一升，如今能饮二升，实是长进得快。"

谢安笑道："这叫一日不见，当刮目相看。"

桓温见谢安话中有话，心中遂生怒气，道："与老夫饮酒，可得先饮几碗垫底，不然恕不奉陪。"

谢安笑道："如此最好，下官也正口渴得很。"

当下命人端上酒菜。二人各坐一端，取出大碗，一连饮下三碗，各自面不改色。

桓温笑道："这等饮法，倒也痛快。"于是又命斟上三碗，一气喝下，笑着瞧那谢安。谢安面无惧色，亦命人斟上三碗，咕咚咕咚，一气喝下，笑道："这酒太淡，怎的喝将下去，不见酒气上来？"说着又要再喝，把那桓温看得呆了，连忙止住，笑道："慢来，慢来，你我久不相见，实应好好叙谈，何必如此狂饮。"言毕，命人撤去大碗，换上小的盅盏。谢安见了，只笑不言。

原来这桓温本想逞能，好把谢安灌个烂醉，杀杀他的锐气，不意才饮下几碗，那亏虚的身子便经受不住，所以才赶忙打住。谢安看得明白，只当不知。这样二人又饮了十二三杯，说了许多话语，甚是投机，就是不谈枋头之败，反把桓温憋得难受。心想这个谢安石，实是捉摸不透。正要用话试他，忽有门官来报："参军郗超已从扬州返回，在厅外候见。"

原来这郗超自枋头败归，因为中了暑气和受了惊吓，回到建康便生了一场大病。因其眷属均在扬州，在京调养不便，桓温才将他送了过去。不想才过一月，郗超病已痊愈，述职来了。

当下桓温见参军归来，甚是高兴，正要命人去请，不料对面的谢安手舞足蹈起来，舞毕倒地，不省人事。

桓温吃了一惊，正不知所措，旁边一老婢却极镇定，上去搭了一下谢安的脉搏，笑道："大老爷，不打紧的，只是多饮了些，睡上一觉便会好的。"

桓温笑道："谢安石自谓海量，原来不过如此。"遂命人扶入后堂歇息。一面命人撤去酒席，有请郗超。一刻郗超进来，与桓温见礼。桓温见他模样，不过约略瘦些，气色尚好，遂说了些安慰的话。郗超道："明公自枋头归来，已有月余，下官在扬州常闻明公心情不佳，十分担忧。古人云：胜败乃兵家常事，明公戎马一生，胜者无计，今乃小败，何足挂齿？"

桓温叹道："枋头之败，声名狼藉，已成朝廷话柄，如此下去，怎还了得。总得想个法子，出吾胸中之气。"

郗超道："下官倒有一策，不知明公意下如何？"

桓温道："参军既有良策，快请道来。"

郗超道："明公虽负天下之任，然年已六十，尚未建立大业，如此延宕，何时才能镇慑众望，依下官之见，必得干件大事，才能遂明公平生之愿。"

桓温道："只不知参军所指是何大事？"

郗超道："当今圣上孱弱，明公不如效昔伊霍故事，把他废了，如此才能显威四海，镇服臣民。"

桓温一听，吃了一惊，道："此事从何说起？"

郗超一笑，便把自己的嘴巴凑到桓温耳旁，如此这般，述说一遍，直说得桓温皱脸放光，点头如啄米，连那虬须也都抖动了起来。

你道郗超与桓温说了些什么？原来这郗超颇懂整人的关节。堂堂一个皇上，无罪无过，要平白把他废掉，岂是一件容易的事？因此，左思右想，便把目光锁定在圣上那床笫之间的丑事上。

桓温听毕，连连笑道："妙，妙，郗嘉宾谋略超群，真乃当今孔明，虽谢安石之流所不及也。"

郗超亦笑道："世人多谓谢安石料事如神，这件事情，他是怕预料不到了。"

言毕，二人大笑。忽然桓温叫了起来，道："啊呀，不好。"把那郗超吓了一跳，道："如何不好？"

桓温道："方才老夫与谢安石斗酒，见他醉了，已扶入后堂歇息，不知方才的言语他听到了没有？"

郗超一听，大惊失色道："大事坏了，明公怎的不早提醒下官，此事若被谢安石知晓，不要说废帝，便是你我性命亦要休矣。"

桓温也变了脸色，道："只怪老夫饮得多了，此事如何是好？"

二人说话之间，没注意旁边正站着一名少儿，突然叫道："爹爹，那个谢安，又没甚武艺，怕他干吗？他若是偷听了你们的说话，孩儿干脆把他杀了，何必与他啰唆。"

桓温正要斥责，见是儿子桓玄，手里提着一把短剑，便将他抱于膝上，道："小儿不可胡言。"

郗超冷笑道："岂是胡言？这个时候，便是你死我活，还讲什么客气。"言毕，三人悄悄潜入后堂，见一床置于墙旁，并无婢仆侍候。唯谢安一人躺在床上，靴也不脱，走得近了，觉有一股酒气冲将出来，桓温连忙用手捂住鼻子，不敢近前。独郗超上去，揭帐一看，见谢安正鼾声如雷，被巾之上，全是吐物。不觉暗笑道："谢安石这般模样，此刻便是把刀搁在他的脖子上面，怕也不知。"说毕，悄悄退出。

躺在床上的谢安这时睁开眼睛，脸露冷笑。

且说那桓温与郗超要密谋废帝，恐拖延太久，夜长梦多，便紧锣密鼓地行动起来。没过几日，桓温便从自己的身边挑出一些心腹，将他们扮作村妇粗男。再由郗超出面，如此这般训导一番，便令其串街过巷，走村达野，只要有人，便上去搭讪，三句话便扯上那事。无非说那圣上素有痿疾，不能御女。嬖人相龙、计好、朱灵宝等人参侍内寝，与二美人田氏、孟氏有奸，日夜宣淫，私生三男。圣上碍于声名，将内立太子，潜移皇基云云。这些心腹之人，皆是谣言能手，平素能造善编，巧舌如簧，这回得了一些银两，又蒙桓温、郗超器重，越发无所顾忌，反正出了大事，有他桓大司马顶着。于是，把那圣上的床笫之事，说得惟妙惟肖，有声有色。更有许多细节，乃至二美人如何怨恨皇上那话儿无能，将皇上赤身裸体地揍了一顿也编了出来。说者津津乐道，听者十分过瘾。如此一传十，十传百，不足半月，把那个京城扰得满城风雨。除了聋子呆子和不懂事的孩子，几乎无人不知，无人不晓。流言传至百官耳中，无不目瞪口呆，心想天下之大，真是无奇不有，一个皇帝身上，怎会发生这等事情？于是多有怨言，认为圣上败坏了皇室的尊严，辱没了大晋的祖风。唯侍中王坦之不信，知流言之中必有缘故，便急匆匆去问谢安。

这日谢安正在书房弹琴，王坦之道："朝廷出了如此大事，安石兄怎还有雅兴弹琴？"

谢安知其来意，故意道："在下孤陋寡闻，不知有何大事？"

王坦之正色道:"亏你还是当朝丞相,连这等大事都不闻不问,日后若是有了覆朝之危,看你怎么办?"遂把民间如何流传皇上患有暗疾,不能生育,二美人田氏、孟氏又怎样与嬖人相龙、计好、朱灵宝等人通奸,私生三男,将暗立太子、潜移皇基等事原原本本说了一遍。

谢安听毕冷笑道:"把那床笫虚谈加诬于人,此乃古之遗风,恶人之所为,这事我早有所料。"

王坦之吃惊道:"莫非有人要加祸于帝?"

谢安冷笑道:"这叫欲加之罪,何患无辞。"

王坦之大声道:"谁人胆大包天,竟敢嫁祸圣上?"

谢安道:"当今江左,除了大司马桓温,还有何人?"

王坦之怒道:"桓温枋头新败,元气丧尽,怎么还敢如此猖獗?"

谢安道:"正因枋头新败,桓温才要分谤他人,转移视线,以重振雄威。前番废黜袁真,乃是一着,今日加诬于帝,又是一着。我已遣人执散播流言者一人,此人系桓温心腹,经不住拷打,业已招供。"

王坦之骂道:"这个老贼,死期将至,还敢如此作恶。你我身为朝臣,今日圣上有难,总不能视而不管。"

谢安叹道:"床笫虚谈,本无可证实。然今圣上身患陋疾,不仅妇孺均知,且皆信以为真,众臣又多有怨言。桓温此计太毒,不日之内,定见分晓。"

二人正在说话,忽见一太监匆匆而入,见到谢安,也不作揖,道:"启禀丞相,皇上召你速速进宫。"

谢安一听,心中已自明白,也不更衣,便随那太监到了东殿。进入内室,那奕帝正愁容满面,在榻上独饮,见到谢安,便命陪饮。半晌,奕帝才问道:"谢爱卿近来可曾听到奇闻否?"

谢安跪下,佯醉道:"臣欲有所启。"言毕环顾众人,面有难色。皇上会意,屏退左右,道:"爱卿但说无妨。"

谢安涕泪俱下,以掌击龙椅道:"陛下,此座可惜,此座可惜呀。"

皇上一听,脸色煞白,忽然大叫一声,从椅上跌下。

第十一章

且说众人见皇上昏厥,慌忙上来把他扶到床上,喷了些冷水,又掐了人中,才把他弄醒。

谢安见他这般样子,也不便多说。回到府上,没过几日,忽接朝廷圣旨,称北方多乱,令他即日赴荆州视探军务。正在纳闷,忽见王坦之匆匆而入。谢安把那圣旨与他看了,王坦之冷笑道:"此乃桓温调虎离山之计,他要嫁祸于帝,必要排除异己,你若在朝,多有不便。"

谢安叹道:"这皇上也是昏庸,前番我已暗示于他,他不是不知。今日反而把我遣出在外,这不是把自己的身子,白白送到那老虎的口中吗?"

王坦之冷笑道:"皇上为了保全自身,只好屈服于桓温老贼了。"

谢安道:"我走之后,你也要十分小心,谨防恶狗咬人。"

当下无话。过了几日,谢安准备已毕,带了一干心腹,匆匆赴荆州视察军务去了。

且说谢安走后,约莫过了六日光景,这建康城中发生了一件大事。你道何事?原来这奕帝自准了桓温奏本,把谢安遣往荆州视察军务,心中十分后悔,心想谢安尽心尽忠辅佐自己,今日反把他遣了出去,实在不该。这日,这奕帝正在后花园独自饮酒,心中怏怏不乐,忽见东天之上有一朵黄黑色的云,大有数亩,直贯日中,其速如驰。那云状若匹布,幻成白色,白又转青,青即化黑，历时乃灭。时太监相龙因病告假，唯计好、朱灵宝在侧，那计好颇晓天文，悄言道："陛下，以小人所观，这宫中不日将有血灾之祸，须得提防才是。"

常言道，说者无意，听者有心，这奕帝自听了那些流言，心中终日惶恐，只是不知何人所为。日前见谢安暗示，猜测八成是桓温所为，心里更觉惊慌，今见计好提醒，不觉大惊失色，半响无语。旁边朱灵宝见状，进言道："陛下，计公所言极是，凡事当避则避，不当避则进，此事再容不得半点迟疑，不然，一有蹉跌，噬脐莫及。"

你道这朱灵宝为何要说这话？原来此人极有计谋，自从京城起了那些谣言，他便料知是桓温所为，后经秘密察访，果然不差，心中恨得咬牙切齿，恨不得动手宰了那老贼。刚才计好说起这话，他觉得来了机会，便怂恿皇上要先下手为强。这奕皇帝岂是蠢笨之人，见朱灵宝如此一说，心中已自明白，便暗示道："凡事全凭二位公公处置，只是此事非同寻常，须得万分小心才是。"

二位太监伏地道："陛下，若是此事成了，便是陛下洪福，若是败露，我等死也不会累及陛下。"说毕，二人退下，便去准备行当。当晚，二人藏了暗器，凭着熟门熟路，进得桓府。二人也不回避，只管大模大样，直往桓温住处，那些仆人武士，见是二位太监来找桓温，只道必有要事，谁人还敢拒拦。约莫过了二更，二人才摸到桓温住处，计好用舌尖把窗纸舔破，往里一看，见房间里面点着一支小烛，忽明忽暗，一张大床内侧睡着一人。朱灵宝悄声道："这厮便是。"言毕，用刀尖拨开门栓，移步入内。到了床前，二人一个刺头，一个砍脚，不到一刻工夫，便把好好一个桓家主人，剁得血肉模糊，腹破肠流，连半点声响也无。完毕，把刀一掷，复由原路而归。

你道这朱灵宝和计好如何这般胆大？原来二人都有天真想法，只要桓温被杀，谁人还敢抗争。况且为朝廷除了一霸，原是他二人的功德，别说要追究责任，便是封官加爵也是理应。故此二人些许未往坏处去想，只道那桓温命已归西，明日一早，少不得会有分晓。这么一想，越是高兴，便命下人弄些酒菜，二人对饮起来，到了五更，已是烂醉如泥，在榻上和衣而卧。不料二人正睡得香甜，忽觉耳旁有人在叫，睁眼一看，外面已是红日当头。床旁站着的桓府几名武士，见二人醒了，一武士凶狠道："你二人也睡得太死，怎的这般叫喊，就是不醒，若是动起手来，却又禁不得打。"

朱灵宝一听，喝道："放屁，你这厮怎的这般无礼。这是何地，容你这等人任意鼓噪，若不马上退下，活活打死。"

那武士大笑，轻轻一提，将那朱灵宝提起，道："阉鬼，死到临头，还敢口出狂言，我家大司马有请。"言毕，也不啰唆，二人一人一个，将朱灵宝和计好扔上马背，不到半个时辰，便到桓府。进入内堂，武士把二人掷于地下。朱灵宝和计好抬头一看，惊得魂飞魄散。原来那个桓温，正好端端坐在椅上。见到二人，桓温笑道："二位公公，一向可好，见到老夫，怎的不拜？"

计好道："我等脚痛，不便下拜。"

桓温冷笑道："脚痛比之颈痛，哪个厉害？"

朱灵宝自知无可抵赖，便道："昨夜行刺，是我二人所为，要杀要剐，任你处置。"

桓温冷笑道："杀你倒也便当，只是有样东西，先给你二人品尝，也不失为做人一遭。"言毕，命人端上一个盘子，上盖一块红布,递到二人跟前。桓温笑道:"权且吃些下去,免得死后肚饥。"武士将那红布掀开,计好在旁,率先一看,不觉狂呕起来。你道为何?原来这盘中不是别的,是一盘人的肠子,已经臭了。

桓温冷笑道:"二位公公请便。"

二人哪里肯吃。桓温又道:"不吃也罢,若能供出幕后之人,便饶了你二人性命。"

二人不语。桓温道:"莫非谢安?"

二人不语。桓温又道:"莫非王文度?"

二人又不语。桓温复又道:"莫非圣上?"二人仍不语。

桓温怒道:"阉鬼也太可恶,昨日杀我爱妾,今日令你等食其大肠,原是抬举于你,不想你等得寸进尺,老夫岂能容忍。"说毕,命武士逼计好先食。那计好年老,本已体弱,哪里经得起武士折腾,倒在地下,只管喘气。那武士提起一段肠子,便往计好嘴里猛塞,塞了一阵,见那计好不动弹了,武士用手一摸计好的鼻孔,原来早已气绝。

旁边朱灵宝见状,大骂道:"桓温老贼,你已年过六十,还竟然如此歹毒。我等无能,不能亲手将你杀死,然你死期将至,我等先死,绝无后悔,在那黄泉路上,也要与你拼命。"

桓温听了,气得鼻孔冒烟,急命人将朱灵宝推出门外,在一操练场上,用铁环穿其锁骨,再在脚下堆积干柴,在干柴上竖一铁杆,将朱灵宝的衣裤剥去,赤身裸体缚在铁杆上,令些婢女,立于其旁,观武士用火铁烙朱灵宝,烙一下,那朱灵宝便号一声。那些婢女,多是些年轻的,哪里见过这场面,大多不愿看。那朱灵宝见状,哪里忍受得了,只想求个速死。可那桓温偏不依他,待烙完之后,再令武士抽其舌根,免得他狂呼乱叫。而后又剜其目，目出之后，在那空洞之中注入辣油，令其脸肉崩裂。最后便刳其腹，说来也怪，那肚子才剖一半，朱灵宝猛地一吼，竟肚腹皆裂，那串肠子，便如一团滚球，冲将出去，约在丈把远处爆裂开来，溅得众人满身皆是。再瞧那朱灵宝，还在抖动。于是，桓温令人纵火焚柴，柴燃火盛，臭烟冲天，不足一刻，已将朱灵宝的尸体烧焦。有一武士，用棍在那绳子上轻轻一拨，焦尸坠下，立成灰烬，不过一撮而已。

桓温那天因偶宿别处，虽逃过一劫，但总归受了一场惊吓，从此半月不曾出门。只令那郗超暗中察访，这行刺之事，究竟是谁人唆使。后来郗超花些重金，买通一名东宫美人，令她与皇上交欢之时，诱说此事。这皇上也是昏庸，为的只图一时快活，竟把那事一股脑儿全盘托出。

且说太监行刺桓温未遂，被凌迟处死的消息传到宫中，那奕帝竟吓得半天无语，满朝文武亦是胆战心惊。这样勉强过了几日，看看没甚大事，这奕帝才始觉放心。这日见天气晴好，便与爱妃小金娘一起，步出东宫，到春华园走动。

原来这小金娘乃竹林七贤名士嵇康的后裔。当年嵇康于东市口蒙难，为避灾祸，一家人连夜逃出洛阳，准备回老家上虞投靠亲友。这日路经暨阳，与几个泼皮撞着，泼皮打死了小金娘的父母和一个弟弟后，正要对她下手，适被率军路过江阴的桓温遇见，把她救下。这小金娘生得俏丽绝顶，聪颖敏慧，桓温便将她收在身边，做个小妾，早晚陪伴自己，十分恩爱。后这事来为奕帝所知，甚是羡慕，桓温便将这小金娘奉送于他，令她做个耳目。不意这小金娘由此竟生怨恨，心想你救了我一条性命，便是我的恩人，我小金娘早晚总要报答你的。不想我一片真心，你却

东山再起之力挽狂澜

为了讨好圣上,将我奉送于他。于是她越想越气,越思越怨,从此便不再搭理桓温,一门心思只陪伴皇上。这日,见皇上闷闷不乐,唉声叹气,知道他又勾起那桩心事,遂强作欢笑,将他拉了出来,到这春华园来散心消闷。说来也巧,二人正玩得开心,忽从高墙之外刮来一阵微风,随风送来一首儿歌,那歌唱道:"青青御路杨,白马紫游缰。汝非皇太子,哪得甘露浆。"皇帝一听,大惊失色,道:"此何人所歌,莫非暗指于朕?"

小金娘道:"此黄口小儿胡言,圣上何必当真。"言讫,挽了皇上,也不再游,匆匆回到宫中。原来这小金娘七岁上时,曾得一异人传授,懂些玄机。昔初入桓府时,曾闻童谣唱:"升平不满斗,隆和哪得久。桓公入石头,陛下徒跣走。"暗与人曰:"穆帝将崩也。"不足半年,穆帝果崩。今闻小儿歌谣,细细一释:"白者,金行。马者,国族。紫为夺正之色,明以紫间朱也。"心中叹道:"陛下之位休矣。"遂不再言,回到宫中,便不再出门,只遣些心腹,密做准备,以防不测。

且说那桓温自诛了朱灵宝、计好二位太监,本以为朝廷会怪罪下来,便避在家里,密谋对策。不料一连过去七日,竟无半点动静,料朝廷不敢动他,从此便得寸进尺,益发胆大。这日他把郗超和袁宏找来,要二人草拟一份废帝奏本。这郗超、袁宏都是极精明的人,心想两晋相传,并无废帝的先例,如果草率成章,岂不要遭后人唾骂。于是援证典章,挖空心思,绞尽脑汁,总算找出个霍光废帝的故事,加上二人都是文章快手,不足两日,便将那份奏本写好。桓温一看,甚觉满意,当即命一名差官,于次日一早将奏本送往朝廷。

这日早起,那崇德宫褚太后正在东殿佛屋烧香,忽见一内侍匆匆奔来，在门口跪道："启禀太后，桓大司马有急奏呈报。"

褚太后一惊，急趋门前，内侍持奏，捧呈太后，太后倚户展阅，才及数行，便已明白，怅然道："我早料到会有此事，今日果然应验。"言毕，命人取来笔墨，批毕，又在桓温奏本之旁，写上这么一句："未亡人不幸罹此百忧，感念存殁，心焉如割。"心想我虽为妇人，可你桓温也不要欺人太甚，以为女流之辈可以随意摆弄。

你道这褚太后是何人？怎么每次危难之时，总由她出来摄政。原来这褚太后是康帝的皇后，因居崇德宫，亦称崇德太后。这太后年虽不大，却是历经数朝，是真正的元老。只因穆帝年幼，哀帝不聪，废帝孱弱，登基之初，总要她出来临朝摄政，以宁天下。故此，虽是女流，却非同一般。满朝文武对她极敬畏。那桓温所虑，也是此人。因此，奏本送去，他就提心吊胆，唯恐太后不允，若是怪罪下来，恐有杀身之祸。于是便命郗超暗率贴身兵甲二千，伏于军营要道。再遣心腹，一日数次往城中探听消息，以防不测。后来太后颁还奏本，无甚驳议，他始觉放心。

次日上朝，百官齐聚，唯帝位空着。褚太后从屏风后被人扶出，脸上犹有泪迹。众臣跪下，三呼太后万岁万岁万万岁。呼毕，褚太后也不说话，只命内侍宣读桓温废帝的奏书，奏书曰："王室艰难，穆哀短祚，国嗣不育，储官靡立。琅琊王奕，亲则母弟，故以入篡大位。不图德之不建，乃至于斯，昏浊溃乱，动违礼度。有此三孽，莫知谁予，人伦道丧，丑声遐布。既不可以奉守社稷，敬承宗庙，且昏孽并大，便欲建树储藩，诬罔祖宗，倾移皇基，是而可忍，孰不可怀！请废奕为东海王，领海西县公，以王还第，供卫之仪，皆如汉朝昌邑故事……"

读毕,大殿内鸦雀无声,噤若寒蝉。多数大臣已有预料,因而也不愿再谏。有少数忠臣,识破桓温阴谋,本想当面与他争执一番,忽想起那殿外立着许多刀斧手,个个横眉竖眼,杀气腾腾,如若抗议,必枉送性命,因而也不敢吱声。心想反正大势已去,争也无用,皇上平素对我也无甚好处,我何必再为他去卖命。故一个个侍立两旁,羔羊一般,任凭桓温一个人搬弄。

坐在龙凤椅上的褚太后这时也是泪流满面,心想好端端一个皇帝,只凭桓温一纸文书就被废去,实在惶然凄然,可兵权不在自己手中,也只好任其摆弄,听天由命。

那桓温也真狠毒,废书才下,本该叫那废帝迟缓几日,他却偏使散骑侍郎刘享日夜催逼,收帝玺绶,逐其出宫。时值中秋,天气已凉,废帝无奈,只好着白帢单衣,步下西堂,双泪长流,也不言语,乘粗犊车出神兽门而去。那些皇妃,多有从者,或乘车,或徒步,内中自有二三宠妃,见废帝大势已去,若再跟随,恐株连及祸,急忙表请离婚,也不与废帝诀别。倒是那些大臣,见牛车驰出东门,皆相随号泣,攀车执废帝之手,哭声震天。那废帝亦悲不自胜。内中有一大臣,乃中丞杨光,掩面泣叹道:"陛下,今日一别,不知何日再见,愿陛下好自珍重。臣活着不能保护陛下,只有一死,做个死鬼,追随左右,臣去了。"言毕转身,猛地以头击车,但听噗的一声,其头破脑碎,倒地身亡。废帝见状,更觉悲恸,意欲下车去扶他一把,旁边两侧武士竟用刀朝他一晃,将他吓了回去。

这时那显阳殿中也正经历一场血波。那个小金娘,这时尚在殿中。原来这也是桓温的计策。他见这金娘形容秀丽,仪态端庄,比前番更觉可爱。虽自己是六十老人,仍不觉旧情萌发,淫心鼓荡，便把她留了下来，好言慰谕，想重把她纳为姜媵。不料这小金娘独不买账，道："大司马之恩，小妾当初已以身相报。今陛下为大司马所废，妾理应随往，若大司马定要妾从，妾只有一死了之。"

桓温闻言，沉默不语，郗超道："此女刚烈，非一般女子，若是放她出去，恐成一患，不如今日处决了她。"

桓温道："汝言亦是，只是不可加她锋刀，使得全尸以终。"

郗超奉命，令两名武士将其了结。那二人进入其室见那小金娘正在沐浴，不由分说将她拖了出来，在地上欺辱了一番，然后将她扼死，掘个土坑，埋了完事。

且说那桓温自废了皇帝，新帝一时未立，觉得机不可失，便要篡夺帝位，只恐大臣不从，才没有马上下手。于是，便寻找借口，在建康城里大开杀戒，以清除异己，阴图报复。一时之间，整个建康城人泣鬼号，阴森可怖。百官只要见到桓温，便以为大祸就要临头，皆吓得面如土色，唯恐避之不及。

那褚太后见状，也是没有办法，为了安抚桓温，竟又下诏晋桓温为左丞相，都督中外诸军事，录尚书事。诏旨传到桓府，桓温反而道："老夫并非为了升官，唯欲为社稷除患。隐患不除，家国何宁？"竟固辞不受。

这日，桓温与郗超密谋立国大事，郗超道："谢安石、王文度俱负重名，日后必为公患，不如一并除之。"

桓温笑道："除便要除，只是那谢安足智多谋，深不可测。王文度深居简出，家有重兵。弄得不好，反而祸及自身。况谢安尚在荆州，鞭长莫及，怎么除他？"

郗超冷笑道："大司马也太孤陋寡闻，那谢安石早已回京了。"

桓温大惊,道:"谢安昨日尚有书信自荆州寄我,这般路程,他莫非长了翅膀,飞来不成?"

郗超冷笑道:"此乃谢安疑兵之计,其实三日之前,他已悄然入京,此刻正在家中与人密谋拥立新帝的事。"

桓温大怒道:"谢安石何以要戏弄老夫?"

郗超道:"岂是戏弄,这次怕是要你我的性命。"

桓温失色道:"此话怎讲?"

郗超道:"大司马先诛阉臣,后废皇帝,论起罪责,已是不轻。彼身为丞相,权重如山,怎能看着这事不闻不问?这次回朝,定有好戏可瞧。"

桓温怒道:"把他杀了,这戏不就完了?"

郗超冷笑道:"你要杀他,非如此不可。"

二人正在说话,不料有一个人从门外撞将进来,劈胸揪住桓温道:"好你个老贼,竟敢商量这等勾当,看你还有王法没有?"桓温一看,吓得面如土色。

第十二章

且说桓温与郗超正在密谋族诛谢安、王坦之之事，不料有一个人从门外撞将进来，揪住桓温的领口道："好你个老贼，谢安石和王文度乃当朝忠良，你要杀他，安的是何居心？方才商议之事，我都听见了。"

桓温一看，来人是武陵王司马晞。这司马晞乃元帝第四子，初封武陵王，又拜太宰。此人为人刚烈，性好直言，为桓温所忌，被他找了一个机会，向奕帝奏了一本，诬道："晞体自皇极，故宠灵光世，不能率由王度，修已慎行，而聚纳轻剽，苞藏亡命，又多毁忠良，虐加于人。袁真叛迹，事相连染。顷自猜惧，将成乱阶，请免晞官。"

那奕帝惧桓温之威，只好准奏。谁知刚刚免了司马晞的官，桓温又得寸进尺，上表一奏，道："陛下若以社稷家国为重，应割近情，以存远计，若除太宰父子，可无后忧。"那奕帝一看，这才垂下泪来，批道："所不忍言，况过于言，若晋室灵长，明公便宜奉行此诏，如大运远去，则当请便。"

桓温见奕帝口气硬了，自己反倒软了。遂废司马晞父子为庶人，远徙新安郡。那司马晞哪里受过这种陷害，还未启程，便气疯了，整日只在建康城内披头散发，自摇大铃，唱一挽歌曰："富贵他人合，贫贱亲戚离。"或吟诗曰："志士痛朝危，忠臣哀主辱。"并使左右习和之，其声之悲，路人为之垂泪。

不料今日,这司马晞竟神不知鬼不觉地潜入桓温府内,将二人密谋之事全偷听了去。桓温这一惊非同小可,当下喝令将他拿下,司马晞摇铃大呼道:"贼臣桓温,倾覆社稷,枉杀忠臣,神祗有灵,必来报应。"正喊着,旁边有一武士用利刃削其嘴唇,血流至踵,司马晞仍大骂不止。又上来一武士,以锤猛击其嘴,反复数次,唇齿皆烂。司马晞仍不改形,以血沫狂吐众人。

桓温大怒,道:"畜生胡言,难道不怕死耶?"说毕,抽出佩剑,只一晃,便将那司马晞的头颅削落,挑与脚旁一只大狗,让其去啃。

且说桓温在这里密谋图变,那边谢安王坦之等人,也在暗中议立新主。新主是谁?乃会稽王司马昱。原来这司马昱是元帝少子,与奕帝原是异母兄弟。那奕帝虽生了三子,理应嗣立,但外传他不能生育,所生三子不知属谁,故此排轮起来,这皇帝非司马昱莫属。加之司马昱为人清正,神识怡畅,有济世大略。昔元帝在时,曾说道:"此儿仁明有智度,可以虔奉宗庙,以慰罔极之恩。"于是也不与桓温商议,择定一个吉日,命人具备法驾,谢安便率同百官至会稽王邸第,迎会稽王入殿,受百官朝贺。

那日桓温早至,见这一切均由谢安所为,自恨得咬牙切齿,见到谢安,本想回避,不料谢安眼尖,见到桓温便迎上前去,纳头便拜,桓温慌忙挽起,冷笑道:"谢丞相何故如此?"

谢安道:"皇上也要跪拜明公,下官岂敢不拜?"桓温一听,气得眼前金星乱迸,只是在这等场合,不便发作。

当下升殿上朝,谢安出班奏道:"臣闻帝位不可久虚,今丞相录尚书事、会稽王昱,体自中宗,明德劭令,英秀玄虚,神契事外,以具瞻允塞,故阿衡三世,道化宣流,人望攸归,为日已久，宜从天人之心，以统皇极。主者明依旧典，以时施行。"

奏毕，请新帝入宫改着帝服。这司马昱见帝位来得如此突然，反而不知所措，加上惧怕桓温淫威，故此，到了这种地步，还是忧心忡忡，不敢趋前。谢安心中有数，哪里还管这些，一面命草令官缮就诏文，一面安排御座，力劝他去登位。司马昱看看无奈，只好升殿，但令殿中将军王斌撤去御座，以示谦恭。

谢安见状大呼道："帝座上应列星，谁敢妄撤，妄撤者斩！"众臣慑服。司马昱只好上座，颁即位令，慰副民望。又向东拜受玺绶，改太和六年为咸安元年，帝号简文帝，众臣山呼万岁，然后退朝，各自回衙。

其时新主虽立，但人心仍乱。那些王公大臣，唯恐桓温衅事，横遭杀身之祸，每行一步，总是甲兵护身，不离须臾。唯谢安容止如常，神色自若，出入往还，一人步从。这日朝毕，王坦之劝道："如今新帝虽立，然祸乱不绝，况桓温党羽，多怀切齿，兄长切勿大意，须十分小心才是。"

谢安道："人心怀惧，更需镇定以安之。吾若不安，百姓岂能不乱？"仍然如常，于是人心稍定。那王坦之只好暗中派些武士，更了便服保护于他。

说来也怪，这桓温自此以后，竟也并无动静，莫非是他安分些了？其实不是。原来这桓温日前做了一个噩梦，梦见一女尼来访，见她道步姗姗，飘飘然有灵霄之气，知非常人，便将她留居别室。适逢女尼洗澡，被桓温从门缝窥见，那女尼裸身入水，先自用刀破腹，继断两足。桓温正吃惊，那女尼忽然开门出来，完好如常地笑道："公窥视小尼沐浴否？"

桓温抵赖不过，只好承认道："高僧之术，可有别意？"

女尼道:"公若做天子,亦将如是。"说毕不见,醒来乃觉南柯一梦,再复一想,不觉悚然。自此稍有收敛,以等候时机,再作计议。这样又过了月余,看看这京城之地,仿佛就是谢安的天下,若再延居下去,恐有不测。于是向朝廷呈上一书,要提前还镇姑孰。

那简文帝惧他如虎,巴不得他早点离开京城,于是当即准奏,桓温心中有数,实是气恨。于是又想出一条计来,要把那参军郗超留在宫中,并擅作主张,升其为中书侍郎,名为入值宫廷,实是隐探朝事。简文帝无奈,只好将其留着。

且说这日晚上,简文帝阅毕奏本,觉得有些劳累,一人来到后花园独饮。是夜月明星稀,碧空无云。简文帝正饮得有些开心,忽见头上一道白光闪过,猛地一看,见荧惑星已逆入太微,不觉大吃一惊,心想那奕帝被废也是这般星象,才逾一月,即有废立大事。此番又经星文变异,莫非又有廷变?于是速把郗超招来,问道:"朕夜观天象,见荧惑星逆入太微,前番星文告变,即有废帝之事,今日又经如此,莫非朕命数短促,又有杀身之祸吗?"

郗超一听,慌忙跪下,道:"启奏陛下,大司马桓温思内固社稷,外恢经略,非常事只可一为,何至再作?微臣愿以百口之家担保,幸陛下万万勿忧。"

简文帝一听,始觉放心。从此安心执政,虚襟待物,咨询善道,量才处任,使人不逾位,朝廷谨肃,进止有常度。虽执政权,每事必咨之谢安。罢朝归宫,则尽心色养,手不释卷。其百僚有过,未尝显之,没过半年,把那朝廷上下、家国内外,整饬得有条有理。

这日,简文帝召谢安议事,事毕,便命侧座,慨然道:"朕即位以来,家国安宁,外寇退避,实赖诸位忠良匡扶,朕心欣慰,宜以显官重禄安抚之，不知可否？"

谢安道："陛下，臣闻忠臣之于其君，犹孝子之于其亲，进则有欣然之庆，非贪官也；退则有戚然之忧，非怀禄也。"

简文帝道："爱卿所言极是，只是当今之时，如何用人，才至不乱？"

谢安道："臣以为善御者必识骏马盈缩之势，善政者必审官方控带之宜。若其人才智有限，而陛下夸奖太过，嘉其谋猷，盛其名器，居以重势，委以大任，故反使其人自谓算无遗策，飞扬跋扈，目中无人。以臣愚见，凡用人者，必抑之以权势，纳之以轨则，则乱心无由而生，乱事无由而成矣。"

简文帝听毕，点头道："此乃金石之言。"

谢安道："陛下既已然微臣之言，亦思坚冰之渐，无使不臣之徒颠覆江山。"

简文帝道："以卿之见，当今朝中，谁人当属防备之类？"

谢安环顾左右，面有难色。

简文帝会意，乃屏退左右，道："爱卿但说无妨。"

谢安悄声道："为陛下谋谟之臣、著大功于天下、海内莫不闻知、据方镇总戎马之任者，皆在陛下圣虑之中也。"

简文帝开玩笑道："卿又如何？"

谢安笑道："老臣当属除外。"二人大笑。

且说光阴似箭，日月如梭，那简文帝即位后，不知不觉已过去大半年。总算是风调雨顺，国泰民安，谁知好景不长，刚刚有些转机，那朝廷之中，又出了一桩惊天大事。那简文帝这日高兴，唤了一班妃子，在式乾殿品尝新鲜柿饼，不料才吃几枚，那腹中忽然绞痛起来，不可名状，顿时卧倒床上，辗转呼号。当下由内侍飞召御医诊视，御医见简文帝脸色发青，口吐白沫，用银针一试，即把谢安叫来，悄声道："罢了，罢了，帝乃中毒，虽然不深，可不日之后便会攻心，心一经毒，命必不久，望丞相早做打算才是。"

谢安一听，惊得半晌无语。急命人将那班妃子收付廷尉，严加拷问，打得她们皮开肉绽，鲜血迸流，个个都喊冤枉。这里，急拟诏文，广募天下名医。接连来了几个，都自称是华佗转世、扁鹊再生。但数日之后，简文帝的病非但不见好转，反而日渐沉重，到了后来，几乎终日昏睡不醒，大汗淋漓。东西两宫围在床前，文武百官皆在外堂，轮流守夜，以防不测。

早有朝廷差官，乘快骑连夜抵达姑孰，急召桓温，称圣上病重，速速进京，共议后事。并宣示御信一封，文中称："吾遂委笃，足下便入，冀得相见，快来，快来。"

此乃谢安出的主意，那桓温见皇帝病沉，若愿真心辅政，必招之即来；若是另有图谋，必疑神疑鬼。那桓温果然奸猾，朝廷一日一夜，连下三诏，就是拒不进京。

这事惹恼了简文帝御床旁边的一名小儿郎，怒道："这桓大司马也太可恼，父皇病重，数次召他，拒不来见，究竟心怀何意？难道朝廷缺他一人，便不可久持吗？"

众人一看，是皇太子昌明。原来这昌明年纪虽小，生来却是不易。当年简文帝初辟会稽王时，媵妾虽多，然膝下竟无男儿，不由得万分焦虑。这日正在闷闷不乐，适逢谢安来访，谈起此事，谢安笑道："天下女子，不计其数，会稽王何必为这等小事烦恼。"

会稽王苦笑道："天下女子虽众，然能得麒麟佳种者，又是谁人？"

谢安笑道："远在千里，近在眼前。"

会稽王道:"何不引见?"

谢安道:"既如此,会稽王不妨随我一走。"言讫,遂挽了会稽王之手,到达后房,命头儿将媵妾婢女一齐出示,逐个审视,最后见到一个婢女,身长色黑,甚是粗夯。

谢安笑道:"此人便是,虽然黑些,却是一副贵相,日后必生贵子。"

会稽王有些疑惑。问她姓名,乃叫陵容,家世微寒。会稽王求子心切,心想试了再说,便令其当晚侍寝。不料一夜春风,遽结珠胎,十月之后,陵容便要临盆。忽然梦一神人,送她一儿,又见两龙枕膝,翻滚腾挪。神人别时嘱咐她:"此儿畀汝,可取名昌明。"言毕将她一推,陵容忽觉一阵腹痛,遂致惊醒,产下一儿,取名昌明。适会稽王去佛寺烧香,得一谶文道:"晋祚尽昌明。"猛然醒悟,不觉垂下泪来。后来这昌明入篡大统,即父之位,史称孝武帝,做出了许多伤天害理、祸国殃民的事来。晋祚从此之后,便自颠覆,此是后话,暂且不表。

且说这简文帝的病势已渐入膏肓。这日先是静静躺着,后来便开始躁动起来,众嫔妃见状,要去按他,哪里按得住?原来他此刻正做着一个噩梦,先是见其弟废帝奕从阶下爬来,扯住他的袖口,骂道:"陛下,你好狠心,同胞手足,骨肉之情,你把我废到荒山僻野,吃苦受难,你却自享荣华富贵,天理何在,天理何在啊?"

简文帝想逃,后面又追上来数人,一看乃废帝妃子庾氏及田美人、孟美人,三人均无头颅,怀里各搂一具童尸,皆鲜血淋漓,肠肚破裂。简文帝大惊道:"此何人所为?"

无头夫人合哭道:"桓温老贼,杀我三人不算,还要虐杀奕生三子,痛哉,心也,我等虽屈死泉下,也要与他拼命。"哭毕,疯笑而去。

简文帝正要走，忽衣袖又被人扯住，一看，乃是殷涓、庾倩、庾柔、曹秀、刘强等人，各自提着头颅，披头散发，伸着舌头，大哭道："陛下，我等冤枉，我等冤枉啊。"

简文帝吓得面如土色。正要逃遁，忽见桓温站在旁侧，手里提着一刀，也不言语，只是疯笑着朝他逼来，简文帝一惊，哇的一声大叫，从梦中惊醒。

且说那围在一旁的妃嫔，见皇上在床上翻滚蹦跶，抓胸挖腮，狂叫不止，以为就要驾崩，一个个捶胸顿足，哭喊不已。自有几个宠妃，早在后堂梁上挂好绸带，待圣上一闭眼睛，便就自缢殉情，随他而去，也算尽了一分忠心。但那简文帝偏偏不死，经过刚才一梦，出了一身腥汗，头脑忽然清醒许多，一张嘴巴，就要茶喝。众妃见了，都松了口气，唯有御医在旁摇头，知其不过是回光返照，总挨不过明日罢了。

这时内堂外面，众臣正在私议帝后之事，忽见一内侍从内堂匆匆出来，到了谢安跟前，行过礼后，道："皇上请谢大人、王大人说话。"

谢安、王坦之慌忙起身，跟随内侍入了内堂。众妃嫔见了，知道圣上有要事相托，便纷纷避下。简文帝见谢安、王坦之进来，脸上微露笑容，二人刚要跪下，他却摆摆手道："二卿平身。"言讫大咳三声，吐出一口血痰，胸中自觉畅通，边喘边道："吾病沉重，恐怕不起，方才已命人拟毕遗诏一份，旨大司马桓温依周公居摄故事，尚少子可辅当最佳，若不可辅，彼可取而代之，不知二位爱卿意下如何？"言讫，命内侍取过诏文，谢安接着，细细一阅，便不由分说，唰唰几下，将诏文扯得粉碎。

简文帝见状，于床上一仰脖子，喘道："天下系朕之天下，谢爱卿撕朕遗诏，是何道理？"言毕大咳。

谢安上去，为简文帝揉揉胸脯，道："陛下，天下乃宣帝、元帝之天下，陛下怎能私下相授呢？"

简文帝一听，转过头来，直视谢安，心中顿有所悟。想自己与谢安自会稽相识，已历二十余载，尤其自登基以来，谢安辅佐自己，呕心沥血，忠良之心，天地可鉴。相比之下，桓温虽为晋室老臣，功勋卓著，本应匡扶新主，精忠报国，谁知他竟起不臣之心。如今自己病重，已三诏于他，望能见上一面，临死之前，也好晓以大义。望朝臣之间，精诚互助，不可内讧，然他竟连理也不理。唯谢安等人，日夜守在自己身边，社稷之责，担于一肩。方才谢安虽冒犯直谏，但这不是忠良之言吗？这么一想，气便消了大半，那惭愧之意反渐渐涌上心头，不觉暗自落泪，执谢安、王坦之之手道："朕已不能视事，朝中之事，一切单凭二位爱卿裁定。"

言谈之间，那王坦之已改毕诏文，读道："家国大事均禀大司马桓温、丞相谢安议定，如诸葛武侯辅君之故事，陛下以为如何？"

简文帝听毕，叹口气道："如此甚好，只是那桓温野心极大，此诏下去，其必不甘心，望二卿小心才是。我死之后，你等必有一番争斗，且竖子尚小，太后年迈，一切重委二卿。望二卿以社稷为重，切勿再起内讧。如此，我死也瞑目也。"说毕，泪如雨下，谢安、王坦之见了，亦唏嘘不已。

二人正要退下，忽听外面传来一阵吵闹之声，谢安急出一看，乃是曹郎王国宝。二人见着，有些尴尬。你道为何？原来这王国宝原是谢安的女婿，因他素无士操，品行不端，早在去年便被谢安女儿休了，那王国宝为此常嫉恨于心。今闻简文帝病重，因其母与皇上有些亲戚，便要来探视于他，心想趁那皇上糊涂，讨个大些的官做，不料被内侍拦住，拌起嘴来。

谢安叱道："这难道是汝家门户，好自由出入吗？"

王国宝叫道："万岁爷有疾，微臣探视圣安，此乃人之常情，有何不可？"

谢安大怒道："圣体不安，正在静养，怎可胡乱喧哗？况皇太子未在身边，谁敢擅入，立斩不赦。"遂喝令左右，将他逐出。

且说建康城里，因简文帝病重，气氛变得十分沉重。这天，桓温在府中与袁宏、郗超议事。他问刚从建康宫里回来的郗超道："朝廷已连下四诏，召吾进京，吾以军务在身不便远离，延时不往。今闻帝病势沉重，怕不久于世，若再来诏，如何应对？"

郗超道："这极容易，如今朝廷已下四诏，恐怕不久之后又有诏至。依下官之见，那前番四诏，皆模棱两可，如再来诏，若依周公居摄故事，明公便可进京，此乃天赐良机，机不可失。若是辅佐新主，便不去也罢。"

桓温笑道："参军之言正合吾意，只是尚须备拟一份辞奏，以表谦恭之意，此事得有劳彦伯兄费神。"

袁宏笑道："这等小事，何须大司马费心，辞奏早已拟好，只待明公过目。"

桓温一听，吃了一惊，心想我从未说过要写辞奏，他怎的便知我的心思？如此精明之人留在身边，日后若是有了异心，岂不坏了大事？自此便对袁宏生了疑心。当下桓温笑道："彦伯真吾心腹，辞奏既已拟就，何不出示于众？"

当下袁宏读道："圣体不安，已经积日，愚心惶恐，无所寄情，夫盛衰常理，过备无害。今皇子幼稚，而朝贤时誉唯谢安、王坦之,才识智能皆简在圣鉴。内辅幼君,外御强寇,实群情之大惧。然理尽于此,陛下便宜崇授,使群下知所寄,而谢安等奉命陈力,公私为宜。至于臣温,位兼将相,加陛下垂布衣之顾,但朽迈疾病,怕不支久,无所复堪托此后事。"

袁宏读毕,桓温拍案笑道:"好,好,真乃绝妙好辞。"

原来这篇辞奏,比他桓温想的还要好出几倍,尤其将那谢安也推了出去,实是妙棋一着,看你皇上究竟是信任谢安,还是信任我?这也是桓温狡诈之处,自己想当皇帝,却故意推辞不干,还要把别人牵连进去作为试探,实是阴险得很。

当下桓温命人叫来一个心腹,把那辞奏用火漆封好。令他连夜进京,奏与皇上。不料还未启程,就收到朝廷急诏,才知皇上已经驾崩,令他速速进京,如诸葛武侯王丞相故事,辅佐新主。桓温阅毕诏文,气得半晌无语。

郗超问桓温:"明公去是不去?"

桓温气呼呼道:"不去。"

且说简文帝驾崩,时年五十有三,在位实不满一年,只因过一元旦,两个半年,才算作两年。东晋当中,也算是一个短命的皇帝。

这日上朝,两班文武会集朝堂,褚太后于龙凤椅上道:"今帝早崩,国之新丧,一应琐事,已料理完毕。然国不可一日无主,今立嗣之事,已成当务之急,不知众卿家有何良策?"

侍郎荀况出班奏道:"太后,依微臣之见,先帝既有遗诏,家国大事一禀大司马处分,何不待他进京,再予定夺。"

谢安道:"不可,天子崩,太子立,此乃古今通例,大司马何致异言,若先面咨,恐反为其所责。"

王坦之亦道:"太后,丞相所言极是。社稷,乃天下之社稷,岂能凭一人专断?"

太后听毕,微微点头,复又试道:"谢爱卿、王爱卿所言极是,然新主幼冲,不能视事,且近又强寇作乱,涝旱并举,依吾之意,还不如先使大司马暂禅帝位,待新主年及婚冠,再执朝政,不知众卿意下如何?"

众臣一听,心想这褚太后也真糊涂,怎么说出这等昏话,这不是把刀交给桓温手中,叫他来割我等头颅吗?故此,谁也不言,表示抗议。唯谢安厉声道:"此事万万不可,辅佐新主,此乃先帝遗诏,怎可随意更改?若是禅位于桓温,其必当固让,如此反复,恐将使万机停滞,山陵废稽,臣等未敢奉令。"言毕跪地,众臣见了,亦纷纷仿效,伏地不起。

那褚太后见了,微微笑道:"也罢,既然众卿一志,我有何异,准奏便是。"遂择一个黄道吉日,于咸安二年(372)秋七月末,迎太子昌明入继帝位,号为孝武帝。然后,遣使往桓温府中下旨,道:"朕新登位,大司马社稷所寄,先帝托以家国,自外众事便就关公施行。特加大司马前部羽葆鼓吹,武贲六十人,望大司马速速进京,共议大事。"

桓温接旨,跪在地下,勉强说了句:"谢主隆恩。"便打发来使回去。时郗超正在幕后,见来使走后,便出来问桓温道:"此番征召,大司马去是不去?"

桓温咬牙切齿道:"去。"

谁知桓温还未到建康,那建康城内又掀起了一桩大大的风波。

第十三章

且说咸安二年秋七月，简文帝驾崩，孝武帝即位，于是下诏，命大司马桓温入朝辅政。这日桓温送走来使，正巧参军郗超进来，问道："前番朝廷诏大司马进京，大司马均借故推辞，今日复诏，大司马去是不去？"

桓温冷冷道："此番不去，更待何时？"

说来也巧，这边桓温正准备进京，那边建康城内，出了一桩大事。你道何事？原来有个彭城妖人，名叫卢悚，少时学过一些武艺，自以为十分了得。他见那京城今日丧君，明日立帝，这般混乱，心想何不趁此良机，杀将进去，夺了皇位，弄个白得皇帝做做。便纠集愚民八百余家，草寇三五百人，趁着丧乱之日，突入云龙门，诈称是海西公还都，直抵内殿，把那刚登基的孝武帝吓得哇哇大哭，褚太后惊得浑身颤抖。亏得谢安镇定，急调御林军一千，亲率人马，火速赶到，将那卢悚团团围住。又有游击将军毛安之、左卫将军殷康等闻讯赶来，自止车门驰入，两下合击，不足两个时辰，便把那伙贼人尽数杀绝，妖贼卢悚也被生擒活捉。

消息报至东宫，孝武帝和褚太后始觉安心。自此便不敢大意，将那宫廷禁卫的重任交与谢安掌管。谢安趁机将那可疑及渎职之人统统逐出京城，发往边关，绝了桓温兵变之忧。这样一一分拨停当，不料那桓温又发起难来。原来桓温自定下进京见驾，便有一份奏本呈与朝廷,称:"即日启程,参拜圣上。"朝廷总以为他只带随从进京,不料探子来报,那桓温后面竟跟着一万精兵,浩浩荡荡,杀气腾腾,直奔建康。那孝武帝闻报,早吓得魂不附体。百官之中,亦相率猜疑,人心惶惶,以为桓温此来,不是来废幼主,就是来诛谢安。故此个个惊慌失措,人人胆战心惊。偏这时皇上又颁下圣旨,命谢安、王坦之赴新亭迎候桓温。众臣更觉悚然,连王坦之也忍耐不住。这日下朝,王坦之将谢安扯住,悄言道:"桓温此次闯京,必伏杀机,我等皆处嫌忌之地。不如趁此机会,将他除了,免得留下祸患。"

谢安道:"此事不妥,如今外有强寇,人心未宁,社稷危如累卵。况桓温应召来京,逆迹未彰,若一旦加诛,内自相图,恐众心不服,不如静待良机,再做定夺。"

王坦之叹道:"善者不来,来者不善,桓温此来,必凶多吉少。"

谢安道:"晋祚存亡,在此一行,文度也不必过于忧虑。凡事悉听安石处置,定保无虑。"

王坦之道:"莫非丞相已有良策?"

谢安微笑道:"良策也无,一切但凭随机应变。"

次日一早,二人同辇而行。见一朝文武已在门外恭候,个个无言无声,面有惧色。谢安暗自冷笑,心想养兵千日,用兵一朝,平时论及社稷大事,你等口口声声,慷慨激昂,仿佛都是忠烈之臣,今日去见桓温,却吓成这等模样。若是朝廷真有大难,不知又会如何?当下无话。

不足一个时辰,新亭便到。只见道路两侧,已是甲兵如蚁,杀气腾腾。一杆大旗,迎风鼓荡,旗面一个大大的"桓"字,煞是威风。原来桓温前部已到这里。众臣一见,更加惶悚,连那王坦之也紧随谢安左右,恨不得扯住他的袍角,才觉放心。唯谢安微微冷笑,毫无惧色。

忽然大路尽头腾起一柱尘烟,随着马蹄声响,一架六骑立车朝这里发疯般奔来,车后一队百人甲仗紧紧相随,众士皆盔身铁甲,刀枪并举,阳光之下,寒光闪闪。

桓温站在立车之上,目光如炬,威风凛凛如天子出游一般。原来这东晋乘车,有个规矩。可坐的叫安车,站着的叫立车。这安车与立车有许多名堂,有青安车、青立车、赤安车、赤立车、黄安车、黄立车、白安车、白立车、黑安车、黑立车,合十乘,皆为天子皇后所乘,又名五时车、五帝车。那王公以下的车,名堂更多:有皂轮车、油幢车、追锋车、轺车等,不下数十种。各有品章,不得违越。有违越者,立杀无赦。这桓温虽功德昭著,然不过一大臣而已,排论起来,只能乘个油幢车。今日所乘六骑立车,唯天子可乘,他却旁若无人,耀武扬威,一点不把朝廷放在眼里。众臣见了,虽心中有数,却谁又敢言?

早有先骑报与谢安,谢安冷笑一声,策马立在大路中间。一刻工夫,桓温车到,二骑相对,各自下马。众臣见到桓温,皆拜伏于地,齐声道:"有迎大司马。"

唯有谢安不跪,微微而笑,桓温见着,不觉大怒,用马鞭指着谢安道:"谢丞相,前番上朝,汝无故下跪,今日见到老夫,你为何不跪?"

谢安呵呵笑道:"大司马此言差矣,前番我为丞相,自当叩拜明公,今日我为钦差,代皇而来,明公理当向我下跪,岂有颠倒之理耶?"

桓温一怔,突然呵呵大笑,道:"安石兄言之有理,吾当下跪。"言毕,就要行跪拜之礼,谢安一步上前,将他挽住,笑道:"下官不过戏言,明公岂能当真?"

当下二人携手而行,与众臣见礼。待走到裨将陆始跟前,桓温突然站住,讥讽道:"陆将军别来无恙?"

那陆始见到桓温,已极慌张,见他这么一说,自知大祸就要临头,慌忙跪下,磕着头道:"下官这里与大司马见礼。"

谁知头还未及抬起,桓温便厉声叱道:"你这浊物,我桓温待你向来不薄,然你屡屡在先帝跟前加诬于我,谗言惑众,使帝疑我,今日相见,还有何言?"

那陆始一听,愣了半天,不知道桓温在说什么。自己与皇上虽在同朝,但官小职微,平时相见都很困难,哪有进言的机会,这不分明是冤枉好人,加害无辜吗?正要分辩,不料桓温大喝一声:"左右,还不将他拿下。"身后立即上来几名武士,摘去陆始帽子,把他推了下去。

道侧站着的文武众臣见陆始无辜被害,担心大祸临头,一个个早吓得身如筛糠,面如土色。百余大臣,竟连大气也不敢出。

唯谢安心中明白,此乃桓温杀鸡儆猴之术,并无新的花样。果然,走不出数步,桓温便挽住王坦之之手,笑道:"王大人乃朝廷重臣,老夫方才如此处置陆始,不知当有不当?"

王坦之一听,不觉有些慌张,连忙稽首道:"陆将军罪有应得,大司马如此处置甚当,无有异议。"言毕,只觉脊梁之中,已是冷汗涔涔。桓温见他这个模样,也觉好笑,心中暗忖道:"原来你也如此胆小。"便转身与谢安道:"我等站得都已累了,何不到亭内一坐?"

谢安笑道:"如此甚好。"

当下相拥入内,众臣按次坐毕。早有武士献上茶点,气氛方见融洽。

谢安笑道:"今日真可谓旧地重游,旧景重萌。"

桓温道:"此话怎讲?"

谢安道:"昔下官从东山复出,大司马于新亭设宴款待,离今也不过数年光景。今日想起,却是历历在目。"

桓温叹道:"那次宴会,是老夫做东,今日相聚,却是安石为主。真是沧海桑田,变幻斯须也。"

谢安笑道:"那长江泛舟,吟诵古诗,褒贬古人,大司马可曾记得?"

桓温冷笑道:"岂能忘却?"言毕,手一挥,上来十名武士,皆赤裸上身,手执利刃,十分强悍凶狠。

谢安愕然道:"这是为何?"

桓温笑道:"羌人善舞,老夫西征之时,特征得民间艺人数百,挑拣青壮之人,略加训导,常于军中舞之,今日进京见驾,特来献技。"

谢安笑道:"大司马别出心裁,忠心可嘉。"

当下乐起,那十名武士便于亭中舞蹈起来,只觉寒光闪闪,冷风瑟瑟,逼向众臣。众臣各有惧色,唯谢安目光飞转,猛听亭后壁有铁器碰撞之声,心中已自明白,遂笑道:"此舞虽然勇猛,还是不够有味。"

桓温道:"军旅之中,惜无舞女,只好令男士舞之,权作快乐。"

谢安道:"下官闻大司马已经训就一批舞女,可以唤来一舞。"

桓温不解道:"老夫长年征战沙场,哪里有空去训练舞女?"

谢安冷笑道:"舞女就在壁后,大司马岂能不知?"

桓温听了,倏地变了脸色,半晌无语。

谢安冷笑道:"大司马,下官闻诸侯有道,宜守在四邻;精兵强将,当护卫边疆。大司马今日壁后藏兵,不知何意?"

桓温自知抵赖不过,只好笑道:"恐有猝变,不得不防。"说毕,把手一挥,那壁后的刀斧手迅即撤去。谢安也不深究,依然谈笑自若,只当没事一般,桓温始觉放心,心里虽是愤恨,却又佩服他的气度。正说话间,不知从哪里刮来一阵微风,将那亭中的门帘吹开,门后露出一个脑袋。众臣一看,不觉大吃一惊。

第十四章

且说桓温借进京见驾之机，于新亭伏甲设馔，广宴朝士，本想诛谢安、清君侧，不料还未动手，就被谢安识破，只得喝退甲兵。说来也巧，正在这时，不知从哪里刮来一阵微风，将那亭中的门帘吹开，露出一个脑袋。众臣一看，不觉吃了一惊。你道这人是谁？原来是参军郗超，当时他正在帘后偷听，见微风把门帘吹开，正要躲避，不料脑袋触到门框，咚的一声脆响，弄得郗超十分尴尬。

谢安一见，取笑道："郗参军躲在帐后，真的是入幕之宾了。"言毕大笑。桓温脸上极尴尬，羞恨之色，溢于言表。只因谢安素孚众望，一时未便下手，只好暂从容忍，观衅后动。于是谈了一阵，便匆匆起身，由谢安、王坦之陪着，进城谒见孝武帝去了。

这时已是公元373年3月，孝武帝宁康元年。桓温在京城盘桓了十四五日，那孝武帝、褚太后及众多朝臣，天天为他大摆宴席，其所到之处，礼如上宾。桓温虽胸藏杀机，但毕竟有些起码的人性，心想这种时候动手，必被后人耻笑，于是就暂罢了弑帝篡位的念头。

这日早起，桓温忽然心血来潮，与郗超道："今日无事，何不去谒高平陵。"

郗超道："大司马头患疮疾，不如改日再去，免得入了风寒。"

桓温笑道："些许小疾，何足挂齿。"

原来这高平陵乃简文帝的墓地。简文帝驾崩时，朝廷曾连发四诏，要桓温进京见驾，桓温因心中有鬼，拒绝进京，朝廷当时多有怨言。他这次去谒高平陵，无非是做做样子给众臣看看。当下备车，带了一干贴身侍从，乘四骑马车，驰出建康城，直往郊外奔去。不足一个时辰，便已进入陵区。见那大道两侧，石狮石马，张牙咧嘴，威猛无比；石兵石将，披盔挂甲，栩栩如生。四周古树参天，内有甲兵巡逻。墓道之中，有一高大牌坊，直刺碧空，牌坊正中，上书三个大字："高平陵"。

桓温见了，车还未停，便独自跳下，纳头便拜，把头磕得咚咚直响。拜毕，众人正要扶他，他却歪头傻笑道："先帝到底有灵，见吾来了，竟坐着受吾参拜，你等有否看见？"

众人一听，面面相觑，不知道他在说什么鬼话，还以为在开玩笑，故此也不在意。谁知扶了起来，桓温竟不理众人，独自走了数步，护护发，整整冠，复又跪下，忽大哭道："臣不敢，先帝在上，臣不敢，臣真的不敢。"

众人一听，皆大惊失色，纷纷后退，不敢趋前。心想刚才还好好的，怎么忽然说起这等昏话。看那模样，老泪滚滚，面如死灰，双手颤抖，又分明不是开玩笑的模样，不觉有些慌张。内中有个老仆，记得桓温曾犯过此病，因此也还镇定。原来北伐时，桓温自江陵行经金城，见一树木，十围有余，趋前一看，乃少为琅琊时所栽，慨然道："木犹如此，人何以堪。"遂攀枝执条，搂树大哭。众将见之，皆窃笑不已。医人称之为狂症。后北征归来，于道旁遇一老婢，那老婢一见桓温，便潸然而泣。桓温问其缘故，老婢答："明公甚似刘司空。"

桓温大喜，正经入室，整理衣冠，又呼老婢，问道："似在何处？"

老婢笑道:"各处都似,只可惜面甚似,恨薄;眼甚似,恨小;须甚似,恨赤;形甚似,恨雌。"

桓温听毕,摘冠解带,昏然而睡,七日不醒,醒后问道:"为何昏睡?"众人皆笑,医人称之为痴症。自此南征北战,痴狂之症时有发作,众人见之,也不以为奇。唯今日之状,却又特别。于是有一胆大者慢慢过去,将他抱住,大声道:"大司马,时候迟了,咱们回府吧。"

桓温动也不动,忽破涕而笑道:"汝等可知道殷涓为何人?"左右道:"殷涓乃殷浩之子,明公之仇人也。"

桓温点头道:"殷涓如何死?"

左右失色道:"殷涓与武陵王晞相共谋反,被明公诛之。"

桓温复笑道:"殷涓如何形状?"

众人之中有见过殷涓的,答道:"殷涓身短肥壮,不过五尺。"

桓温惊道:"不错,不错,他亦曾在先帝左侧呢。"言毕,傻笑不止,嘴歪眼斜,牵动无常,片刻之后,便捶胸顿足,抓耳挖眼,复又号啕大哭,狂喊不止:"臣不敢,臣不敢,先帝在上,臣真的不敢。"随即,猝然倒地,牙关紧闭,双目圆睁,不时作怪状。众人见了,虽然惧怕,可也无奈,只好悚然趋前,一齐动手,将他扛了起来,塞进车内,命车夫快跑。

且说桓温自高平陵发病,回府之后,便寒热交作,谵语不休,躺在床上,只是昏睡。谢安得知,心里自是高兴,巴不得他早点归西。只是自己身居宰辅,也不与他将亡之人计较什么,故而也来探望过一次。无奈桓温不省人事,来了之后,也没什么话说,只是坐上片刻,留下一名御医为他诊治,便就离去。

那御医医术高明,搭了脉搏之后,却说无疾,你道为何?原来这桓温为人，谁人不知。这御医天天待在宫中，见桓温目无君臣，霸道凶狠，早已恨得不行。今日见他病势沉重，巴不得他立即死去，哪里还愿为他诊治。只说他并无大疾，不日之后就会痊愈，自己的心里却已有数，不过数日，老贼必死。

后来郗超看出蹊跷，便暗中请来一名草头郎中，人称半仙。那半仙一搭桓温的脉搏，便连连摇起头来，又把郗超叫出门外，悄声道："大司马高烧不退，又精神恍惚。方才搭脉，只觉脉象忽强忽弱，紊乱无常，想必是受了什么刺激。"

郗超道："大司马一向康健，数日前去谒拜高平陵，在那里发了病。"

半仙点头道："这就是了，世间并无鬼，然人心中有鬼，鬼者愧也，这叫阴阳相斗，阴者胜，必死；阳者胜，无妨。只要不做亏心之事，这偶尔失态，稍做诊治，便可痊愈，若心中愧笃，老是思及，于是阴者克阳，此老朽便无能为力了。"

二人正在说话，里面又有了叫声，进去一看，只见桓温头上生着一个大疮，这疮原先不大，不过米粒似一颗，不料才过数日，却长成拳头般大小，鲜艳如桃，脓血淋漓。郗超进去，桓温正痛得在床上打滚，旁边几个仆人，见他这般腌臜，都不愿近前。郗超见状，心里叹道："人世实是可悲，若是他健壮之时，你等巴不得将那疮疥舔个干净，如今见他病重，就要归西，便就不愿理他。日后若自己也是这般样子，又不知会如何结果。"心里想想，实在悲哀，也不去训斥他们，自己上去，用些温水将那脓血洗净，然后伏下身去，对着那疮吮吸起来，一时脓血满口，恶臭无比。这样吐而复吸，来回数次，方将脓血吸净，桓温才安宁下来。众人正要离去，那桓温忽地一声怪叫，又在床上蹬腿挥臂，狂呼乱叫："臣不敢，臣不敢，臣真的不敢呀。"

众人见郗超在场，胆便壮了许多，于是一齐上前，有的揿头，有的按脚，有的压身，方使桓温安静下来。不过一刻，他又独自傻笑起来，并作无常之脸。

这样反复折腾，虽经治疗，三五日下去，仍不见效。后来半仙发了狠心，在那汤药之中放入一条毒蛇，此乃家传秘方，万不得已，决不使用，半仙也无把握。反正他也活不长久，不妨试了再说，若是这药有效，再挨一月半月，应不成问题。谁知服下之后果然有效，桓温人虽孱弱，但那惊厥之病再没复发。

于是桓温就留在建康安心调养。也是命该如此，这桓温身体刚有转机，便又想起篡夺帝位之事，心想我留在京城，就在谢安的眼皮底下，这样何时才能遂平生之愿？如果稍有不慎，被谢安抓住把柄，反会招来灭族之灾，不如早点返回姑孰军营，静待时机，再作打算。

当下，命人打点行装，择日启程，一行人浩浩荡荡，向姑孰出发。偏偏老天作难，他乘的四骑马车还未抵达姑孰，天就下起大雨，之后便是电闪雷鸣，整日不断地在他的头上炸响。这桓温乃重病之人，又因心中有愧，老是疑神疑鬼，唯恐被阎王勾了命去，平日稍有声响，便吓得要命，今日雷电交加，早已吓得魂不附体，到了姑孰，病复加剧。

这日午后，桓温醒来，见郗超、袁宏俱在，遂强作笑脸，喘道："吾今年六十有余，曾为辅佐朝廷，戎马半生。今日一病，恐怕不起，吾向来不负朝廷，想必朝廷也不会负吾。"言毕大咳数声，吐出一口狂血。

郗超一听，心中已自明白，道："大司马之意，下官已经明了,大司马为国为民,勋高望重,伟业辉煌,应受朝廷九锡之礼,以享殊荣。"

桓温一听,才觉稍安,点头道:"参军之言,如出吾之肺腑,只是那篇锡文,还需请彦伯草具才是。"言毕又是一阵狂咳。原来这个九锡之礼,自王莽创立,都是授予朝廷权臣,以显示尊贵身份,桓温仿效古礼,自然有其用心。

当下,袁宏奉桓温旨意,半日之内便将锡文写毕,无非把他吹捧一番。桓温阅毕,点头微笑道:"彦伯真文宗也。"

说毕,命人将锡文用火漆封了,派快骑呈与谢安,谢安阅毕,只笑不语。适王坦之有事来访,遂把锡文递与他看,道:"这桓温也是利欲熏心,如今久枕病榻,死期将至,仍不忘显扬权势,实是天下少见。"

王坦之读毕锡文,叹道:"袁彦伯昔作'东''北'二征赋,名扬天下。今日见其文章,果然名不虚传。只可惜屈居桓温手下,也就辱没了他一生才华。"

谢安道:"九锡之事,文度意下如何?"

王坦之道:"鸟之将死,其音也哀;人之将亡,其声也悲。桓温无道,然毕竟功过参半。以弟之见,不如准其锡文,垂死之人,必感激涕零。"

谢安叹道:"此事实不简单,若贸然准允,恐负万众之意。若断然拒绝,我身为宰辅,岂不被人说成是小人之心,必遭后人讥笑。依我之见,还不如挨延时日,令彼屡改锡文,待那老贼一死,不就罢了。"

王坦之笑道:"兄长谋略,虽诸葛武侯不如也。"遂将锡文退回姑孰,令袁宏反复修改。一来一往,约十余次,竟至匝月未成，把个袁宏弄得十分糊涂。以往具写文稿，不论长短，挥笔即就，从不修改片言，如今区区短文，早已字斟句酌，精推细敲，仍是不行，莫非自己江郎才尽？遂去询问郗超。郗超冷笑道："彦伯兄有所不知，此乃谢安石拖延之术，彼知桓公病势日增，料必不久，是以借此迁延，不与事成。"

袁宏道："谢安身为宰辅，向来雍容大度，胸怀宽广，总不会难为一垂死之人吧？"

郗超叹道："官场之争，向来无情，胜者为王，败者为寇，绝无手软之理。彦伯兄乃一介书生，还是洁身自好，远离这是非之地，写你的千古文章去吧。"言毕潸然泪下。

袁宏也甚伤感，自此离开桓府，终日闭门不出，撰《后汉纪》三十卷及《竹林名士传》三卷，诗赋诔表等杂文凡三百首。后来谢安赏其才识，荐为扬州刺史。袁宏本誓不为官，杜绝仕念，然官场诱惑，总难抵御，而寂寞隐居，又实难熬，于是自吏部郎出为扬州刺史。此是后话，按下不表。

且说谢安命袁宏屡改锡文，历久不就，桓温知道是谢安在从中作梗，于是又气又怒，毒火攻心，病势更加沉重。这日午后，桓温正在昏睡，忽见有二人闯将进来，仔细一瞧，不是别人，正是太监计好和朱灵宝，皆披头散发，鲜血淋漓。朱灵宝指道："这厮便是。"

桓温一听，知道大事不好，拔腿便逃。恍惚中见大门开着，便拼命跑入。迎面又来一人，定睛一看，乃是谢安，更觉慌张。谢安笑道："桓温老贼，汝死期已至，还不快快引颈就戮。"

桓温哪肯就范，拔腿就逃。不料才跑数步，后面一声铃响，自己头上已中一箭，那谢安在后笑道："正中死处，正中死处。"

东山再起之力挽狂澜

桓温疼痛交加，牙根一咬，将箭拔出，不觉狂血乱喷，昏天黑地，一声哀号，竟致惊悟，才知是一场魇梦。旁边郗超等人见他这般样子，以为就要死了，连忙去叫半仙，不料找了半天，竟不见一点人影，知道他也走了。于是找些汤药与他吃了，自然不会有效。自此病势复剧，一日三死，死而又醒，人只剩下一把骨头。这日刚刚痛醒，见有人在旁边暗泣，睁眼一看，乃是兄弟桓冲，惊道："阿弟，你不在前方镇守边关，来此作甚？"

桓冲抹泪道："为弟特来探视哥哥病情。"言罢泣不成声。

桓温叹道："来了也好，吾近来寝疾缠绵，见闻多怪，想是命已该绝。人固有死，吾亦何怕？然今世难未平，吾病不过身死，汝病恐在灭族。观吾桓氏门中，多是庸弱之辈，唯靠你来振持。所有部属，归你统率。为兄素与谢安不和，但吾桓门，自初至今，匡扶晋室，忠心耿耿，勋绩冠世，料那谢安之流，也不会对你怎样。只是从此以后，你等需更加小心谨慎，凡事以谦让为好，切不可与谢安去争高下。"言毕，老泪横流，喘息不止。

桓冲哭道："哥哥之言，小弟铭记在心，只是那谢安也太可恶，只要哥哥下令，为弟即刻便去将那谢安剁为肉泥。"

桓温一听，猛睁眼道："不可，不可，诛那谢安，为兄早有此意，但此人神出鬼没，诡计多端，终无下手机会，你等更不是他的对手。记住，此等念头，往后万万不可再有，否则大祸临头，悔之晚矣。"说到此处，已是声嘶力竭。又关照道："郗超智勇兼济，忠心耿耿，堪当重任；石虏武艺出众，忠干贞固，可托大事；石民有勇无谋，为人粗夯，不可重用。唯小儿灵宝，最令老夫忧心。此儿虽然年幼，然后脑生有反骨，却又为人凶狠，不讲情义，日后恐有不测之祸。"言毕，大咳数声，喷出一腔狂血，目眦尽裂,一命呜呼。

噩耗报至建康,谢安正在书房弹琴,闻桓温死讯,猛然站了起来,自语道:"果然不出我之所料。"原来昨日谢安夜观天象,见荧惑入昴,星陨姑孰,又有赤黑黄云,绵亘如幕,声如雷震,坠地后气势如火,尘起连天。是夜大雨滂沱,雷电交加,时逢王坦之来访,谢安道:"桓温今晚必死。"

王坦之惊道:"兄长何以知之?"

谢安冷笑道:"桓温心中有愧,必惧天怒人怨,今日暴雨恶雷,凶险无比,必致其死命耳。"王坦之哪里肯信,谢安也不与争辩,只是长叹一声,默然不语。

次日上朝,闻桓温果死,众臣莫不雀跃,唯谢安怆然泪下。有一臣笑道:"桓温众人唾弃,今日死陨,社稷之福,大人何以哀泣?"

谢安叹道:"桓温一死,晋室少一奸雄,然天下绝一豪杰耳。"当下奏请朝廷,诏赐桓温九命衮冕之服,又朝服一具,衣一袭,东园秘器,钱二百万,布两千匹,蜡五百斤,以供丧事。并一依太宰安平献王、汉大将军霍光故事,赐九旒鸾辂、黄屋左纛、辒辌车,挽歌二部。前后羽葆、鼓吹,武贲班剑百人。优册即前南郡公增七千五百户,进地方三百里,赐钱五千万,绢二万匹,布十万匹,追赠丞相。

且说桓温既死,国乱初定,朝廷才觉安宁。时谢安以时望辅政,为群情所归,加之孝武帝年幼,褚太后年迈,故此朝中大事,一凭谢安处置。时西域大旱,人饥谷贵,谢安闻报,便不顾年迈,亲往视察。到了那里,见当地官衙设了许多粥摊,以救一时之急,遂上疏朝廷,道:"当今天下不普荒俭,唯独西土谷贵,便相鬻卖,声必远流,北贼闻之,将窥疆场。如愚臣意,不如开仓廪以赈之。"未及准奏,遂便开仓,散府郡军资数万斛米以救饥民,从此一境获全。七日之后,回到建康,遂自缚双臂上朝,道:"罪臣谢安,不及准奏,擅开谷仓以救饥民,请陛下发落。"

褚太后笑道:"兵书云,将在外,君命有所不受。今老丞相随机应变,以救万民,何罪之有?"遂赏白金百斤,帛千匹。自此名声益盛,不觉惊动了桓冲等人。原来桓温死后,这桓冲本在京城供职,后见谢安声誉日隆,恐他报复,遂上疏朝廷,自求外出。桓氏党羽皆以为非计,莫不扼腕苦谏。谓要么留在京城,寻机后动,要么先诛谢安,后执朝权。桓冲切记桓温告诫,不再生那非分念头,决意外出,处之淡然。朝廷准其奏议,晋他中军将军,都督扬、雍、江三州军事,兼扬、豫二州刺史,使镇姑孰。

自此,桓冲尽忠朝廷,且一反桓温作法,一切生杀予夺,皆先时奏闻,再作定夺,朝廷始觉放心,只谢安仍觉不安。桓温死后,其门族之中,多有恨意。谢安恐其不服,权衡再三,唯请褚太后临朝,方可镇服,自己虽为丞相,过多参政,恐被人议论。于是写好奏本,趁这日上朝,呈了上去,道:"今王室多故,祸难仍臻,国忧始周,复丧元辅,天下惘然,若无攸济,主上虽圣明天亶,而春秋尚富,兼在谅暗,蒸蒸之思,未遑庶事。伏维太后陛下,德应坤厚,宣慈圣善,遭家多艰,临朝亲览,光大之美,化洽在昔,讴歌流咏,播益无外,虽有莘熙殷,任姒隆周,未足以喻。是以五谋克从,人鬼同心,仰望来苏,悬心日月。夫随时之义,《周易》所尚,宁固社稷,大人之任,伏愿陛下抚综万机,厘和政道,以慰祖宗,以安兆庶,不胜喁喁,待命之至。"

褚太后看了奏章,沉思片刻,觉得也有道理,于是俯从众议,便即复诏道:"王室不幸,仍有艰屯,览省启事,感增悲叹。内外诸君,并以主上春秋冲富,加以蒸蒸之慕,未能亲览,号令宜有所由。苟可安社稷,利天下,亦未便有所固执。当敬从所启,但暗昧之阙,自知难免,望尽弼谐之道,献可替否,则国家有攸赖焉。"

谁知读毕诏文,班下便闪出一臣,高叫道:"太后,此事不可,万万不可。"

・第十五章・

且说桓温死后,谢安恐桓门家族不服于己,又虑孝武帝年幼,不能临朝主政,自己虽为宰辅,可一进一退,又不能干涉太多。思考再三,唯请褚太后临朝摄政,方保无虑。谁知刚刚准了奏议,忽见班中闪出一人,高叫道:"太后,此事不可,万万不可。"众臣一看,乃尚书仆射王彪。

太后道:"王爱卿既有谏议,不妨道来。"

王彪道:"太后,前代人主,幼在襁褓,母子一体,故可请太后临朝,但太后亦未能专断,仍须顾问大臣。今主上年逾十岁,将及冠婚,反令从嫂临朝,表示人君幼弱,这难道好光扬圣德吗?"这王彪说的从嫂是谁?原来就是褚太后。这褚太后曾为康帝之后,康帝系元帝之孙,从辈分论,褚太后与孝武帝本为叔嫂。从前简文帝登基,比褚太后辈分较长,但因她既为太后,不得以常礼相待,故仍称为太后。如今由嫂嫂出来摄政,却是没有先例。

谢安出班反驳道:"王大人此言差矣,一国之事,以平安为最,今太后摄政,乃为家国平安,论什么辈分?"于是不从,颁下诏书,次日太后临朝摄政,命谢安总掌中书,录尚书事,晋王坦之为尚书令。直至宁康三年,孝武帝年及十三岁,行过冠婚之礼,褚太后才归政还权,到崇德宫烧香拜佛去了。

且说谢安与王坦之同心辅政,把那朝中大事一一处理停当。

大小事情，皆有法可循；一应人等，都有责可究。谢安身为丞相，反倒空闲起来。这日早起，谢安目光忽触及书房壁上挂着的那把琴，心中怦然一动，即命取下，拂去尘埃，轻轻一拨，琴音悠然，不觉呵呵大笑。原来自东山复出，谢安整日忙于朝务，这抚弹之兴，早已淡漠。今日不弹犹可，一弹便不可收，连饭也不吃，把那熟识的曲子几乎重弹一遍。从此自朝至夕，除了上朝务政，便在这书房里度过。这日正弹一曲《江南小调》，是他自作之曲。正弹得俯仰有致，十分得意，忽有仆人来报："尚书王坦之在门外求见。"

谢安弹性正浓，哪有心思睬他，仆人重禀一遍，谢安仍不说话，仆人苦笑一下，只得退出。谁知王坦之在门外候得久了，有些忍耐不住，便自己走了进来，见谢安如此模样，不觉好笑，便站在一旁看他弹奏。谢安见了，也不理他。直至一曲终了，才猛地站起，呵呵笑道："一曲未终，岂可半途而止，文度不会见怪吧？"

王坦之笑道："此叫出神入化，已入佳境，小弟怎敢有怪。"

当下二人携手坐下，早有侍女捧上香茗。谢安呷了一口道："文度此次自荐徐州刺史，圣上业已准奏，徐州乃兵家必争之地，弟去镇戍，最为适宜。只是边关困苦，弟年事渐高，还望多多保重才是。"

王坦之道："困苦倒也不怕，只是为弟明日就要启程，有几句话搁在心里，不知当讲不当讲？"

谢安料知他要讲什么，遂笑道："文度有话要讲，为兄敢不洗耳恭听吗？"

王坦之正色道："安石兄，弟闻社稷之臣，当以社稷为重，然兄近来沉湎声律，期功之惨，不废丝竹。满朝文武，乃至京城百姓，多有仿效。如今王室多故，主上年幼，近悉襄阳、项城又旱涝迭起，贼寇趁机窥视。今国未太平，兄便高枕无忧，乃为臣之大忌。俗话说：天下之宝，当为天下惜之，总不能损天下之利而图快乐吧？"

谢安一听，呵呵笑道："我所喜乐，无非自娱，此乃人各有志，怎可强求？别人效仿，我又不能明令禁止，拿他是问。"

原来这建康城里的百姓，有一种喜欢追人的风气，谁人德高望重，谁人位高权重，名声显赫，便有许多人追随其后，学其雅好，仿其模样。谢安初辟丞相时，有一陈郡阳夏商人来访，因他要回家，缺少盘缠，便向谢安告贷。谢安虽为丞相，但为政清廉，家里也没多少余资，便问其有何货物可卖？商人说有蒲扇五万把。谢安遂取扇一把，常在上朝或闲暇时扇之。仕庶见了，居然以为奇货，便竞相购买，还学谢安的样，手不离扇，一路扇之。不足十日，五万把蒲扇竟全部售完，还价增数倍。这成为京城趣谈。又某次谢安偶患鼻疾，吟诗唱篇，声音浑浊，遂又有人群起仿效。有名流爱其咏而弗能及者，便用手掩鼻以学。谢安见了，也没法子，只好听之任之。

王坦之见谢安不服自己的劝说，知其向来固执，劝也无用，遂哼了一声，拂袖而去。

谢安在背后笑道："当今忠良之臣，非文度莫属。"

且说王坦之离开丞相府，回到家中，因明日就要离京外戍，还有许多话未曾说完，遂令仆人取来笔墨，拟了一份奏表，命人呈至崇德宫太后处，正好孝武帝也在座。那太后见是新任徐州刺史王坦之的奏表，知其必有要事，忙命内侍展读，文中大意是："臣闻人君之道以孝敬为本，临御四海以委任为贵，恭顺无为，则盛德日新；亲杖贤能，则政道邕睦。昔周成、汉昭，并以幼年篡承大统。当时天下未为无难，终能显扬祖考，保安社稷，盖尊尊亲亲，信纳大臣之所致也。今丞相臣谢安，人望具瞻，社稷之臣，且受遇先帝，绸缪繾绻，并志竭忠贞，尽心尽力，归诚陛下，以报先帝。愚谓周旋举动，皆应咨此臣，此臣之于陛下，则周之旦奭、汉之霍光、显宗之于王导也……"

原来通篇说古论今，无非推荐谢安一人。褚太后听毕，不觉叹道："王文度真乃一片赤心，朝廷有此忠良，何虑不鼎盛兴旺？"

次日王坦之率众出京，朝廷命谢安送行。二人出神兽门，经紫禁城，策马并驱，款款而行。不足一个时辰，抵达新亭，早有仆人摆好酒宴。

谢安举杯道："弟此去徐州，路途遥远，望千万珍重。你我兄弟一场，暮年之后，又将别离，实在于心不忍，安石在此，敬弟一杯。"言毕一饮而尽。

王坦之怅然道："今日远别，不知何年何月才能再见，朝廷众事，本由你我二人分担。从今往后，唯由兄一人独挑，还望兄长十分保重。"如此饮了数杯，王坦之见旁边站了些人，说话不便。遂屏退左右，悄声道："弟还有一言，不能不告。"

谢安俯身道："但请吩咐。"

王坦之道："会稽王道子，为人奸诈，心狠手辣。彼自持与圣上系同母所出，骄横跋扈，权势日隆，太后又多加庇护，兄要千万小心，切不可伤于此人之手。"

谢安道："道子为人，已略有所闻，安石早有防备。"

王坦之复道："桓氏一族，也得提防，桓温死后，桓氏门族虽元气大伤，然族中之人，目今仍多任要职，宜频调动之。"

谢安悄声道:"此事我已有部署,不日之后,将做调动,弟请放心。"

王坦之道:"如此甚好。"言毕,举杯又道:"小弟就此告辞,但愿此酒不是最后一杯,若后会有期,我等不妨再去会稽东山一游,去喝你酿的女儿红酒。"言讫大笑,把酒一饮而尽。

谢安笑道:"你不说此事,倒也罢了,如今说了起来,却真有些思念。"

王坦之道:"如何思念?"

谢安开玩笑道:"你也问得蹊跷,安石自四十岁出山,距今已十有余年,心里如何不想它?想当初东山之上,安石与众兄弟好友,多么快活,没想如今入了官场,身不由己。如此想来,当初岂不是自投罗网、自讨苦吃吗?"

王坦之笑道:"兄长此话差矣,古人云,在其位,谋其政,不在其位,故不谋其政。如今朝有累卵之危,国有百年之忧。兄既为一朝重臣,应作一朝之计,至于东山之志,实乃虚谈而已,若是常记心上,恐于社稷不利吧?"

谢安笑着反驳道:"昔秦任商鞅,二世而亡,难道是虚谈之故吗?"说毕二人大笑。这时闻启程鼓响,二人遂一齐上马,谢安送王坦之至新亭十里远处,才依依惜别。

回到府中,谢安卸下衣冠,正要歇息一下,忽见从外面走进一个人来,定睛一看,不觉眉开眼笑,道:"啊呀,你怎么来了?"

·第十六章·

且说谢安于新亭送别王坦之，回到府中，刚要卸装歇息，忽见门外进来一人，定睛一看，不觉呵呵大笑。你道是谁？原来是侄女谢道韫来了。谢安一把将她挽住，笑道："许久不见韫儿，今日突然到来，怎的也不来封书信？"

谢道韫戏言道："叔叔乃当朝丞相，国事繁忙，侄女怎敢贸然打扰呀。"

谢安笑道："几年不见，韫儿仍是一张利嘴。"说毕进入内庭，与夫人见面，双方各自说了些别后的话，说到伤心之处，都暗自垂下泪来。

原来这时，谢道韫已嫁于王凝之为妻。这王凝之乃王羲之次子，素性迂僻，工书以外，无甚才能，谢道韫极是不悦，无奈父母之命，媒妁之言，只得委曲求全，自叹命苦。这次来见叔父，嘴上虽然不说，脸上却是流露出来。经谢安及婶母追问，才道出原委，谢道韫泣道："一门叔父之中，有阿大、中郎。群从弟兄，有封、胡、遏、末，却不意天壤之中，还有个王郎。自古道：嫁鸡随鸡，嫁狗随狗，侄女虽有抱负，也只好以凤随鸦，自叹命苦罢了。"言毕涕泪俱下，泣不成声。你道她说的"阿大、中郎，封、胡、遏、末"又是何人？原来这阿大就是谢安，中郎即谢万，谢万长子韶，小字为封，曾任车骑司马。胡系谢朗小字，官至东阳太守。遏即谢玄小字，此时任项城刺史，位望极隆。还有谢川小字叫作末,乃道韫从兄,也是才华横溢,可惜英年早逝。这几人俱有才名,为谢氏一门彦秀。谢道韫拿这些人与王凝之一比,更觉得丈夫无能。因此越想越觉得惭愧,越想越感到怨恨。故在见到叔父婶母之后,哪里还忍受得住,早把那苦水的闸门,一股脑儿打开了来。

那刘氏见侄女哭得昏天黑地,刚才还在劝慰,劝着劝着,自己也垂下泪来。亏得谢安在旁不断劝导,说了许多宽心的话,二人才止住哭泣。于是命人打来温水,洗漱完了,一起进入膳厅,谢安坐了上首,刘氏与谢道韫居于下首。早有奴婢摆上酒菜,全是素的,所设果品又皆非东山所有之物。谢道韫吃了几枚,甚觉可口,加之方才哭过,心中的闷气已出,因此饮了几杯,脸上便渐渐绽出一丝笑容。

谢安见状,乘机又劝慰一番,见侄女有些累了,便命小婢引她去客房歇息,谁知刚要起身,这谢道韫便拍手笑了起来,道:"你道我的记性,分明有好吃的东西,专为叔叔婶婶准备的,一路上记得清清爽爽,到了家里,第一桩事就要把它奉上。不想方才哭昏了脑袋,竟把这事忘了,实在该打。"言毕,命人速去取来箱盒。

谢安笑道:"是什么好吃的东西。莫非又是蔷薇糕?"

夫人刘氏打趣道:"你只知道蔷薇糕,也没吃厌的辰光。"

谢道韫诡谲道:"虽不是蔷薇糕,却要比它好吃得多。"

说话时,那小厮已搬来了箱盒。打开盖子后,见内中有数节竹筒子,每节约有尺把长。谢道韫上前,取出其中的一节,打开盖,只一倒,滚出一堆樱桃来,又取第二节,复一倒,又滚出些白沙杨梅来,又取出第三、第四节,倒出的是枇杷与桑葚。

谢安尝了一颗白沙杨梅,连连称赞道:"好吃,好吃,别处的杨梅都是红的,唯上虞的杨梅是白的,却汁多核小,酸甜适中,实是果中佳品,食之难忘。"

谢道韫道:"此杨梅是侄女于东山湖畔的小山上摘的,此湖风景极佳,当年叔叔带着侄儿侄女们在湖上泛舟吟诗,吃农人自种的果蔬,至今历历在目。"

谢安道:"是啊,叔叔不仅带着你们在东山湖上玩,还常与你逸少叔叔、玄度叔叔及和尚公公去这湖上垂钓。有一次,你逸少叔叔钓了一只大甲鱼,少说也有五六斤,我等在一农人家里烧了吃,四人皆喝得烂醉如泥,连家也不知道回了。"

谢道韫一听,咯咯地笑起来,道:"那一次,婶婶还派人去东山湖上找,最后,在那农人家里找到了你们,才把你们一个个背回了山上。"

谢安叹道:"是啊,那种日子真是逍遥自在啊!如今一晃多年过去了,叔叔真想再回东山去,哪怕看一眼也行。"说毕那眼眶已经红起来。

谢道韫见状,连忙抓起一把枇杷道:"叔叔不要只顾说话啊,再尝一尝枇杷。"

谢安尝了一颗,也是十分的鲜甜,突然他问道:"这等新鲜的果子,非同时结生,如何保存得这般完好?"

谢道韫笑道:"看来也有叔叔不懂的,其实这不难,只要把果子于新鲜时摘下,剖新篁而贮于节中,可数月不坏的。"

刘氏吃了一枚枇杷,称赞道:"说来也奇了,这建康的枇杷是酸的,还有点涩,吃一枚便不想吃,而东山的枇杷是甜的,你道怪不怪?"

谢安笑道:"这有何怪,什么东西都是家乡的好啊!"

"好的还有呢。"谢道韫说着,又从箱盒中取出一对青瓷碗,碗呈直口,深腹,饼足,口沿下划二道凹弦纹,施青灰釉,釉色青灰泛黄。两碗对称,玲珑可爱。刘氏一见,爱不释手,道:"这是东山湖龙窑产的青瓷吗?"

谢道韫道:"对,侄女来时,专门去东山湖龙窑挑了这对青瓷碗,送给叔叔、婶婶使用。"

谢安问:"那龙窑生意还好吗?"

谢道韫道:"很好的,还有很多胡人也看中这青瓷,我来时,正有两船青瓷运走呢。"

谢安道:"这上虞的青瓷,已是名满天下了,连宫中御膳房用的碗盏茶具,也都是从上虞运来的。"

三个人又说了一会儿话,不知不觉,已是新月早升,花影满衣。于是,便各自回房歇息。

且说谢安自侍中王坦之自荐外任,两个人的担子便集于自己一人身上,亏得他尽心竭力,大力辅政,国家始觉太平。只有梁、益二州,因前秦攻袭,一度危急。后令谢玄救援,恶战三月,大获全胜,秦军大溃。于是论功奖赏,加官晋爵。谢安便乘机改动官制。原来这东晋的官制,依的多是汉制,禅的又多是魏法。过江以来,其中多有不妥,却又极少改动。比如左右两丞,并无主次,常生龃龉。如今只设丞相一人,总掌朝政大事。以下各官只分文武两职。凡骠骑、车骑、卫将军、伏波、抚军、都护、镇军、中军、四征、四镇、龙骧、典军、上军、辅国等大将军,左右光禄、光禄三大夫、开府者皆为位从公;凡太宰、太傅、太保、司徒、司空、左右光禄大夫、光禄大夫,开府位从公者为文官公。凡大司马、大将军、太尉、骠骑、车骑、卫将军、诸大将军,开府位从公者为武官公。一应文武官员,皆假金章紫绶,着五时服。其相国、丞相,皆衮冕。绿璧绶,殊于众官。所有虚职一概免去,在职之官,各有标准,省简人员,充任他用。真乃三公能调阴阳,九卿能通暑寒,大夫能知人事,列士能去其私。

且说光阴如箭,转眼已到了太元三年。这日朝毕,谢安避开众臣,一人出神兽门,越紫极殿,绕过春华园、太极殿、式乾殿、显阳殿,至镜湖。其时夕阳西下,湖光照耀如镜,清风徐来,水波不兴,天鹅不惊。谢安凭栏远眺,只见嵯峨宫殿多已斑驳不堪,如弓桥梁大都断朽毁坏,蜿蜒朱栏无不残缺不全,心中十分凄然,想那先帝自过江以来,以建康为都,本应广筑宫室,兴隆基业,不意屡遭战火,几乎毁尽,加之朝政不稳,兵荒马乱,无力加以修缮,终致苍败如此。若是被后人知道,又会做何评论?想毕,匆匆回府,拟了一个奏本,评述筑宫计划,呈与皇上。不料消息走得飞快,这奏本还未示下,那筑宫之事,已传得满城风雨。

这日孝武帝正在宫中视事,忽有光禄大夫杨广呈上奏本表示强烈反对。

孝武帝听毕,半晌无语,你道为何?原来这筑宫之事,乃谢丞相所奏,谁敢违抗?且自己久居陋室,也早已厌了,如今要筑新宫,正中自己下怀。刚要准奏,不料半路杀出一个杨广,心中有些不悦,然听他的话语,似乎也有道理,思忖再三,暂不批驳,待明日上朝再做理会。

次日上朝,议及筑宫事宜,谢安出班奏道:"陛下,臣闻一国之主,居于中宫,中宫兴,则王气兴。昔周公营洛邑,萧何造未央,皆是兴王之举。孙仲谋刘玄德在世,俱言建康饶有王气,足为皇都,然今皇都虽立,而宫室弊陋,破败不堪,若长此下去,后人必谓为我等无能。"

不料言犹未毕,班下有一人高叫道:"陛下,此事万万不可。"众臣一看,又是光禄大夫杨广。

孝武帝不悦道:"卿昨日已有奏本,朕皆悉知,何必再言?"

杨广道:"言犹未尽,所以再言。"

谢安道:"杨大人既有谏言,陛下何不容他道来。"

杨广道:"陛下,臣闻古之圣王爱国如家,爱民如子。昔魏氏暴虐,荒淫无度,视百姓如草芥,故上天剿绝其祚。我先帝自过江以来,靖言唯兹,痛心疾首,故身衣大布,居不重茵,先皇后嫔服无绮彩。今太极、显阳诸殿足可宴万国之使,朝文武百官,永安、崇德等宫足可容三宫六妃。今闻诏旨,将营新宫,实为震惊。如今兵疲于外,人怨于内,国库空虚,大难未夷,今之所营,尤实非宜。陛下不如效先王之法,卑宫菲服,不求华丽,然后务本节用,休养生息。不出数年,国富民强,再筑新宫,犹不为迟也。"

孝武帝一听大怒,道:"朕为万机之主,将营新宫,岂容你鼠子多言。若不杀于你,沮乱人心,日后如何镇服朝廷?"遂喝令武士将他拿下,与其妻小一并枭首东市。

时杨广正在殿下,抱廊柱大呼道:"陛下,臣所言者,社稷之计也,而陛下杀臣,若死者有知,臣必上诉陛下于天,下诉陛下于先帝。"

孝武帝又羞又愤,怒目如炬,喝令武士将其推出斩首。杨广发尽冲冠,厉声道:"昏君,我生不能斩汝之首,死亦当为厉鬼,戮汝之魄。"言毕,大步出宫,于一空旷之处,引颈就戮。武士正要动手,忽背后奔来一人,大呼道:"刀下留人,刀下留人。"众人一看,乃是谢安。

杨广冷笑道:"筑宫之事,乃丞相所为,杨广既已得罪昏君,罪不容赦,丞相何必又发慈悲!"

谢安凄然道:"杨大人,若能收回前言,老夫定当保汝一命。"

杨广一听,呵呵大笑,道:"大丈夫烈烈气概,一言既出,驷马难追,方为社稷之计,怎可朝令夕改?"

谢安道:"既如此,汝还有何言要说?"

杨广泣道:"只一事拜托,家有八旬老母,住山阴会稽,现有草舍一间,别无他物。吾死之后,不可骚扰于她,留她一条老命。"

谢安一听,仰天叹道:"如此忠孝之臣,杀了岂不可惜?"正在叹息,那杨广趁人不备,一头撞向石柱,只听噗的一声,早已脑浆迸裂,一命呜呼。谢安见了,甚是凄然,一面命人收殓尸体,秘密厚葬,一面遣心腹随从密报杨广妻小,嘱令速速出宫避难,隐姓埋名,不可再出头露面。

这里,孝武帝自诛了杨广,众臣谁敢出来再谏,孝武帝遂命谢安总掌筑宫之权。谢安领命,令大匠毛安之招募民工六万余,择建康城外二十里处阳岐村为宫址。当下仰模玄象,合体辰极,于太元三年(378)二月,择一黄道吉日破土动工,将所有邻近房舍,不问公私,统统拆毁。不料才过三日,却出了一桩大事,几乎把皇上唬个半死。

· 第十七章 ·

且说孝武帝太元三年二月，丞相谢安奉皇命重筑新宫。于是招募天下匠人六千余人，择一黄道吉日破土动工。不料才过三日，那工地之中出了一桩大事。原来这些匠人，多是被强拉硬拖来的，家里有老有小，如今被征到这里，一年半载不知能否团聚，心中本不情愿。加上那些武士，个个凶神恶煞，如狼似虎，稍有不慎，轻则鞭笞，重则砍手剁足，使得匠人们更是一天都待不下去。

这日有个石匠，也是合该倒霉，因想家想得苦了，半夜起来便往外跑，恰好被巡夜的武士撞见捉拿了去，缚在一棵树上，待到天明，又集了民工一起观看。武士先用开水浇其全身，石匠号叫不绝，如此反复数次。武士又取来一盆猪血，淋在石匠身上，令一只饿狗前去扑食。那饿狗见了鲜血便兴奋起来，哪里还管许多，扑上前去，将石匠身上的肉一块一块撕下吞了。没一刻，那石匠便不再哀号，气绝身亡。

这时有几个民工会些武艺，都是不怕死的，见到石匠被折磨致死，哪里还忍受得住，便发一声喊，于人群中揭竿而起，将那几个武士撂倒，剁去头颅，又纠集了三二百人，夺了刀枪，冲了出去。消息传至城内，把个孝武帝吓得半晌无语，连夜召见谢安，问道："暴民造反，如何是好？"

谢安叹道："此叫官逼民反。"

孝武帝道："可有良策？"

谢安道："唯有安抚众心，才是上策。"

孝武帝准奏，当下颁诏下去，着那大匠毛安之施行，凡三条五款，无非宽松戒律，不得虐杀；发放工钱，不得克扣；云云。从此民心稍定，再无暴动之事。自早至晚，只闻民工号子之声，东西南北，只见肩挑背扛的人群。

不知不觉，已到盛夏七月，恰好又逢大旱，一月无雨，河底龟裂。民工口渴难耐，又不敢出去找水，只好百般忍耐。可别的好忍，口渴却难熬。于是今天倒下一个，明天倒下一片。那些武士，都是些残暴之人，哪里管你死活，见到有人倒下不起，以为是偷懒装死，那手中的皮鞭刀柄，就劈头盖脸只管抽打，打了半天，没有动静，用手一试，早已没气。这样不足半月，被渴死打死的人已达数百。

谢安闻知，不觉大怒，与左右道："修宫筑殿，无非是显扬圣威，为万民造福。今日无辜渴死许多民工，岂不是造了罪孽？"言讫，遂更了衣服，带了几名随从，骑上快马，不足一个时辰便到了工地。在一采石场的凉棚下，谢安下马，问一前来迎接的偏将道："方才策马而过，见许多石块之上尽是血迹，是何道理？"

那偏将道："丞相，此乃人血。"

谢安惊道："人血何故在上？"

偏将道："只因民工裸身背石，久而久之，皮开肉绽，故而石上沾血。"

谢安道："如何不着衣服？"

偏将道："石块锋利，着衣背石，一日即破，况民工多是穷困之人，背石一日，只可糊口，无钱更换新衣。"

谢安听了，正在沉默，忽见凉棚外面的道上飞来一匹快马，跑得近了，从那马背上滚下一名壮士，见了谢安，俯伏于地道："启禀丞相，徐州刺史王大人有急书一封。"

谢安慌忙将他扶起，接过那封信一阅，见王坦之这般写道："安石兄，近闻宫廷有损，兄欲修之，以弟愚见，此事万万不可。中兴之初，即东府为宫，十分简陋。苏峻之乱，成帝坐兰台之上，尚议论朝政，后因不避寒暑，才更营新宫。今寇乱方强，国家多灾，国库空虚，饥民万千，怎可大兴土木，劳民伤财？兄曰：宫室弊陋，恐后人谓之无能。弟以为：凡任天下之任者，当保国宁家，光明政事，才是正道，怎能以修室筑宫为能？"

谢安读毕，感慨良久，道："壮士，回禀你家大人，就说我已阅过此信，所述之事，当酌情处分，请他宽心便是。"

壮士领命，正要上马，谢安忽又将他叫住，从地上捡起数颗石子，在太阳底下一照，挑其中一颗透明的放到他的手中，道："此乃雨花石，剔透玲珑，明洁可鉴，就说是我送与你家大人的，留个纪念。"那壮士跪拜之后，上马飞奔而去。

且说谢安自送走壮士，一看太阳，已近晌午，见棚内也无事可做，遂带上随从到工地视察。这时外面正烈日当头，酷热难当。那一干随从，都是些享惯清福的人，平日里炎夏未到，便早早躲在屋中，打着蒲扇犹嫌闷热。今日无遮无拦，光着脑袋到这毒日之下暴晒，还没走上几步，便已汗流浃背，气喘如牛，哪里忍受得了？但见谢安在前，近花甲的老人尚能忍耐，也只好硬着头皮跟着他走，心里直喊晦气。但是跟了一程，非但没有跟上，反而渐渐远去。原来这谢安早在东山上时，就练成一副爬山的本领，今日平地行走，一点不在话下，故而越走越快，虽出了一身微汗，身上反觉十分爽快。待他回头看时，只见那些随从，一个个走得七倒八歪，大喘不止。谢安心想平日你等鄙夷百姓，从不体恤民情，今日也叫你等吃些苦头，尝尝这酷热的滋味。

当下也不等待，只管自己走去。走了一程，忽见前面有棵大树，树下围着一些人，一个个赤膊光膀。谢安见了，趋前一看，见地下躺着一个老人，骨瘦如柴，正在喘息。便问旁边一位长者道："老兄长，如此炎热，这老哥如何躺在这里？"

那老汉见谢安面白慈和，美鬓飘逸，以为是个教书的，遂道："先生有所不知，这等天气，没吃没喝，还叫我等拼死干活，岂能不病？这老汉早起尚十分健朗，没想到才过半日，竟病成这样。"说毕唏嘘涕下。

旁边有个汉子道："先生，见你模样，想必是个教书的。"

谢安点头道："也算是的。"

那汉子道："我等粗夯，今有一事讨教。"

谢安道："讨教不敢，但请大哥直言。"

那汉子道："自那谢丞相辅佐皇上，都道是众望所归，小子却别有言语。"

谢安道："大哥有何言语？"

汉子道："你却先赌个诅咒，我真的说了，断不外传，要不就此作罢。"

谢安笑道："此地并无外人，说了又有何妨？"

汉子道："总是小心些好。"

谢安道："如何诅咒？"

那汉子笑道："真要诅咒，也就罢了，见你的样子，也不是恶毒之人，小的只问一句，那谢安可是好人？"

第十七章

谢安道："谢安身为丞相，爱国如家，爱民如子，怎的不是好人？"

那汉子啐了一口，道："什么好人，实是个马屁精。"

谢安惊道："如何竟成了马屁精？"

汉子道："怎么不是？先前倒是好的，也为百姓做过好事。后来当了丞相，便不顾百姓死活，要筑什么新宫，叫那皇帝老子来住，岂不是拍人马屁？"

谢安一听，呵呵笑道："说得倒也在理，只是个中情由，在下也是不知。若能见着谢安，当面责问于他，岂不更好？"

那汉子连连摇头，道："这却使不得，这却使不得，若是真见着谢丞相，我等怕连话也不敢说了。"

众人正在说话，那躺在地上的老汉病又加剧。谢安过去，见一个长者，正往老汉头上敷着草药，揭开一看，见老汉面色紫黑，不出汗珠，知其已中暑毒，便道："让我看看。"于是单腿跪下，挽起袖子，叫来两名壮汉，将他翻过身去，道："按住了。"说毕，两手左右开弓，扭起痧来。一刻工夫，只见老汉后脖颈上，隆起两条紫黑的痧梗，状如蛇形。谢安再在脖子之下奋力猛扭，直累得汗流如注，气喘吁吁。那围着的人，看得都已呆了，心想这教书先生，施的是何种医术。却不知这就是扭痧疗法。当年谢安在东山时，有次外出游玩，也中过暑毒，倒在路旁不省人事，幸被一采药老汉发现，将他背到一棵树下，也是如此猛扭，扭出痧梗，片刻就好。

果然，过了一刻，那老汉忽地清醒过来，叫道："怎么这般疼痛？"言毕，便觉有一口闷气从丹田上来，随着一声咳嗽，把一口浓痰吐到谢安身旁。

谢安也不在意，只说了句："没有事了。"便站了起来。

众人正在惊奇，忽从圈外钻进一位女子，十七八岁的样子，见到老汉，扑通一声跪下，哭了起来，好不伤心。哭了一阵，与众人道："长辈们都评个理，七十岁的老人了，两日没有吃的，还要令他背石，再硬朗的身子，也是支撑不住的啊。"言毕又哭。

谢安道："动问妹妹，怎么没有吃的？"

那女子见是一个陌生人问话，有些尴尬，嗫嚅道："东西是有的，但全给人家克扣了。"

谢安道："谁人这样大胆，敢克扣你们的吃食？"

有个壮汉道："都是些官军。"

谢安道："怎么个扣法？"

壮汉道："一天的食物，少说也得扣去三五成，还能吃什么？"

谢安道："工钱又如何？"

那个长者道："看你真是个书呆子，扣你的吃食，还能不扣你工钱？只是我等百姓家，能保住一条命，便是大幸了，又能与他怎么样？"

谢安一听，勃然大怒，正要唤左右随从去把管事的官军叫来问事，却是不见一人。谢安无奈，只好找个去处，暂为歇息，只等随从上来。不料屁股还未沾地，只见从斜刺里蹿出一名武士，甚是彪悍，他见这么多人聚在一起，以为都在偷懒，不觉暴怒，不由分说，操起鞭来往那民工头上、背上，只管抽打，自有几个被他抽中脊背的，立时鼓起几道血痕。内中一个老汉，被鞭子结击中眼睛，只听噗的一声，那眼球便暴突在外。老汉号叫一声，猝然倒地，捂着眼睛，在地上打起滚来。那武士过去，用脚踩住老汉胸口，抽出佩刀，用刀尖一挑，将那眼球挑在半空。

谢安见状，早气得七窍生烟，怒得金星狂舞，站起来吼道："住手，大胆畜生，不得胡来。"

那武士见个书生在旁，自然不认识他。笑道："你是何人？敢来管束爷爷，若是惹恼了我，连你一块儿结果。"

谢安喝道："你死到临头，还敢嘴硬。"

武士正要发作，见那树下蹲着一位女子，生得姣好玲珑。心里笑道："待我玩她一会儿，再来收拾这厮。"于是撇下谢安，走到女子旁边，笑道："大姐，你倒长得不赖，陪爷受用一下，便有你的好处。"

女子怒道："你倒说个正经，光天化日之下，调戏良家女子，还有王法没有？"

武士大笑道："什么王法国法？此处爷说的便是法。你就乖乖跟我走，与你自有好处。若是不称心起来，切莫后悔。"

女子捶胸道："苍天之下，竟有如此缺德之人，若再逼迫，宁可一死，断然不从。"

武士狞笑道："你先不能死，爷只一刻便够。"说毕，狼似的扑去，将她抱住便撕裤子。众人见状，谁敢制止，唯有别过头去。那个中暑的老汉，刚刚有些好转，见孙女受辱，又一口气憋住，半晌没出得声来，待到缓过神来，见孙女的裤子已被扯下一半，遂伸出手来，抓起一把干土，猛地撒到自己眼中，然后干号数声，以头击地，砰砰有声。

说来也巧，谢安那班随从，见没找着谢安，心里十分焦急。内中有个年纪大的，想出一个法子，令一后生家爬到一棵大树上登高瞭望，看看是否有谢安行踪。那人爬到树梢，四处一望，见不远处一棵老槐树下围着一些人，料想丞相定在那里，于是便一齐奔来,果见谢安在内,刚要请罪,谢安喝道:"站着作甚,还不拿下那厮?"

众人扭头,见那个武士正在一草垛处调戏民女,便涌上前去,大喝一声,将其缚住。那武士见有人打扰,气得朝谢安吼道:"你这厮可恶,老子正要快活,怎么便来打扰?"

一随从喝道:"畜生狗胆包天,丞相面前,还不下跪?"

武士一听,知道闯下大祸,便扑通跪下,磕起头来。谢安哪里肯饶,喝令左右道:"好生看住这厮,明日一早,与那些贪官一起,当众凌迟,不得全尸。"复又传令:凡七、八二月,正午酷暑,一律不准干活;工钱食粮,三天之内,如数补足;四周竹围,皆尽数拆除。劳工三月可与家人团聚一次,然五日必归,若有违者,依法处置。看守武士,可撤去一半,若有无辜鞭打民工者,由民工自行处置,或杀或伤或责均可,朝廷不予干涉。

吩咐完毕,谢安见那女子正蹲在一旁哭泣,她身上的衣服已被撕破,露着皮肉,便连忙脱下一件长衫,披在她的身上。又把老汉扶起,叫他靠在一棵树上,亏得泥沙未伤及眼睛。另一个老汉,眼伤严重,一时也无办法,只好将他抬走,命人去请郎中为他诊治。这里围着的民工,这时才如梦初醒,原来这个"教书先生"就是当朝丞相谢安。众人哪里还敢抬头,于是一齐跪下,磕起头来,任凭谢安如何拉扯,就是不肯起来,只顾一个劲儿地喊着"恩人,恩人"。

那中暑的老汉道:"丞相,你乃国家栋梁,今日冒烈日之苦,体察民情。别的不论,单救我祖孙二人性命,已是恩重如山,请丞相万勿推却,受老汉一拜。"言毕以额触地,咚咚有声。

谢安慌忙扶住,道:"老兄长病体未愈,免礼,免礼。"

老汉哪里肯起,哽咽道:"老汉今日真是三生有幸,丞相乃北斗之星,百姓虽仰望而不可即,今日幸得亲见,老汉就是死了也可瞑目了。"言毕又拜。

他那孙女,早在无人之处换上自己的衣服,将谢安那件长衫折得整齐,举到头顶,跪在一旁,只是哭泣。

有一随从,见她衣服多有破损,便道:"这位大姐,丞相体恤民心,爱民如子,这件衣衫,请暂且遮身,日后送还也是不迟。"姑娘点头,又连连磕了三个响头后让到一边去了。

这里谢安又命随从取出十两银子,交给老汉。这老汉平生哪里见过这种事情,死活不肯收下,又是一番推辞,方才受了。谢安听这老汉似不是本地的口音,问了之后,才知是山阴会稽人氏,名叫贾村,因家中遇荒,逃到京城,还未落脚,便被强征到此。没想到在这里竟然遇到老乡,谢安心里自是高兴,本当要与他好好说话,但自己官务缠身,不便久留,只好安慰老汉几句。正打算离去,那贾村忽又想起什么事来,道:"丞相,老汉有一事求教。"

谢安道:"老兄长但说无妨。"

贾村道:"老汉若是说得重了,还望丞相见谅。"

谢安笑道:"都是自家之人,不必客套。"

贾村道:"话又说到这筑宫事上。丞相,如今国不富,民不强,朝廷自丞相辅政,方始太平。然以老汉愚见,当今朝廷应当养精蓄锐,以壮国体,才是上策,怎的还要大兴土木,劳民伤财?丞相德高望重,总得劝劝皇上,不可再折腾百姓。若如此,便是我天下百姓之万幸了。"言毕,又跪了下去。

旁边有个随从,见老汉这般说话,便要训斥。谢安使了个眼色,将他止住。笑道:"老兄长之言,谢某定当奏明圣上。然此地酷热难耐,老兄长病体未愈,还是找个凉快去处,歇息去吧。"说毕由随从扶上马后,谢安略一拱手,道:"众位长幼,后会有期。"言毕,一扬鞭子,那马一声长嘶,腾起前蹄,朝建康城里奔去。

且说谢安回到京城,即着人查明工地上的贪官污吏及强奸民女者,竟有十八名之多。当下朱笔一挥,将那一干恶人,统统当众斩首。于是万众欢腾,群情激昂。六千民工领了补给,欢欢喜喜就去干活,日夜不断。不足一年,新宫落成,比预定日期提前一半。远远望去,见那新宫雕栋画梁,巍峨宏伟,绣阁画拱,霞翠九霄。又起朱雀门重楼,皆绣栭藻井,门开三道,上重名朱雀观,观下门上有两铜雀。悬楣上,刻木为龙虎,左右对。共计十楼,三十阁,九十九殿,内外殿宇大小三千五百间。并新制置省阁堂宇,名署时政,也是独辟蹊径。于是在金秋十月,择一黄道吉日,迎帝于新宫。

时日秋高气爽,凉风习习。自建康至新宫路上,万人攒动。看热闹的人中,就有贾村祖孙二人。那贾村挤到一处路旁道:"孩子,咱就在这儿等着丞相,再看他一眼便走。"

那女子道:"爷爷,这衣服可要送还与他?"

贾村笑道:"不可造次,不可造次,如此送还衣服,岂不有损丞相身份,还是改日再说。"

说话间,那女子眼尖,道:"爷爷,你瞧,谢丞相来了。"

贾村一看,只见大道尽头,有一支百余人的仪仗队,个个骑着高头大马,簇拥着谢安飞驰而来。那贾村刚要伸头去看,不料过来一个武士,也不说话,手中那杆皮鞭,便从头上落下,老汉一避,这个当儿,那谢安的坐骑一声呼啸,已从旁而过。

且说这时,那大道尽头早已是热火朝天。金銮殿下,中和韶乐、丹墀大乐同时奏起，百余名三公大臣、皇亲国戚在丹墀上一磕三拜。丹墀下文武百官沿品级依次而跪。中间一把龙凤椅上，孝武帝少年英俊，面白唇朱，微微而笑。帝座两侧，仪仗队手持金瓜钺斧和旗帜伞盖，侍立两旁，甚是威风。

一刻，吉时已到，鼓乐齐鸣，声震天宇。有乐工部作歌道："天鉴有晋，钦哉烈宗，同规文考，玄默允恭。威而不猛，约而能通。神钲一震，九域来同，道积淮海，雅颂自东，气陶醇露，化协时雍。"

歌乐中，众臣俯伏于地，山呼万岁，余音回荡。后堂膳厅早已摆满山珍海味、人间佳肴，一俟朝仪完毕，便大开宴席，盛宴三日，也算是这小皇帝礼贤下士，与民同乐。

说来却是不巧，这个时候，有一匹从襄阳来的快马，在新宫前停下，从马上滚下一名裨将，也不顾武士阻拦，一路踉跄，奔上殿来，大呼："陛下，陛下！"

第十八章

且说孝武帝太元三年,丞相谢安筑新宫已成,于是皇亲国戚,文武百官,迎帝于金銮殿。正要大开筵席,不料从襄阳方向飞来一匹快马,那马在殿门前停下,从马上滚下一名裨将,也不顾武士阻拦,一路奔上殿来,大呼:"陛下,大事不好了,前秦苻坚率十五万人马围困襄阳,襄阳危在旦夕,现有急书一封。"言毕,口吐白沫,昏厥于地。

早有内侍拾起那信,呈给孝武帝,孝武帝约略一阅,不觉大骇,半晌道:"众卿家,襄阳吃紧,有谁能退秦兵?"如是说了两遍,不见一人应声。

孝武帝叹道:"苻坚窥晋已久,既已狼噬襄阳,必将虎视淮阴,淮阴一破,犹如失我臂膀。晋室大半去矣!想我满朝文武,竟无一人敢去拒敌,岂不令人痛心?"

言未毕,班下有一人叫道:"陛下,区区苻坚,何必忧心,臣保一人,必能胜他。"

众臣一瞧,乃是谢安。孝武帝转忧为喜,道:"老丞相出马,朕还有何忧,不知丞相所荐何人?"

谢安道:"此人名叫谢玄。"

孝武帝道:"是何人,怎的这般生疏?"

谢安笑道:"此乃老臣小侄,故豫章刺史谢奕之子,只因有些本事,在边关项城任个小职。"

孝武帝有些疑惑，道："朕不是不相信丞相，只是有个疑问，想我满朝文武，单上将以上，便有千员，都不敢与苻坚为敌，令侄不过一边关小将，怎可担当此任？"

谢安笑道："徒有虚名，滥竽充数，自古皆有。况百步之内必有芳草，初生之犊，犹不惧虎。陛下若是不信，不如当面试他。若是无能，罢了便是；若是有些能耐，便叫他去拒敌。"

孝武帝大喜，道："如此甚好，只是贤侄在项城任职，千里之遥，云山阻隔，一时又怎能唤来？"

谢安笑道："他在这儿。"说毕，从身后扯出一员小将，面白唇朱，仪表堂堂，不过二十几岁年纪。

孝武帝寻思道："这个白面儿郎，书生一般，能有什么本事？莫非丞相老得发昏了，与朕开起玩笑。"正要问他，复又忖道："且慢，丞相做事，向来稳重，不如试了再说。"便道："小将军，今苻坚发十五万人马，困我襄阳。丞相荐小将军武艺高强，必能拒敌。只是此事干系重大，朕心不定，特要面试于你，不知小将军可有胆量？"

谢玄伏地道："但听陛下吩咐。"

孝武帝道："你且起来，朕要问你，今日练武，不知使何种兵器？"

谢玄道："十八般兵器，样样都可，只是需得重些，若是轻了，却是不惯。"

孝武帝大喜，即令人从练武厅扛来兵器。只见那些兵器，件件寒光闪闪，样样乌光锃亮。待人将兵器于殿前广场上搁下后，孝武帝与众臣步出大殿，道："但凭小将军一试。"

谢玄唱个喏，大步跨下殿阶，到了殿前的广场上，拿起一杆花枪,太轻,只一折,断了;又取一把朴刀,又轻了,一用力,弯了;再拣一支长矛,轻轻一晃,但听咯的一声,矛头脱落。如此这般,挑了半天,竟无一件兵器可以使用。在场的皇亲国戚、王公大臣,看得都已呆了。谢玄向孝武帝作个揖道:"陛下,那些兵器,没一件正经,末将八岁时在东山使唤的,还要比这强得多。"

孝武帝笑道:"将门虎子,果然名不虚传。有小将军这般本事,朕何愁苻坚不克?"即令草令官草拟文稿,任谢玄为征讨都督,限日启程。言讫起身,便要退朝。谢安道:"且慢。"

孝武帝道:"老丞相还有何事?"

谢安笑道:"方才小侄摆弄兵器,不过小技而已,恐难镇服众臣,不如再试他一试。"

孝武帝笑道:"无有兵器,如何试他?"

谢玄在旁道:"殿下那个旗杆石,约有多重?"

右卫将军毛安之道:"约有三五百斤。"

谢玄道:"约略轻些,不过做些动作,也有看头。"

孝武帝惊道:"小将军不可逞能,若是伤了身子,不是儿戏。"

谢玄笑道:"若再重些,我也不怕。"

说毕与众臣一起,来到旗杆石跟前。谢玄将那旗杆石轻轻一摇,与众臣作个揖道:"众位大人,望能退让一步,小的舞动起来,也好畅快些个。"

众臣皆笑。孝武帝坐在看台之上,复与谢安道:"老丞相,令侄武艺,朕已服了。况征讨都督业已定下,不必再显武艺,若有差池,反为不美。"

谢安笑道:"少年气盛,劝也无用,且看他的能耐。"

当下无话。看那谢玄已围着旗杆石转了两圈,寻找下手的地方,见有一个石眼,约有碗口大小,用手一提,动也不动,毛安之笑道:"三五百斤的石头,岂是儿戏,还是趁早收场,免得尴尬。"

谢玄笑道:"你道我真的动它不得。"便把身上的袍服脱下,缚在腰间,笑道:"看咱的。"说毕上前,运足气力,把那旗杆石轻轻抱起,翻个跟斗,呀的一声,抛将上去,约有一二丈高。众臣纷纷退下,唯恐砸了下来,被压成肉饼。不料那石下来,只在原处,谢玄用手接住,往地上轻轻一放,只听噗的一声,已陷下半指多深。再见谢玄的神色,却是丝毫不变。

毛安之暗道:"我的爷,这个气力,若是谁惹怒了他,岂不被他撕得粉碎?"

那看台之上,孝武帝早已惊得呆了,半响笑道:"小将军神力非凡,日后必成大器。老丞相违众举亲,当立首功。"

谢安拜谢,各自回府。这里谢玄拜遵帝命,调兵十万,率征房将军谢石、右卫将军毛安之等,次日启程。是夜,谢安唤谢玄入内,道:"此乃苻坚试战,其锋必猛,你虽武艺高强,但初会苻坚,此人智勇双全,十分了得,须得十分小心才是。"

谢玄拜道:"侄儿谨记叔父教诲。"

谢安道:"此次苻坚北来,劳师远征,必求速战速决。你可避其锋芒,舍弃彭城。彭城陷落,苻坚必攻三阿,你可于白马塘埋伏精兵。此战只许成功,不许失败。此战一胜,苻坚锐气必挫。你再密遣一千人马,反师彭城。再遣一千人马,西取淮阴,形成掎角之势,进则可图,退亦可守。然后一鼓作气,全军进击,苻坚必败,故襄阳之围可解也。"谢玄领命,连夜启程,暂且不表。

且说襄阳太守桓冲,这日正在家中闷坐,自哥哥桓温死后,恐丞相谢安不容,遂自求外任,来这襄阳已有数年,日子也算太平。不料半月之前,那苻坚忽遣征南大将军、长乐公苻丕,都督征讨诸军事。并率辅国将军苟苌、尚书慕容暐,共步骑六万人,来侵襄阳。又命前秦荆州刺史杨安,率樊、邓二州兵马为先锋,与征虏将军石越,领步骑万人,出鲁阳关;命冠军将军京兆尹慕容垂和扬武将军姚苌,率众五万,出南乡;命领军将军苟池、右将军毛当、强弩将军王显,率众三万,出武当。各路共计十五万人马浩浩荡荡,所向披靡,把个襄阳城围得水泄不通。

桓冲虽遣江夏相刘奭、南中郎将朱序出击,终因敌众我寡,具皆失利。如今粮草将绝,人心恟动,思来想去,只好密书一信,向朝廷求救,尾后道:"冲已老朽,却又多病,襄阳军事冲要,战事繁多,望能遣一有资望者,代冲之任。"云云,写好后揉成一团,用蜡封好,准备遣一将冲杀出去。不料唤来几人,都互相推诿,不敢轻往。只有小卒王槐,忠心事主,又有些气力,慨然愿往。桓冲无奈,只好遣他前去。这王槐虽是小卒,为人却也精明,见襄城外面全是秦军,无法出去,于是心生一计,趁个黑夜,将蜡团含在嘴中,沿护城河潜水而行。到了岸边,刚要登岸蹿过,不料与几个秦兵打个照面,仔细一瞧,见秦兵正扎着云梯,准备夜攻,喊声:"不好。"秦军发现王槐,大声呼喊。王槐自知逃脱不出,便将蜡团吞下,索性登岸,转身大叫:"城上听着,我是王槐,不幸被捉,速报桓大将军,秦贼今要夜攻,不可松怠。"言犹未了,便扑向一个秦军,对准他的鼻子猛咬一口,只听一声脆响,那人的鼻子已被咬下。旁边秦兵见状,纷纷赶上,手起刀落,一刻工夫,就把他剁成了肉泥。桓冲闻报,叹息不已,自此紧闭城门,加紧夜巡。

这时彭城已陷,只是全城百姓,未伤一人。原来谢玄知彭城必陷,便遣后军将军何谦于秦军侧后,劫其辎重。秦军见辎重被劫,十分惊慌,便引一支军马前来抵御。那边彭城太守戴逯,遂乘隙率众出奔。何谦一退,彭城即告陷落。秦将彭超即令治中徐褒留守彭城,自己率众分成两路,来攻三阿。

且说这三阿,乃淮阴边上一座小镇,百来户人家,极不起眼。因此地有座三阿山,怪石嶙峋,悬崖峭壁,十分险峻,中间一条小路,名叫白马塘,历来为兵家必争之地。因此地距广陵只百里之遥,如果广陵一破,建康就危在旦夕。

这日闻秦将彭超、俱难、毛当、王显两路人马,气势汹汹,来攻三阿。晋廷闻报,朝野大震,慌忙临江列成,一面命谢玄速去抵御。其实谢玄早率两万兵马,在白马塘埋下伏兵。这日午后,果见秦军耀武扬威,沿大路蜂拥而来。为首一员大将,年约三旬,身体修伟,容颜黑润,一双鬼眼灿若刀光,尺二美髯飘如燕尾。谢玄一看,知是彭超,待彼走得近了,一声呼哨声响,谢玄鞭梢一指,两万精兵尽数杀出。那秦将彭超见中了埋伏,不觉大怒,抡动铁槊,大喝道:"无名小子,敢戏爷爷,还不快快让开,免作无头之鬼。"

这里何谦迎了上去,大叫:"贼将可认得何爷爷吗?"言犹未落,一刀砍去,两人捉对厮杀起来,约有五十回合,不分胜负。那彭超奸刁,见一时不能得胜,便虚晃一枪,佯装败走,何谦哪里肯放,两腿一夹,纵马追去。说时迟那时快,那彭超从袋中摸出一枚铁弹,看得准了,喊声"着",只听啊呀一声,铁弹击中何谦鼻梁,打得何谦鼻血喷溅,眼前金星乱迸,正迷糊时,那彭超飞马回身,手起槊落,将何谦刺于马下。

秦军见斩了晋将,军心大振,又冲将过来。这里谢玄见状,大喝道:"贼将休得逞能,谢玄来也。"挺枪飞马,直取彭超。那彭超见是谢玄,也便手举铁槊,劈面相迎,真是一场好杀。二将斗有一百余合,不分胜负,那彭超忽虚晃一槊,跳出圈子道:"小将军且慢,我有一言赠汝。"

谢玄道:"两将相争,你死我活,有何言可赠?"

彭超道:"我大秦国国王苻坚麾下,有上将千员,个个英勇善战。入境以来,我军势如破竹,晋将之中,多已成无头之鬼。我看你年纪尚小,武艺高强,日后必成大器。若能弃暗投明,我当在大王面前保举于你,将来建功立业,拜爵封侯,岂不美哉?"

谢玄大怒,用枪指骂道:"我道你是什么人言?原来在放狗屁,小心看枪。"边骂边劈心刺去,二人又战有二十回合,谢玄见他槊法渐疏,便卖个破绽,诱彭超直刺进来,然后将身子一侧,彭超的槊落了空,连人带马扑将过来。谢玄大吼一声,拔出佩剑,只听咔嚓一声,一颗头颅已滚在地下。

秦军见折了主将,军心大乱。那些晋军,见先折了何谦,阵脚有些松动,这会见彭超被斩,便锐气倍增,奋勇冲杀,秦军如何抵挡?那秦军俱难、毛当等人,本事远不如彭超,见他死了,心底也怯。心想三十六计,走为上计,遂拨转马头,朝淮阴逃奔。以下军卒,见部将走了,个个慌张,谁有心思厮杀?尽弃了辎重,披靡骇窜,势如山倒。晋军乘胜追击,斩首无数。

这时天色已晚,谢玄下令鸣金收兵,引火造饭,歇至半夜,便悄悄起来,率领舟师,乘流直上。那些秦兵惊魂方定,见追兵未至,方敢睡下。不料刚入梦乡,那晋兵便杀将过来,还未弄清是怎么回事,便稀里糊涂做了刀下之鬼。更惨的是那些水军,刚把船摇到江心后,又在江碛要害将船用铁链锁住。还在江心当中,埋下铁锥,以此逆拒战船,以为万无一失。不料到了半夜,忽听外面火光冲天,哗刮之声响彻云天,起身一看,便叫苦不迭。原来那谢玄探得这水军虚实,便令人作木筏数十艘,百步见方,上堆干柴,灌渍麻油。令善泅者在水中牵筏而行,筏遇铁锥,辄被引去,然后乘风引火,那铁锁遇着烈火,一刻即熔。于是船无所碍,自相碰撞,各自引火,见有些不着的木筏,谢玄又令一干人马列兵两岸,用雉尾炬烧着,掷入战船。大火势若燎原,战船多被烧毁。又值北风大作,刮起尘沙,蔽天飞至,晋兵在上风看得见秦军,秦军在下风看不见晋兵,只一番自相混斗。及至醒悟,已自伤无数。适秦淮阴留守邵保,尚有数千人马,见秦军失利,便率众前来救援,不料还未交战,便被一股烈火卷了进去,尽数烧成灰烬。

秦将见状,无心再战,便带着残部大败而归。计点人数,十五万人只剩三万。回到长安,苻坚大怒,即将俱难、毛当等人收付廷尉,打入死狱。自此便耿耿于怀,发誓不报此仇,誓不为人。此是后话,暂且不表。

且说谢玄淮阴得胜,秦军大败而归,襄阳之围顿解。捷报传至建康,龙颜大悦,即晋谢玄为冠军将军。因这时王坦之正好回京奔丧,一时无法回徐州赴任,故又加领谢玄为徐州刺史。丞相谢安运筹有功,复晋爵为司徒,领卫将军,开府仪同三司。余下各将,都有赏升。自此两国边界,稍觉安定,无战事发生。

这日朝毕,众臣散去,孝武帝独留谢安小饮,酒过三巡,孝武帝道:"老丞相,朕观你近日的脸色,总是不佳,上朝之时,又少言语,不知为何事所忧?"

谢安叹道:"国之将亡,怎能不忧?"

孝武帝大惊道："丞相何出戏言，苻坚新败，晋室何亡之有？"

谢安道："正虑苻坚这贼。"

孝武帝道："苻坚即位不足数年，已灭仇池杨氏、前凉张氏，又出兵西域，取我益州，如今已划据河西，东及沧海，西并龟兹，南包襄阳，北尽沙漠。中原天下，八九归他。难道他不思淮阴之败，还要来窥视我大晋天下不成？"

谢安冷笑道："苻坚性素好斗，好大喜功，日思统一江南，此次惨败，必不甘心。况彼所辖虽众，然散而不实。羌人占据关陇，山胡驻于山西，拓跋氏游牧蒙古，鲜卑遍及辽东，赵魏旧地，尚有丁零人居之。诸族虽慑苻氏之威，然万众不一，多有不臣之心。苻坚所以窥晋，乃东晋为汉之大族，人多地博，若能胜伏，其可以人多之族制人少之族，若人少之族不服，国必不宁，此乃苻坚吞天下之深谋也。"

孝武帝叹道："若是果真如此，天下何日方能太平？"言毕起身，入内去了。

谢安回府，当晚唤来京述职的谢玄来见，道："苻坚新败，必不甘心，你身为徐州刺史，职任要冲，可速速回去。徐州人勇猛强悍，极能拼命，你可广募壮士，择一秘密之地，朝训暮练，日后必有大用。"

谢玄："明白，侄儿明日就回徐州。"

谢安道："这样最好。"正说之间，忽见门外有一大汉探头探脑，谢安喝道："门外何人？敢偷听我等说话，左右还不将他拿下？"

第十九章

且说这日,谢安和谢玄正在谋划募兵拒敌一事,忽见门外有个大汉探头探脑,甚是奇怪,谢安喝道:"门外何人,贼头狗脑,敢偷听我等说话。"正要将他拿下。谢玄笑道:"那是一位壮士,原是彭城一名捕快,因抱不平,杀了当地县令之子,投奔于我,已经六七日了。"

谢安笑道:"既如此,何不请进?"

谢玄便请那人于堂上坐了,笑道:"你平时极仰慕的人,便是他。"

那大汉道:"莫非就是天下闻名的谢丞相吗?"

谢玄道:"正是。"

大汉一听,纳头便拜,谢安慌忙挽住,道:"壮士免了。"抬头一看,不觉吃了一惊,见这人姿仪魁伟,发长须赤,当心三根白毛,分外清晰,心里暗道:"此人形貌非常,可能有些来历。"遂道:"壮士姓甚名谁,何处人氏?"

大汉道:"小人称刘,名牢之。祖籍彭城。因自小跟江湖上的师父学得些刀枪棍棒,平生只打天下不忠不孝不义之人。彭城一境,也小有名声。只因三月之前,那彭城街上出了一桩案子,县衙公子强抢王氏三女,还逼令同卧一床,供其淫乐。三女不从,便被打入死狱。小人气恼不过,与他说理,反被斥了一顿。于是一时性起,只在那厮头上拍了一下,不料竟结果了那厮性命。小人怕遭来麻烦，便连夜出逃。因平素多闻丞相正义忠直，便来投奔。若是丞相肯收留小人，哪怕干个端屎接尿的活计，也是甘心。"

谢安闻言，呵呵笑道："壮士今来，真是天助我也。"当即命人摆上筵席，三人坐定。刘牢之也不客气，连喝三碗，气也不喘，道："真正渴死我也。想那当初，小的虽是个捕快，可酒却是有得喝的，一天不喝他三二十碗，是不干休的。如今逃将出来，袋中无半点盘缠，若是去抢，又要弄出人命，只好忍着。"

谢安笑道："在我这儿，只管痛快喝来，不必拘于礼仪，若能一醉方休，最是爽快。"

刘牢之大喜，接着又饮数碗，不觉来了醉意，道："丞相爷，小的方才听你说起苻坚那厮，想必总有些紧要的事，若有用得着小的处，只管吩咐，小的别的全没有，力气却有些。"

谢安笑道："正要有劳壮士，今日只管喝酒，明日再谈正事。"

刘牢之不理，睁着醉眼道："什么正事，不就是取那苻坚的首级吗？"

谢玄笑道："你倒说得轻巧，苻坚那厮的脑袋，可是你能取得的吗？"

刘牢之叫道："你却如此胆小，我来问你，苻坚那厮，你曾见过吗？"

谢玄道："见过。"

刘牢之道："他有几颗头、几条腿？"

谢玄道："也只一颗头，两条腿，都是一般的人，如何有多？"

刘牢之笑道："我道他是什么三头六臂之鸟？既是一般的人，有什么可怕的，到时只管将那鸟头提了来，交与丞相爷便了。"

谢安见他已醉了,便令人将他扶进去歇了。自己又与谢玄说了一会儿话,无非军机上的一些事。次日一早,谢玄与刘牢之便打点行装,备上快马,往徐州去了。

且说光阴似箭,不知不觉已到了太元七年(382)秋十月,长安城中已是秋风萧瑟。这日晨后,前秦宣诏帝苻坚集文武百官于太极殿上朝议事。

这苻坚年方四旬,仪表堂堂,生就的一双丹凤美眼,能倾倒天下美女。相传其母苟氏,常至西门豹祠中祈子,是夜梦与神交,遂至有娠,生下一儿,见其背有赤文,隐起成字,仔细视察,乃是"草付臣又土王咸阳"八字。拼凑两字,取名苻坚。只因这苻坚博学多才,有经济大志,又遍结天下英豪,深得众望。时弟苻生即越王之位,淫杀无度,天下怨恨,苻坚杀弟以平民愤,被众臣推举,是为大秦天皇,至今已有十数载。苻坚把整个苻氏天下治理得井井有条,国泰民安。只有一桩心事未能如愿,常耿耿于怀。这日召集众臣商议道:"众卿家,朕继承皇基已有十数载,今四方安定,中原天下,十得八九,唯东南一隅,尚未归附于我,朕每思天下不一,未尝不临食辍哺。现计我国兵士,约有九十七万之众,朕欲大举亲征,讨伐晋室,以雪前败之仇,进而一统天下,不知卿等意下如何?"

秘书监朱彤从班中闪出,道:"陛下,此实英明之举,以微臣愚见,陛下奉上天旨意,托万众洪福,出征讨伐,啸咤则五岳摧覆,呼吸则江海绝流,若一举百万,必有征无战。"

苻坚大喜,道:"爱卿之言,正合朕意。"

不料底下一人叫道:"陛下,臣以为晋不可伐。"

苻坚一看,乃尚书左仆射权翼,心中顿生不悦,道:"如何不可伐？"

权翼道："昔纣王无道，八百诸侯共伐，因箕子、微子、比干在朝，武王犹且回师。今晋虽微弱，然未有大恶，况谢安等人皆当朝伟人，君臣和睦，内外同心，臣闻师克在和，今晋和矣。故前番陛下伐晋，有败军之训。孔子曰，远人不服，修文德以来之。依臣之见，不如休养生息，和睦友邻。此乃百姓幸甚，天下幸甚。"

苻坚听了，不觉变了脸色。原来这权翼是个叛臣，初在藩王姚襄麾下任参军之职。后姚襄兵败被杀，苻坚慕其才识，收留了他，任为尚书左仆射之职，本指望他匡佐自己，同心协力，共图天下，不意来了之后，他屡屡谏阻朝议，今日又在众臣面前，羞驳于己，不觉一腔怒火冲将上来。正要发作，见那文武大臣，都在瞧着自己，心想这个时候杀了权翼，岂不是绝贤之路？遂瞪了权翼一眼，顾左右道："诸卿还有何言，尽可道来。"

太子左卫率石越应声道："陛下，臣夜观天象，今木、土两星均在斗宿，故福德在晋，不可轻讨。如若加兵，必遭天殃，且彼据长江天堑，百姓乐从。故伐晋之事，臣也以为不妥。"

苻坚脸色一沉，驳道："此言怎讲，天道幽远，不可不信，也不可全信。昔武王伐纣，冲犯岁星，违逆卜占，尚得凯旋。夫差、孙皓，虽信天言，终归覆灭。今凭我雄兵百万，即便投鞭江中，也足断其流，怕什么天堑不天堑！"

石越复道："然臣以为，三国君主，皆淫虐无道，天怒人怨，是以敌国取之，易于拾芥。今晋虽无德，然未有显罪，如若贸然动兵，彼国臣民必万众一心，群起御我。以微臣愚见，陛下不如暂且按兵积谷，或待其衅，或趁其乱，然后有隙可乘，伐之未迟。"

众臣听了也各言利害。苻坚叹道:"如此大事,纷纭莫决,不知要争到何年何月?也罢,既然卿等寡议,还是朕来决断罢。"言毕起身,步下帝坛。众臣见苻坚变了脸色,哪里还敢再谏,一个个相率退出。

那苻坚见众臣已去,令太监道:"速宣阳平公苻融见驾,朕有要事相商。"

你道这苻融是谁?原来是苻坚的季弟。此人聪辩明慧,下笔成章,耳闻则诵,过目不忘。至于谈玄论道,更是无出其右。虽是一介儒生,却又膂力雄猛,有万夫不当之勇。苻坚平素十分器重于他,目下官拜侍中、中书监,都督中外诸军事,任车骑大将军、司隶校尉、太子太傅,领宗正,录尚书事,又封阳平公,可谓勋位显赫,德高望重。

一刻,苻融到。见过礼后,苻坚道:"贤弟,朕以前欲定大事,不过谋于一二大臣而已。今伐晋之议,众说纷纭,莫衷一是,如此下去,恐乱人心,误了大事。贤弟足智多谋,不知有何良议?"

苻融道:"陛下,以臣弟愚见,今欲伐晋,恐有三难。"

苻坚道:"有何三难?"

苻融道:"天道不顺,为一难;晋主休明,谢安用命,其又无衅,为二难;我国屡经征讨,百姓思宁,兵疲将倦,有惮敌之意,此为三难。群臣谓不宜伐晋,确是忠言,策之上也,愿陛下依从众议,归顺民心。"

苻坚叹道:"你也如此说话,我尚有何望?然今我有精兵百万,资仗如山,乘我累胜,击其垂危,何患不克?如果再留此等残寇,岂不要成为我大秦国心腹之患?"

苻融一听，知其内断已定，不可更改，不觉泣道："陛下，容臣弟再进一言，晋必不灭，世人皆知，今欲劳师攻伐，必无功而返。且为臣所忧，尚不尽止此，陛下宠养鲜卑，诸族降臣，布满朝野，攒聚如林，此皆萧墙大患。如陛下真要督师南征，仅留太子与弱卒数万戍卫京师，一旦发生廷变，将悔之晚矣。"

苻坚听毕，十分不悦，但看在兄弟分上，也不好反目。遂一拂袖子，撇下苻融，入内去了。自此一连三日，不议朝事，只在宫中闷坐。这日闻报，太子苻宏游猎已归，要见父皇。

苻坚大喜，这苻宏乃苻坚幼子，因七岁时得一异人传授，学得一身武艺。目今官拜辅国将军，平素深得苻坚喜爱。当下命进。

苻坚道："孩儿游猎数日，不知可有猎物？"

苻宏道："别的没有，倒是捉得一只猛虎，只是孩儿用力猛些，将那畜生后腿折断，需调养几日，方可与父皇玩赏。"

苻坚大惊道："孩儿赤手空拳，如何擒得那虎？"

苻宏笑道："孩儿也没怎么打它，见它扑来，便抓住两腿，举将起来。也不过二三百斤，只一摔，它便不动了。"

苻坚暗叹道："在我前秦国中，有此虎将，江南何愁不克？"遂道："孩儿你来得正好，父皇正有一事与你商议。"

苻宏道："孩儿年幼无知，不知父皇有何事与我商议？"

苻坚道："孩儿必定知道，今天下垂平，唯东南一角，未及依顺。父皇每思淮阴之败，常咬牙切齿，恨从心生。若江东不灭，怎为秦帝？今父皇有劲卒百万，文武如林，以强击弱，犹若秋风之扫残叶，本唾手可得，然朝廷内外，皆言不可，吾实未解，不知孩儿意下如何？"

苻宏道："父皇，群臣皆言不可，其中必有道理。今吴得岁，福在彼地,况晋主又无大过,谢安等皆一方雄才。君臣合力,阻险长江,怎可图呢?依孩儿之见,父皇不如练兵积谷,以待其乱,然后一举灭之,岂不事半功倍?今若动而无功,南征不捷,则威名损于外,资财竭于内。自古圣王之行师,内断必诚,齐心合力,然后用之。彼若凭江固守,增城清野,杜门不战,我已疲矣。兵疲则士气低下,士气低下必不战自溃。如此景况,怎能战胜于他,故此群下疑沮,望父皇三思。"

苻坚驳道:"昔父皇出兵灭燕,亦犯岁而捷,天道幽远,信者有,不信者无。此事非汝所知,吾内断于心已久,孩儿勿再言之。"说毕挥手,令苻宏退下。宣召冠军将军慕容垂入殿见驾。

这慕容垂乃鲜卑族前燕国王慕容皝之子,曾封吴王、大将军之职。因在枋头之战中大败桓温,威名远扬。太傅慕容评忌其功名,恐日后难制,与太后可足浑氏密谋,准备除之。后因事泄,慕容垂便以游猎之名,挈领诸子微服出城,连夜投奔苻坚。时丞相王猛劝诫苻坚道:"慕容垂乃一时俊杰,世雄东夏,宽仁惠下,恩结士庶,燕赵之间早有奉戴之意。吾观其才略,深不可测,犹如蛟龙猛兽,非可驯之物,不如除之为宜。"

苻坚道:"不可,朕方以义致英豪,招揽匡世贤才,以共建不世之功。今慕容垂奔秦,乃一片诚心,朕若将他杀了,世人知道,将会何言?"遂以优礼相待,奉为上宾,又加冠军将军、京兆尹。众臣多有不服,多次密谏杀之,都被苻坚斥退。

当下苻坚见慕容垂来见,直言道:"伐晋之事,卿意下如何?"

慕容垂悄言道:"陛下,臣以为弱肉强食,乃古今通例。今陛下神武应运,威加海内,德侔轩唐,功高汤武。且有虎旅百万,韩信、白起满朝。那弹丸江南,区区晋室,不伐何为?古诗有云:

谋夫孔多，是用不集。愿陛下擅自决断，不必多虑。臣等必拼死效力，虽肝脑涂地，在所不辞。"

苻坚听罢大喜，执慕容垂之手道："爱卿之言，朕最喜听，如此说来，与朕共定天下者，独卿一人也。余子碌碌，何足与谋。来人，赐慕容爱卿锦帛千匹，黄金百两。"慕容垂拜谢而去。

是日上朝，苻坚道："众卿家，伐晋之事，朕意已决，望勿再谏。"即命阳平公苻融为司徒，领征南大将军。调谏议大夫裴元略为巴西梓潼二郡太守。令二人速具舟师，一俟完毕，指日南下。

谁知调拨刚定，苻融则当庭表示反对，道："陛下，臣以为如此委任，实难从命。"

苻坚生气道："此话怎讲？"

苻融道："臣弟以为，知足不辱，知止不殆，自古以来，穷兵黩武，未有不亡。秦国虽强，本系戎狄，正朔未归。江东虽弱，然正统尚存。天意亦不会灭晋，望陛下再行三思。"

苻坚一听，大声叱道："帝王历数，有何定例？刘禅乃汉室苗裔，何故为魏所灭？你所以不能及朕，乃在于拘泥固执，优柔寡断，如此下去，怎能担当社稷大任？"言毕退朝。

且说这日，苻坚正在宫中筹划伐晋之事，忽太监来报："道安和尚在外求见。"

苻坚大喜，即命请进。这道安和尚是一名高僧，十二岁出家，从佛图澄受业，敏慧善慈，亦通玄机，常在襄阳、长安一带传教。与苻坚为至交好友，十二分亲密。只因数日之前，那苻融见苻坚不纳众臣劝谏，定要伐晋，猛想起他素重道安之言，遂修急书一封，称："主上欲经略东南，公何不为救苍生致一言也。"借此把他从襄阳请来。那苻坚只道和尚是云游至此，也不在意。

二人相见,分外亲热。叙了一阵,苻坚道:"高僧今来,恰好有个东苑菊会,不如随朕前去观赏。"

道安笑道:"如此甚好。"

当下同车前往,出得城门,苻坚笑道:"朕今日与高僧同游长安,恐不日之后,将与你共游吴越,泛舟长江,整六师以巡狩,谒虞陵于嶷岭,瞻禹穴于会稽,想必高僧定会乐从吧?"

道安笑道:"诗云'惠此中国,以绥四方',陛下上应天命,治理天下,占据中原,统治四方,足比得上尧舜之隆盛。然贫僧近闻陛下将亲征东南,依贫僧愚见,陛下何必栉风沐雨,亲自远征?况东南一带地势阴湿,易染疾疫,昔虞舜巡游,去而不回,大禹治水,往而不返。陛下何必上劳神驾、下困苍生呢?"

苻坚听了呵呵笑道:"天下必统属一尊,方可太平,朕转战南北,已十得八九,难道这小小东南一角,独怕它不成?且古时圣帝明王,尚能不惮劳苦,巡狩四方,朕难道就如此怕死吗?"

道安一听,知其心已决,不可挽改,遂不再劝。

苻坚回到宫中,恰好宠妃张贵人玉体刚愈,在门口接着。苻坚见她病后娇颜,愈觉温柔多姿,娇丽可爱,不禁心旌摇荡。当下屏退左右,相拥入室,就在榻上,作起欢来,云雨已毕,重又整衣理鬓。张贵人道:"陛下,妾见你近来终日烦闷不乐,形销面瘦,莫非有什么心事?"

苻坚叹道:"朕欲伐晋,然众臣多有异议,正为此事烦闷?"

张贵人道:"陛下,妾有一言,不知当讲不当讲?"

苻坚笑道:"贵人乃朕之心肝,有话直说无妨。"

张贵人道:"陛下,妾以为天地生长万物,君王治理天下,皆因顺其自然,故功无不成。昔大禹疏浚九川,筑防九泽,乃顺其地势；后稷播种百谷，原为因时制宜，从来有因则成，无因则败。今朝野之人，皆言晋不可伐，陛下独决意行之，妾不知陛下有何依据？"

苻坚瞪眼道："天下乃朕之天下，朕既为天下之君，将同天心以行天器，除暴虐以济苍生。故此朕言伐晋，晋必败之，难道这不是顺天道、应民心吗？"

张贵人正色道："陛下，妾闻王者出师，必上观天象，下顺民心。眼下民心思安，不宜常动，陛下兴师动众，兵凶战危，岂不违背民意？妾又闻民谚曰'鸡夜鸣者，不利行军；犬群嗥者，宅室将空；兵动马惊，军败不归'。自秋冬以来，众鸡夜鸣，群犬哀号，厩马多惊，武库兵器，自动有声，此皆非出师之祥兆，愿陛下慎思之。"

苻坚一听，气得半晌无语，心想从来夫妻都是夫唱妇随，生死相依，没想你也来指斥于我。遂以手叩桌道："军旅大事，何用妇人来管？"正在发怒，不巧被小儿中山公苻诜听见，闯将进来，跪道："父皇，母亲言之有理，还望父皇三思。"

苻坚正无怒可泄，见儿子也来谏他，勃然大怒道："天下大事，孺子也敢教训于我，岂不乱了朝纲？"一声令喝，要将他绑出辕门斩首。正待行刑，忽一人从宫中奔将出来，大呼："刀下留人，刀下留人。"

第二十章

且说苻坚见小儿子苻诜也来谏阻伐晋，不觉大怒，喝令武士，要将他绑出辕门斩首。正要行刑，忽从宫中奔出一人，大呼："刀下留人，刀下留人。"众人一看，乃张贵人。那张贵人一见儿子，便搂住了他，朝苻坚喊道："陛下，虎毒尚不食子，何况人乎？孩儿尚小，冒犯陛下，还望看在你我夫妻分上，饶了他吧。"言讫大哭。

苻坚见了，哼了一声，也不说话，扭头而去。这里，武士见皇上软下心来，早给苻诜松绑，母子俩抱头大哭。自此无人再敢谏阻伐晋。那苻坚也越发骄纵，一面下令大修军舰，储粮缮甲，准备南下；一面颁诏全国，凡民间男士，十人必抽一丁，良家子弟，年在二十岁以下者，如有才勇，皆可入选羽林郎。又民家五户，须出车一乘，牛二头，粮十五斛，绢十匹，违令者斩，不足亦斩。可怜百姓庶民，多是无从筹给，只好卖男鬻女。尚有凑不足数的，只好自缢道旁。

到了太元八年(383)九月十四日，苻坚下令，集众侵晋，命阳平公苻融，督同大将张蚝、冠军将军慕容垂为前部先锋，秦州主簿赵盛为少年都统，又命兖州刺史姚苌为龙骧将军监督益、梁二州军事，太子苻宏留守长安。分拨已定，便集戎卒六十万，骑兵二十七万，齐至东郊校场，由苻坚亲临宣武观，大阅众军。阅毕启程，兵分三路，浩浩荡荡，前后千里，水陆并进。时值中秋，凉风拂地,玉露横天,那苻坚坐云母辇,左杖黄钺,右秉白旄,徐徐而行。宠妃张贵人本当留居长安,然她执意要随苻坚同行,道:"夫君远征,妾岂能不随?"遂备一副车,一同随行。真个是威风凛凛,如排山倾海,杀气腾腾,令人胆战心惊。

却说这日,队伍到了一个去处,安下营寨。前锋慕容垂正策马巡逻,忽侄儿慕容楷、慕容绍拍马赶上,见四下无人,悄声道:"叔父,今苻坚骄矜日甚,亡象已见,我等复兴燕国大业,就在此一举了。"

慕容垂冷笑道:"这须由你等兄弟拼死合力,方可成功。此事须极缜密,不得乱言,否则大祸临头,悔之晚矣。一应动作,到了南边再做定夺。"言毕,更不多言,拍马而去。

当夜无话,次日又行,这样一连行了数日,那苻坚虽不用劳动两腿,但山道崎岖,车子晃动,也是极累,亏得张贵人悉心照料,才无不适。这日到了一个山下,路极难行,再看天色将晚,遂令早扎营寨。自己钻进中军帐里,弄些野味,独饮起来。正饮之间,忽见苻融进帐。苻坚令他坐下,笑道:"贤弟,今日行军,日驱百里,如此神速,不过七日,便可抵达建康。朕已想好,平晋之后,可令那孝武帝做个尚书仆射,谢安做个吏部尚书,如此分排,想也不会亏待他们。"

苻融谏道:"陛下,我军初发,就料晋室必败,恐为时尚早。今日行军,降臣慕容氏三人多次相聚,形迹诡秘,恐有异端。慕容垂狡猾多谋,此人不可不防。且鲜卑羌虏,向为我之仇敌,彼等所陈计划,无非利彼疲我,然后乘间谋反。陛下若是误信此人之言,轻举大事,将后悔莫及也。"

苻坚冷言道:"军家有言,用人不疑,疑人不用。依你之见,如何处置?"

苻融道:"依臣弟之见,先诛慕容氏三贼,然后率师回朝,犹为时未晚。"

苻坚一听,大怒道:"你太胆大包天,行军途中,竟敢动摇军心,离间君臣,若不看在你我兄弟分上,立杀无赦。"喝毕,将那桌上的盘盏碗杯,统统摔得粉碎,然后怒冲冲转入后帐去了。

苻融泪流满面,仰天叹道:"天灭大秦,就在此次了。"

且说苻坚兵发长安,集中侵晋,一路势如破竹。一月之内,秦征南大将军苻融攻陷寿春,执晋平虏将军徐元喜及安丰太守王先。然后折师,围困硖石,硖石守将晋龙骧将军胡彬见粮草已绝,只好以沙诈粮,扬弃城头,以诈秦军。又秦前锋、冠军将军慕容垂攻陷郧城,晋将王太丘死于非命。秦将梁成及扬州刺史王显、弋阳太守王咏等率众五万,屯于洛涧,沿淮筑栅,以遏晋军。

早有细作飞报建康,京城震骇。那些百姓庶民,见苻坚大军压境,心想建康弹丸之地,哪里保守得住?三十六计,逃为上计,便扶老携幼,拖儿拽女,连夜逃奔,七日之内,道路皆塞。文武百官,亦胆战心惊。

这日上朝,商议拒秦大事,孝武帝道:"众卿家,今苻贼猖獗,率百万之众,东西千里,水陆并进,奔我而来,晋室危在旦夕,众卿家不知有何退敌良策?"

众臣默然。谢安出班奏道:"陛下,苻坚伐晋,并不可怕。古人云:骄兵必败,苻坚虽持百万之众,来势凶猛。然待以时日,其意必懈,我军可避实求虚,间而击之,方保无虑。"

孝武帝道:"然敌众我寡,兵力悬殊,如何抵御?"

谢安道:"兵书云:将不在勇而在谋,兵不在多而在精。苻坚虽众，然多良家少年、富饶子弟，不善军旅，只知逢迎上意，希宠求荣。且苻坚轻信慕容垂等人，众将颇有怨恨，故此同营却不同心。我虽兵寡，然兵精将强，同心一力，必能胜他，故请陛下放宽圣心。"

孝武帝道："依老丞相之见，我军需有多少人马，方可胜他？"

谢安道："若有八万之众，也就够了。"

原来谢安早预料东晋与前秦必有一战，故命谢玄在京口、广陵一带，广募青壮流民，并在一秘密之地，昼训夜练，虽人数只有区区八万，但个个身手不凡，人人奋勇争先。因训练之地在广陵之北，故惯称"北府兵"。

孝武帝惊道；"老丞相切莫取笑，区区八万人马，去敌百万之众，岂不是以卵击石？"

谢安笑道："我已排定圈套，只看他来的光景。陛下只管放心，不日之后，便见分晓。"

孝武帝大喜，即命谢安为征虏将军兼征讨大都督并授徐、兖二州刺史。以下各职，由他推举。谢安遂命谢玄为前锋都督，统督徐、兖、青三州及扬州之晋陵、幽州之燕国诸军事。共率征虏将军谢石、辅国将军谢琰、西中郎将桓伊、建威将军戴熙、广陵相刘牢之等及八万北府兵，出御秦军。刚刚分遣已毕，忽见班下有两臣吵将起来，甚是凶险。

第二十一章

且说孝武帝刚命谢安等人率众御敌，不料还未退朝，那班中忽有两臣吵将起来。众臣一看，乃中书郎郗超与吏部郎蔡谟。原来这蔡谟见谢安命谢玄为前锋都督，心中不服，遂与旁臣嘀咕道："我看这次拒秦，不比前次，我军必败无疑。"

旁臣道："如何便长他人的志气，灭自己的威风？"

蔡谟道："不然，谢安虽为丞相，本应任人唯贤，况我满朝文武中，有上将千员，个个武艺高强，那谢安却独荐自家的侄子，视我等如稗粒草芥，众心怎服？"

旁臣道："丞相之明，乃违众举亲，谢玄之才，足以不负所举，怎么反可责他？"

蔡谟道："大人不知，前番苻坚伐晋，乃是试战，故兵少将寡，谢玄尚可抵御，这次侵境，却是大战，故兵众将广，看他又如何支持？"

旁臣道："谢玄虽少，然熟读兵书，武艺高强，有万夫不当之勇。且手下又有八万北府兵，个个剽悍善战，骁勇无比。由他挂帅前锋，必胜无疑。"

蔡谟冷笑道："谢玄武艺虽高，然年少气盛，必藐视秦军，苻坚沉鸷善谋，兵精士盛，万一挫失，大损国威，悔之晚矣。"

不巧这话恰好被中书郎郗超听见，大怒道："蔡大人嫉贤妒才，是何道理？谢将军乃国家栋材，汝等无端加毁，嫌死晚耶？"

言毕,拔出佩剑,就要砍他。

孝武帝喝道:"郗大人休得无礼。"遂命二人上前,问明事由。孝武帝怒道:"蔡大人身为吏部郎,朝廷危难之时,本当尽心竭力,为国出力,不料反播流言,蛊惑人心,该当何罪?"

谢安道:"陛下,蔡大人虽出言不逊,实是忧国忧民。望陛下暂息雷霆之怒,饶他一回。"

孝武帝道:"也罢,看在老丞相面上,饶你一命。"遂罢了蔡谟的官职,将他削职为民,令他三年不得进京。蔡谟得命,抱头而去。

且说谢安受命御敌,不知不觉,又过了数日。那边关告急的文书像雪片一般飞来,他却看也不看,整日里不是抚琴吟唱,便是狩猎西山。一日猎归,伶人张昌扣马谏道:"丞相,下官闻千金之子坐不垂堂,万乘之主行不履危。故文帝驰车,袁公止辔,孝武好田,相如献规。丞相官居栋梁,处一人之下,万人之上,为百姓父母。今苻贼既盛,江山旦夕不保,丞相既受命艰危,宜应尽心竭力,怎可朝夕盘于游田,若祸起须臾,则悔之晚矣。"

谢安笑道:"游猎好田,怎可与社稷安危相提并论?然张昌官小职微,敢直谏于我,实是可嘉,应赏碎银一两。"众人大笑。

张昌受辱,遂怀恨在心。趁人不备,于当夜逃奔苻坚。

谢安闻报,笑道:"苻坚中吾计也。"众人不知其意,也不便细问。

这日,谢安复与众人泛舟江陵河,见天色将晚,众人皆有倦意,笑道:"何不来首曲子,也好助兴?"

内中有一人道:"这个时候,须得唱个激越的曲子,方能驱赶困意,若是软软的,必倒下睡去。"众人都笑。

谢安道："'国殇'如何？"

众人道："这个最好了。"

谢安取过琴，调好琴音，轻咳一声，便弹唱道："操吴戈兮披犀甲，车错毂兮短兵接。旌蔽日兮敌若云，矢交坠兮士争先。凌余阵兮躐余行，左骖殪兮右刃伤。霾两轮兮絷四马，援玉枹兮击鸣鼓。天时怼兮威灵怒，严杀尽兮弃原野。"

一曲终了，四野寂静，唯江水呢喃。忽岸上有一汉子，持半笼生鱼，跳上船头，作揖道："众位，因无肴具，特来借用，望劳驾。"

谢安定睛一看，笑道："肴具却有，不过先得答个题目，方可借用。"

汉子道："先生却也奇怪，没闻借个东西先要答题。也罢，权且一试，若答错时，便抬举些，这鱼还要下酒。"

谢安笑道："我来问你，日远，还是长安远？"

汉子道："当然日远。"

谢安道："错了。"

汉子脱口道："怎的便错了？只闻人从长安来，不见人从日旁下。"

谢安冷笑道："举目见日，不见长安，不是日近，又是如何？"

汉子一听，默然不语。谢安喝道："大胆奸细，竟敢愚弄老夫。左右，还不将他拿下。"

早有官军上去将他缚了。汉子叫道："丞相，大丈夫敢作敢为。本将奉秦王苻坚之命，特来取你首级，只不知因何被你识破，你却道个清楚，本将死了，也好瞑目。"

谢安笑道："此种黔驴小技，有何难哉。老夫适才弹唱，见你形迹诡秘，在舱外探望，待我唱到激越之处，你便眼露杀气。

又听你口音陌生，非本地之人。是以问你长安远还是日远，你果曰'只闻人从长安来'。又闻竹篓之中，有铁器之声，以此判断，你不是奸细，又是什么？"

汉子一听，扑通跪下，道："小的懂了，江左有谢丞相在，何愁苻坚不克，只可叹那秦王轻信叛人张昌之言，只道丞相整日游山玩水，并无半点兵备，是以遣小可前来行刺。"

谢安笑道："张昌之功，就在于此。"

众人方始明白。

汉子道："丞相，小可死前，有一言禀告。"

谢安道："只管道来。"

汉子泣道："小可祖先也是汉人，只因连年战乱，被掳往前燕，距今已有二三十年，虽安居乐业，然骨肉分离，总思叶落归根。如今江北之人，无不鹄立南望，民心思晋，望丞相倾一国之兵，击溃苻坚，救斯民于水火。"言毕欲引颈就戮。

谢安拦下道："壮士，你却留下姓名，你若是个番人，老夫本可赦你，因番人常与汉人为仇，因仇行刺，情有可原。只因你是汉人，你我本是同根弟兄，怎可互相残杀？然你为利禄所惑，不思骨肉之情，若不是我明察秋毫，早做了你刀下之鬼。如此，只好委屈你了。"言毕别头过去。

两边官军便将汉子带到岸上，找个僻静去处，将他勒死，总算留了全尸。谢安命人买具棺木，将他厚葬了，又于墓前作个记号，日后若能遇着他的故人，也好查访。

且说这日，谢安在家静读，忽见谢玄来见，笑道："遏儿行色匆匆，脸有忧容，不知何事令你烦恼？"

谢玄寻思道："这个叔父，莫非真是老了，如今大军压境，满朝之中,谁不忧心忡忡,他却问我何事烦恼。我身为前锋都督,难道能不闻不问吗?"遂道:"乃为拒敌之事,俗云:水来土掩,兵来将挡,今我八万人马,要与苻坚百万之众为敌,恐寡不敌众,是以忧之。"

谢安笑道:"这有何怕,昔曹孟德击败袁本初,陆伯言摧毁刘玄德,统是前谋后战,以少胜多。今苻坚虽众,俱无斗志,更少谋略,何足深虑。"

正言语间,忽见门童从门外匆匆进来,手里拿着一封书信,呈给谢安。谢安一看,原来襄阳被围,新任太守朱序来求救。

谢安将信递与谢玄,问门童道:"信使呢?"

门童道:"还在门外候着。"

谢安道:"叫他回襄阳去吧,告诉朱将军,一切我自有安排。"

谢玄叹道:"襄阳国之门户,门户一破,敌可长驱直入,如何抵御?"

谢安一听,也不理睬,忽问谢玄道:"今天是何日子?"

谢玄道:"十月八日。"

谢安笑道:"我却忘了,金秋赏菊,便是今日,遏儿不如陪叔叔同去一游,岂不美哉?"

谢玄急道:"国之将亡,叔父怎有兴致去游山玩水,百姓知之,又会何言?"

谢安笑道:"亏你还是将帅之才,区区百万之众,你便吓成这样,日后真有大事,不知又会如何?"言毕,不由分说,拉了谢玄就走。谢玄无奈,只好跟着,登四骑车,行三十里,见一土山平地而起,内有亭台楼阁,竹木松林,小桥流水,曲径通幽,更有垂萝百尺,挂于峰头,薜荔千重,绕于岩足。

谢安笑道："东山到了。"

你道这又为何？那会稽上虞有座东山。怎么这里也有一座东山？原来这乃谢安所为。他自东山复出，身虽在朝，心里老是不忘那东山往事，故此便花巨资，在这江宁府属地，仿那东山形状筑了一座土山。平日空闲之时，他便在此处游宴玩乐，重温昔日之梦。

当下谢玄扶谢安下车，拾级而上，到了一处亭内，见里面已是高朋满座，才知今日又是游宴之日。原来谢安在朝，宾朋甚众，虽三教九流，乃至鸡鸣狗盗之徒，亦所不拒。昔在东山时，每过一旬半月，总要宴聚一次，复出之后，又积习难改，每宴日费百金，更是小事。众臣多有劝阻，要他远览殷周，近察汉魏，虑其所以危，求其所以安。但他哪里肯听，照样我行我素。皇上也知道这事，然白璧有瑕，人无完人，这等小事，自然也不会过问。从此众臣不敢再谏，这游宴之事，几成常例，连皇上兴致所至，也常光顾这里。

当下众人见谢安进得门来，纷纷起身，与他见礼，谢安笑道："你等来得好早。"

众人道："半旬一次，早就盼了，怎能不早？"

谢安道："今日游宴，却要改改常例，只因秋菊已盛，我等不妨先去赏菊，然后宴聚，岂不更好？"

众人称是。当下有谢安引路，出得门来，穿过一座小桥，迎面便是东山。原来这东山因人工堆砌，虽状如东山，规模却小。不足一个时辰，众人已把一座土山玩了个遍。众人见山上树木，皆是盘槐、丝柳、剔牙松、璎珞柏、湘妃竹之类，并不见一朵菊花，笑道："丞相莫非戏弄我等，怎的整座山上无半朵菊花？"

谢安笑道:"你等别急,一刻便见分晓。"遂引众人转过一个山坳,又进一扇竹门。但见山坡之下,秋菊满野,赤橙黄绿,青蓝紫黑,其色如五云灿烂,其香如百合芬烈。众人惊道:"仙境到也,有这等去处,丞相何不早说?"

谢安笑道:"这叫出其不意。"

众人大笑,忽有一人指着一株翠蓝色菊花道:"此何花?"

谢安道:"翠芙蓉,色虽娇妍,性却刚倔,可谓百折而不屈。"言毕,折下一枝,递给他道:"插下便活。"

又一人指着一株色淡红者道:"此又何花?"

谢安道:"玄珠花,又名扬州琼花,此花极娇贵。昔曹孟德与袁本初大战江淮,得胜而归,路经扬州,见此花艳若丽人,便命人移栽禁苑,不意刚一着土,渐即枯萎,归于原处,则复荣茂,可见凡事须顺其自然,此乃水到渠成之理也。"

众人又问些别的花种,谢安一一细答,看看天色不早,复又折回亭内。早有仆人摆好酒菜,荤素有序,甚是丰盛。众菜当中,今日又新增一菜,叫作"孔明借箭"。众人听名,皆拊掌大笑,道:"怎么把军家之战名也搬到菜上,若是下次来吃,莫非又会烧出'走麦城'一菜?"言毕,捞起一看,乃南瓜、芹菜做的料。众人复又笑,称赞做菜的手艺。一刻工夫,便把这菜吃个精光,只剩下孔明一个头颅,一老儿道:"这头我来吃他,也好聪明些个。"

旁边有人道:"你又不去杀敌,这个脑袋也就够了,不如让谢玄将军吃了,也好把那苻坚杀得惨些。"众人又大笑。

且说众人正在笑闹,那谢玄在旁却不发一语。你道为何?原来谢玄心里这时十分气恼,心想别人正在边关拼死杀敌,叔父却带一干人在这里游山玩水,一些儿不谈拒敌之事。自己身为前锋都督，回去如何向将士交代？心里越想越气，正要找个托词离开这里，不料谢安过来，笑道："酒也喝得差不多了，时候尚早，不如与遏儿杀盘棋，也好助助游兴。"

众人笑道："如此甚好。"

当下，命人取来棋盘棋子。谢玄见了，心里只是叫苦不迭，心想这么一来，又不知要挨延多少时辰。无奈，只好硬着头皮，在谢安对面坐下。

有个皇叔道："只是丞相的棋术一向不如侄儿，须得格外小心才是。"

谢安笑道："战场之中，变幻瞬息，怎的便断定他赢我输？"

原来谢安的棋术，向来比谢玄略逊一筹，有时一天下来，竟无半盘赢棋，京城之中遂成趣谈。当下摆罢棋子，厮杀起来，一个是斗志昂扬，步步紧逼，一个是心不在焉，节节败退。不足一个时辰，谢玄竟连输两局，便告饶道："侄儿棋术不如叔父，就此告输。"说毕要走，谢安一把将他扯住，笑道："胜败乃兵家常事，为军之帅，岂有临阵脱逃之理？"于是再下，这时天已黑，早有仆人点上明烛。谢安道："不如砍些松枝，点燃起来，也好亮些。"

仆人问道："可要下到天明？"

谢安道："不获全胜，怎可收兵？"

谢玄听了，连连叹气。只道叔父老来发昏，变得怪了，心里虽然懊恼，却又只得陪他。一直下到金鸡报晓，方才罢休，算计下来，谢玄竟连输十局，回头看那观棋之人，早已哈欠连天，蔫头耷脑。自有几个贪睡之人，早已伏在桌上，打起鼾来，涎水流了一摊。当下叫醒返程。

回到府中，已是东方既白，谢玄正要歇息，忽见叔父进来，慌忙让座,道:"一日下来,叔父也该歇息。切莫累着身子。"

谢安道:"军情紧急,怎有闲暇歇息?"

谢玄暗忖道:"叔父也是怪了,白日里只管玩乐,一些儿不谈正事,这会儿却说军情紧急,连觉也不想睡了。"

谢安笑道:"见你眼神,叔父便知你心事重重。"

谢玄心里一怔,掩饰道:"也没什么心事,只是有些困了。"

谢安冷笑道:"你但瞒得了别人,却瞒不过我,昨日宴聚,见你沉闷不语,郁郁寡欢,弈棋之中,心不在焉,胸无斗志,岂非没有心事?"

谢玄泣道:"实话禀告叔父,昨日宴聚,为侄实怨恨叔父。如今大敌压境,江山垂危,侄儿重任在身,本该跃马横刀,去边关杀敌,不料却在这里游山观水,吃喝玩乐,侄儿心中不忍,是以忧闷。"

谢安叹道:"岂止你心中忧闷?我何尝不是如此?然为将帅者,应矫情镇物,不动声色,怎可疏躁急行,忧形外露?你身为前锋主帅,若不能从容镇定,进退咸宜,怎能稳住军心?"

谢玄愧道:"侄儿明白。"

谢安道:"你快打点行装,速速启程,昨晚与你对弈之中,我已想好一计,你却过来,说与你听。"

谢玄俯身过去,谢安在他耳边,如此这般,细说一番。

谢玄大喜,拍着手道:"这条妙计,我如何不曾想到?若是孔明在世,也未必及得我叔父。"

谢安道:"你却记住,为将者,运计为上,用兵为次,疆场多变,常有不测。用兵不宜执一,或宜缓行,或宜急取,若彼我势均,外有强援,一或屯兵,腹背受敌,自应急攻为是。倘我强彼弱，又无外援，不如羁城守兵，静待彼毙，若一味猛攻，恐困兽犹斗，伤我士众。若敌强我弱，须集中兵力，窥其弱部，猛击要害，令其措手不及，兵法所谓十围五攻，便是此意。"

谢玄讨教道："襄阳垂危，如何解围？"

谢安叹道："襄阳路途迢迢，即便驱兵救援，也来不及了。况我精兵强将，须集于一地，与苻坚决战。我已密书一信，正思遣一伶俐之人，潜入襄城，与太守朱序串通。若能依计行事，不仅可保一城百姓无虞，便是苻坚那贼，也难逃性命。"言毕，在那谢玄耳边，又如此这般，详述一遍，直把那谢玄说得眉开眼笑，拍案叫绝。谢玄刚要再言，谢安道："休得再提，常言道'隔墙有耳，窗外有人'，此计只可你知我知，切记。"

说毕，谢玄便打点行装，见天已大亮，吃了早饭，与叔父婶母告别过了，便提了兵器，跨上枣红烈马，朝军营飞奔而去。

这里谢玄刚走，那边七州都督桓冲遣来使奔到，道："都督大人虑京城兵寡，拟遣三千精兵入援京师，望丞相分拨。"

谢安笑道："回禀你家都督，御敌之事，朝廷处分已定。只因兵甲有余，不劳桓公遣兵，且西藩重地，关系甚大，切勿疏防，以误大事。"

来使回禀桓冲，桓冲仰天叹道："谢安石虽有庙堂之量，可惜不谙军略。今日大敌当前，还在浮而不实，虚谈空论。据吾所知，那京城之中，兵甲不过一万，将尉不过数十，如此兵力，倘若边关一破，怎可保得圣安？且谢安又遣诸多少年督师拒敌，兵又寡弱，天下之事可知。我等之首，已在苻坚股掌之中矣！"言毕双泪长流。

时侧旁有一将叫道："谢安如此无能，主帅何不趁此良机，将他废了，一来可泄主帅平素之恨，二来那丞相之职，主帅也可取而代之。"

众将扼腕附和，桓冲大怒，嗖地抽出佩剑，吼道："国难当头，理当风雨同舟，一致拒外，怎可公报私仇，互相残害？日后谁敢再言内讧之事，吾当立斩不赦。"

消息传至建康，谢安叹道："桓都督忠良可嘉，如此看来，倒是老夫有些小家子气了。"言犹未落，忽听外面有人嚷将起来："捉住他，捉住他！"

・第二十二章・

且说谢安闻桓冲之言,正在感叹,忽听门外有人大叫起来:"捉住他,捉住他!"心中一惊,以为又是刺客,出门一看,是个精瘦的矮汉。

谢安道:"他是何人?"

管家道:"原是当地一个泼皮,因偷窃得狠了,前时被捕快捉住,打入地牢,不意今日又窜到这儿来了。"

谢安问矮汉道:"你叫何名,怎的这般大胆,这堂堂相府,可是你偷盗之处吗?"

矮汉道:"丞相若要问俺姓名,这京城之中,也有些名气,张日鼠是也。只因从牢里逃出,后面又追得紧,便窜入这去处弄些吃的。刚要离去,不意弄出些声响,被这老公公捉住。"

谢安道:"如此说来,你却是个逃犯?"

张日鼠道:"逃是逃的,俺却不是犯人。"

谢安道:"如何不是犯人,难道冤枉了你?"

张日鼠道:"不过偷些吃的,也没谋财害命,当今杀人放火、卖官鬻爵、强抢民女的,不知有多少个,只要有些靠山的,一些干系也没有,这算公道吗?"

管家喝道:"泼皮休得胡言!"

谢安笑道:"你就让他说完。"

张日鼠嚷道:"有证有据的,怎的是胡说?"

谢安笑道："今日不谈这个,我却问你,除了偷窃,你还有什么本事?"

张日鼠道："有是有的,都是些腌臜的勾当,说不出口。"

谢安道："只管说来。"

张日鼠道："嫖个女人,可令其自个儿不知。"

众人大笑道："这个泼皮,该打,该打。"

谢安喝道："说正经的。"

张日鼠道："除此之外,只会翻墙蹿屋,别的全无能耐。"

谢安暗忖："这厮有这本事,倒能派上用场。"便道："我却不信,你先与我试来。若是真话,我便饶你一命;若是胡言,便活活打死。"

张日鼠道："如此我便得救了。"当下松绑,张日鼠道："你等看好,别闪了眼了。"言未毕,身子一扭,那人已坐在梁上,连半点声音也无,众人叫好。张日鼠道："这乃小技,方才绑得紧了,不过松松筋骨,且看好。"一纵身,又蹿到大殿顶上,众人看得呆了。

管家叫道："你却下来,算你说了真话。"

张日鼠道："俺这时逃跑,你也拿我没法,只是俺说话算数,随你处置便了。"说毕,身子轻轻一纵,落到地上。

谢安道："见你这人,好歹有些本事,本该走个正道,也不愧对祖宗。怎么去干偷鸡摸狗、伤天害理之事?你且听着,我本该要释放你,如今却是不能,左右将他拿下。"

张日鼠大叫道："堂堂丞相,怎可言而无信,连俺也不如?"

谢安喝道："还敢嘴强,搜他的裤裆。"

管家上去一摸,张日鼠夹着腿道："别的没有,只两个肉球。"

管家喝道："这是什么?"

众人一看，是两颗镇梁玉珠，再看大梁之上，四颗玉珠只剩下两颗。

谢安笑道："凭你这般本事，也来骗人，岂不枉送了性命？"

张日鼠一听，扑地跪下，只喊饶命，谢安喝道："这等赖皮赖骨还不快快押走。"众人将他押下。到了晚上，谢安命管家将他押来，松了绑，道："张日鼠，我有一事要遣你去办，你若操办得好，我自有抬举你处。"

张日鼠道："丞相差遣，就是去死，不敢不依，只不知何事叫小的操办？"

谢安道："你却过来。"如此这般与他一说。张日鼠笑道："这等小事，有何难的。想当初小的去显阳殿偷八宝连环珠，那城墙比襄阳城不知要高出多少，也是直进直出，便如无阻无拦一般。这襄阳城更是熟门熟路，小的去时，从来不走城门，只墙根下轻轻一纵，就上去了。"

谢安笑道："这厮倒也坦率，原来那八宝连环珠系你所偷。若是早说了，你那脑袋，便不在脖子上了。"说毕，取出一信，附耳道："须得小心收藏，若是丢了，你便逃到天边，也要你的性命。"

张日鼠道："丞相放心便是。"遂拜谢而去。

管家道："丞相也太信赖于他，这等泼皮，只可牢里关着，这样放了出去，岂不便宜了他？"

谢安叹道："我岂不知，然如今强寇入境，不宜加动人情，若不容置此辈，反而不美，不如以厚德感化，令其归顺。"

且说苻坚兵发长安，率军南进，不足一月，便攻陷寿阳。秦军将军梁成，又率众五万进屯洛涧，沿淮列栅，伺机渡江。至晋前锋都督、徐州刺史谢玄率征虏将军谢石、辅国将军谢琰、豫州刺史桓伊等水陆八万人马赶到洛涧南岸，秦军才忌惮而不敢进。当下二路人马，便隔江相对，静候时机，再作交战。

这时襄阳城外亦在进行一场恶战。原来那襄阳太守朱序，闻秦兵大至，竟然不以为虞，以为汉水在旁，秦兵又不具舟楫，总道他飞渡无术。没想到还未交战，秦将太子左卫率石越竟暗驱骑兵五千，连夜浮渡汉水。及至晋军发现，秦兵已到襄阳城下，朱序这才慌了手脚，连忙率兵守城。不料中城才布置停当，外城已被秦军突破，经过一日恶战，方把石越击溃，但已被他夺去战船百艘。

当晚，战事稍歇，朱序便率众将踏上城头察看军情，远远望去，只见秦军营内灯火通明，营盘旗帜望不到边。朱序与都督李伯护道："李将军，我等疏忽大意，终至今日城破。如今粮草将绝，将士多有惧心，汝等须格外小心，切勿再让贼寇登城半步。只待援军一到，便可杀出。吾方才见秦军彻夜狂欢，士气旺盛，明日必有恶战，汝等须拼死抵御。"

李伯护道："太守，吾有一策，不知当讲不当讲？"

朱序道："将军但说无妨。"你道李伯护是谁，朱序如此器重于他？原来这李伯护原是个马夫，因少时学过几路拳脚，有些蛮力，又能趋炎附势，百般逢迎上意，深得朱序好感，遂令他在手下当个裨将。

当下李伯护道："太守，秦军压境，晋室大势已去，依末将之见，不如及早纳降献城，归顺苻坚，权作晋见之礼，日后也可图个荣华富贵，若再顽抗，必徒伤将士性命，有何值得？请太守三思。"

朱序一听，抽出剑来，大怒道："可耻畜生，我等千里迢迢，辞父事君，镇守边关，理当建功立业，功业不立，当守名节。襄阳若败，终不至背主偷生。你身为将军，非但不献计谋策，拼死御敌，却在众将面前直言纳降，扰乱军心。"遂喝令左右将李伯护斩首。

众将一听，纷纷跪下道："太守，眼下正当用人之际，我军出师未捷，先斩将军，于军不利，望太守广施恩泽，暂饶李将军一命。"

原来这李伯护平日与众将相处甚密。因久居襄阳，在前任桓冲麾下，私蓄了不少银两，常以恩惠笼络众人，故此众人才愿为他说话。朱序见众将求饶，怒气稍消，叱道："今日看在众将面上，暂且饶你一命，此后谁敢再言献降，必碎尸万段。"言讫，怒冲冲往城西而去。这里众将将李伯护松绑，自说了许多安慰的话。李伯护道："感谢众位将军救命之恩，日后必当图报。"说毕，冷笑而去。

此时更深露重，有风吹来，十分寒冷。襄阳城头除了巡夜之人，已别无他人。忽有几盏灯笼自东至西，缓缓而来，这里看看，那里瞧瞧，走得近了，才见是朱序之母韩氏，今年七十余岁，颇通兵略，因闻秦兵攻城，便自挈婢仆数十人，亲自登上城楼察看。

忽然刮来一阵寒风，婢女翠香道："老夫人，夜深天冷，恐有伤身子，还是请老夫人速速回府，歇息去吧。"

韩老夫人叹道："儿为将帅，如今襄阳危急，为母哪有不管之理？"说毕，移动三寸金莲继续前行。到了西北一隅，见一塌陷之处，站下道："你等看看，此处甚不坚固，明日秦贼攻城，怎能保守得住，需得加修。"遂弯下老腰，往那洞中扔起石块，众婢仆见了，也都动起手来。

忽韩老夫人唤道："翠香，你且过来。"

翠香道："老夫人何事？"

韩老夫人道："如今男人均去从军，剩下我等女流，毕竟力弱，你可速速回府，多募些妇女前来修城，一应犒赏，可取我私房首饰及箱中布帛散给，快去快回。"

那些妇女，又不是石头做的，见七十老人如此奋勇，也便拼命卖力。一夜之间，不仅补好塌洞，还另垒一处斜城。工役方竣，已及天明。果然秦军来攻，那塌陷之处，一刻即破，秦兵一齐拥入，亏得里面有一道斜城兀然立着，将秦兵阻住。那城上将士用檑木、滚石、灰瓶、金汁从高处打将下来，早打倒三五百个，将秦兵杀退。

且说秦兵攻城，幸有那斜城堵着，才助朱序杀退秦兵。然那堵斜城不禁脆危，要重新修筑也不可能。当下朱序下令，将城中各户器具，不论桌椅板凳、坛甏罐碗，统将征集城墙上，待那秦军攻时，以作掷杀之用。那秦军也是冤枉，看看将到城头，忽被这东西击中，也不知是什么凶器，劈头盖脸，只见大大小小，乒乒乓乓，砸将下来。击中要害的，脑浆迸裂；未击中要害的，也被吓得半死。这时城池大半尚在朱序手中，本指望江荆都督桓冲能来驰援，他有七万人马，总可抵御一阵。不料那桓冲还未与秦军交战，便惧其强盛，竟率军退回上明，未敢轻进。朱序闻报，恨得咬牙切齿。

这日秦兵又来攻城，朱序督兵死战，秦兵死伤众多，复又败退。见秦军退得远了，朱序才清点人马，重作部署，见那城上士卒，多已疲惫，心中顿生怜悯之情，当下下令休息。自己也找一个去处，正要迷糊睡去，忽见窗外跳进一人，不觉惊醒，喝道："谁人这般胆大，敢来窥探本将？"

那人道:"是你爷爷,怎的不认得了?"

朱序大怒,拔出剑来就要砍他。那人身子一扭,跳到他的背后,笑道:"太守也太狠心,我来救你,怎的还要杀我?"

朱序一见,是一个矮子,面貌生得丑陋,道:"你是何人,怎的便来救我,也该说个明白。"

那人道:"张日鼠你知道不?"

朱序道:"莫非是那个千刀万剐、断子绝孙的惯偷?"

那人笑道:"在下便是。"

朱序惊道:"你来此作甚,莫非又来偷什么东西?"

张日鼠笑道:"太守也太看扁人了。"说毕,从裤裆之中取出一信,闻了闻,笑道:"有些气味,不是不恭,实出无奈。"

朱序接信一看,恍然大悟,道:"丞相真当今孔明,如此苻坚性命休矣。"言犹未毕,忽听门外一声炮响,朱序急道:"秦贼又来攻城,你却躲躲,免得误伤。"

张日鼠笑道:"这等毛贼,怕他怎的。小的却要见你捉去,方可回去禀报。"

朱序道:"既如此,且请便了。"言讫,跳出门外。只见东城一角已被炸塌,那些装死的秦兵都从城下跳起,如潮水一般蜂拥入门。幸有一队巡逻士兵迎头撞着,也不打话,便搅成一团。后来晋兵越打越少,剩下几个都是伤者,知道降了也不免一死,便干脆扔掉刀枪,从地上跃起,抱住就近的秦兵,或咬耳朵,或挖眼睛。内中有个大汉,被秦兵剁去一只胳膊,正在地上呻吟,忽见一秦兵过来,大汉便长啸一声,用一手扼其脖子,以头猛撞他的脑壳,只听叭的一声,双双脑浆迸溅,死于非命。

这时朱序已带了一干人马杀奔过来,原想堵截,不料那秦兵见缺口既开，也不管是死是活，只顾你推我撞涌将进来。这里晋兵原已不多，加上死伤甚多，已是越战越少，到了最后，四周全是秦兵，只朱序一人被围在核心，左冲右突，不得出去。杀到最后，刀口都已卷了，秦兵仍还不止。正在危急，忽见李伯护从旁杀来。朱序一见，心想："真是送上门的机会。"遂大呼道："李将军快来。"

那李伯护遥喊一声："太守我来也。"喊毕立杀数人。秦军纷纷闪开，朱序大喜，遂向李伯护靠拢，不料还未近身，只觉有股寒风从背后袭来，刚刚喊声不好，手臂已被李伯护刺中。朱序顺势倒地，假叫道："苍天在上，没想到我堂堂朱序，今日竟伤于奸细之手。"遂要拔剑自刎，但哪里还来得及，被秦兵涌上，绑了下去。

这时那城墙之上立着一人，就是秦皇苻坚，见朱序如此勇猛忠烈，捻须叹道："晋室有此忠良，诚可嘉也。"遂令厚待朱序，拜为度支尚书。李伯护辱君没主，不忠不孝，将他斩首，也是他合该倒霉。

时一臣在旁道："陛下，朱序犹如鹰犬，饥则附人，饱便高飏，遇风尘之会，必有凌云之志。依臣之见，不如趁机杀了此人，不可留于身边，免遭不测之祸。"

苻坚叱道："休得胡言，朕方欲收揽天下英雄，肃清四海之敌，怎可反杀归降之将？况朕见其武艺高强，性情刚直，若能为我所用，必是一条好汉。"众臣默然，不敢再言。消息传至洛涧，晋将惊骇，唯谢玄微笑不言。

且说这日，晋龙骧将军胡彬闻秦征南大将军苻融兵至，料必不敌，遂退保硖石，不足一月，便已粮绝，遂遣一伶俐之人去告谢玄道："今贼来势凶猛，锐不可当，硖石粮尽，只可维持数日，若是不复救援，恐不能再见将军矣。"不料这人行至半途，为秦军所获。送入苻融营帐，不经拷打，便都如实招供。苻融遂密告苻坚道："硖石兵少粮绝，已唾手可得，然谢玄狡诈，闻之恐令其逃遁，宜速击勿失。"

苻坚大喜道："此乃天助我也。"即命太监备马，又令长乐宫苻丕，拨轻骑五千，随他行动。

时宠妃张贵人在旁，见苻坚要亲自外出，便取来一顶斗篷，披在他的身上，怅然道："陛下夜率军旅，远行险道，妾不能随行相侍，只望自己珍重才是。"言毕泪下。

苻坚笑道："朕自幼随父转战南北，戎马生涯已达三十余载，经过恶战不下百次，这等夜行，实乃平常之事，夫人不必担忧，请早早安寝才是。"

忽帐外报："度支尚书朱将军到。"

苻坚道："来得正好。"遂命请进，见过礼后，苻坚笑道："朱将军忠烈刚义，朕甚钦佩，然战场胜败乃兵家常事，朱将军切勿以此为耻，朕日后必重用于你。"

朱序拜道："败军之将，留得一条性命，已是感激不尽，陛下如此说话，反令微臣无地自容了。"

苻坚道："朕有一事，正要求助将军。"

朱序道："陛下只管赐教，臣肝脑涂地，在所不辞。"

苻坚笑道："令你去谢营一走，敢是不敢？"

朱序惊道："这又为何？"

苻坚道："劝彼归降。"

朱序一听，心下暗喜，故意道："晋军尚未全败，怎的肯降？"

苻坚道："朕百万大军已压晋境，孰胜孰败，早成定局。谢家将虽举世无双,然毕竟寡难敌众。些许人马,怎能力挽狂澜?朕向来先礼后兵,何必再行交战,徒伤人命。"

朱序道:"只是那谢玄十分了得,向来目中无人,若是拒降,陛下又如何处置?"

苻坚道:"朕将率大军于项城,令苻丕以轻骑八千兼道赴之,彼若肯降,便也罢了;彼若顽御,朕将趁其不备,令精锐于明晚夜袭彼营,他谢玄纵然有天大本事,也难保性命。"

朱序一听,心里暗道:"这个贼王倒也坦率。"嘴上道:"陛下说得极是,只是此事紧要,须得十分缜密。若是走漏风声,恐坏了大事。"

苻坚道:"言之有理。"当下二人步出营帐。朱序与苻坚行过别礼,上得马来,笑道:"陛下,朱序前为晋臣,如今一家大小尚在建康,今日纵我回去,难道不怕我逃了不成?"

苻坚笑道:"晋室江山尚在朕掌控之中,朱将军又能逃往何处?"言毕二人大笑。当下,朱序两腿一夹,喊声"驾",抄一条近路朝谢玄营中奔去。

这里苻坚令八千轻骑二更造饭,三更启程,马卸铃,人含草,神不知,鬼不觉,密集洛涧北岸,只待夜袭晋营。不料刚刚分拨停当,只见有一人从帐外匆匆奔入,嘴里叫道:"陛下、陛下……"把苻坚吓了一跳。

第二十三章

且说苻坚遣度支尚书朱序去劝降谢玄,又密令苻丕率八千轻骑,速屯洛涧北岸,伺机夜袭。不料刚刚分拨停当,只见有一人匆匆奔入营帐,嘴里叫道:"陛下、陛下……"把苻坚吓了一跳,定睛一看,乃是张昌。

原来自伶人张昌叛奔苻坚,苻坚见其乐艺精湛,便叫他待在后宫,教导嫔妃弹琴习舞,奏唱五声,由此深得苻坚信任。这日张昌见大队人马正向洛涧进发,要与晋军谢玄对决,忽想起一件事来,于是急忙奔进营帐,来禀告苻坚,道:"陛下,微臣有一事禀告。"

苻坚道:"爱卿请讲。"

张昌道:"微臣昔在谢安身边时,常听他有亲往洛涧察看之意,因其时并无战事,故未成行。此次洛水对决,以微臣之见,这谢安必亲往视察。若陛下能密遣一支人马,埋伏于其必经之路,必能生擒谢安。此战,可令其不战自败也。"

苻坚一听,顿觉毛骨悚然,暗忖道:"这厮也太恶毒,这种不忠不孝之人若留在身边,必后患无穷。"遂生杀意,嘴上却道:"爱卿所言极是。"当下便密遣一支人马,赶往洛水之南,只等谢安的到来。

且说谢安调拨军马,密授计议,令谢玄等人阻御苻坚,自己却在京城建康静候消息。不料这日心血来潮,与孝武帝道:"陛下,臣自遣谢玄等人去御秦军,虽运筹帷幄,然心中总不够踏实,况战场多变,秦军情形又尚未详察,臣意欲亲往一窥,以探明虚实,不知如何?"

孝武帝惊道:"贼营险恶,路又不熟,老丞相若有不测,如何是好?不如不去为是。"

谢安笑道:"不入虎穴,焉得虎子。老臣久察江淮,谙熟洇洛地形。且秦军未识老臣音形,若是见了,也不相识。故此定无差池,望陛下放宽圣心。"

孝武帝再劝,谢安哪里肯听。遂自乘马,微服出城,随身只带三五仆从,速行二日,方至洛南秦营对岸,登高一望,那秦军真是个漫山遍野,望不到边。谢安叹道:"如此阵容,若是硬拼,别说八万人马,就是十个八万,又有何用?"

是日早归,夜里复去。说来也巧,这日窥毕水营,天已大黑,不料在一村旁竟迷了归路,正焦急时,忽见路旁闪出一簇火来,一听是打更的。谢安与众人道:"不打紧,待我上去问他。"等那人走得近了,谢安作揖道:"这位哥哥,浔阳村怎么走?"原来谢安精得很,浔阳村离洛涧只三五里,若是直问如何去洛涧,必引人怀疑。如今只问浔阳村,隔了一段路,便就稳妥些。那人见半夜里蹿出几个人来,着实吓了一跳,用更棒指着道:"你等是些什么人,半夜三更的,出来吓唬人?"

谢安笑道:"都是些做买卖的,只因起得早,到这地界便迷了路,不料竟遇着大哥你,也是运气好。"

打更的喝道:"我却不信你,兴许你是个伏路的奸细,来刺探军情的。"

谢安连连摆手道:"大哥休莫这般说,我等老实巴交的,哪里敢做那勾当？"

打更的用火把照了一下，笑道："见你这脸面白白的，也不是那种人。实话与你说，爷爷不晓得浔阳村，晓得也不告诉你。"

谢安寻思道："这厮惯会敲竹杠。"遂扯住他，摸出一锭白银道："些许薄礼，权且弄些酒喝，那个地处，还望哥哥指点。"

打更的笑道："还是你聪明些。"遂把银子收起，用更棒指道："你却转身，往前走一二里，见有一棵樟树，再往西走，也只二三里地，有座破庙，庙前有条大路，极好走，这大路中间有个岔口，你且别管，只照样直走。如此再走一二里地，有个渡口，过了渡口，便是浔阳村了。"

谢安笑道："路却不远，倒是曲折。"

打更的道："记住了？"

谢安道："记住了。"言毕朝背后摆摆手，上来一个人，从衣襟下擎出一把明晃晃的刀，只往那打更的一靠，刀尖已插进他心窝里，再一刀，便结果了性命。

谢安道："快点走，若是迟慢了，恐被人察觉。"遂掉转头，于一林子里牵出马，朝打更人指的路奔去。

说来也是巧，谢安一行人刚离开，他们的行踪便被人盯上了，原来那打更的丧命处是一条大路，来往的人极多。谢安一行人前脚刚走，后脚便来了苻坚密派过来的那一队人，见路边躺着一个打更的人，用火把一照，已是死了，又一搜，袋中有块银锭，上面有一个"晋"字。领头的道："这必定是那谢安老贼，来窥探我军营，我等分成两路，速去追杀。"众人领命，分头而去。

话絮休烦。那谢安一行六人，马不停蹄，一路狂奔，眼看渡口临近，正要找个去处歇息，不料那背后三五里处，腾起一溜火把，谢安叫道："苦也，追兵来了。"遂上马又奔，这时天已渐亮，谢安道："如此下去，必被追杀。"正危急间，忽见道旁有一间小屋，屋前有一卖饼老翁，便下马购了数枚，又摘下随身七星佩剑，交与老翁道："老兄长，后面有秦兵追来，若问起时，便以此剑示之。"适见马有遗粪，热气腾腾，便命随从覆布以水浇之。

老翁见其有些来历，便道："你这先生，只管放心自去，一应吩咐，悉数从命，只是这剑，日后归还何人，请先生留个姓名。"

谢安上马道："实不相瞒，老兄长，在下谢安石是也。"言毕猛抽数鞭，飞奔而去。

那老翁一听，惊得半晌无语，忽然扑通跪下，叫道："我的老天，原来却是恩人。"你道这老翁是谁？原来就是贾村。这贾村自上次离了东山，便与孙女二人流落此地，以卖饼为生，后来孙女被当地豪富抢去，要纳她为妾，孙女不从，投江死了。这贾村便自个儿住在路边，日日瞧那过往行人，打发日子，好不凄凉。今日见了谢安，一是年代远了，脸已变了模样；二是老眼昏花，谢安又着了便服，自然没认出他来。

当下贾村见谢安走了，正在叹惜，见那追兵已至宅前。为首一个官军，用鞭指道："老汉，可见有人过去？"

老翁道："有的。"

官军道："多少时辰？"

老翁道："也只一二个时辰。"

官军道："你可曾骗我？"

老翁道："马粪都已凉了，何以骗你？"

官军下得马来，取块布帛，放在那马粪之上，用手一摸，无半点热气。忽见棚下挂着那剑，摘下一看，见剑上七星镶嵌，寒光闪闪。众官军见了,也都下得马来,赏玩许久。

官军道:"此剑何人所赠?"

老翁道:"祖传之物,聊以压邪。"

官军道:"可有故事?"

老翁笑道:"却有七个,故称七星之剑,只是须耐心一些,听完之后,才觉有味。"

官军道:"你且说来。"

老翁遂取热茶一壶,相率泡上,天南地北,胡侃一番。那些番人听得入迷。讲毕之后,已过去两个时辰。见追赶不上,便拨马还营。那边谢安早已过了渡口,经浔阳村,往建康去了。

话分两头,各表一枝。且不说谢安一行过了渡口,往建康而去。单说那朱序受苻坚所遣,备匹快马,往洛涧去劝降谢玄,途中经过苻融营中,换过帖文,命人备只小船,将自己送过岸去。到了谢玄营中,已是天明。谢玄等人闻朱序来见,速令请进。谢玄道:"太守此来,想必定有要事?"

朱序道:"请屏退左右。"

谢玄依言,只留谢石、谢琰、刘牢之等人。

朱序道:"今来非为别事,乃来劝降。"

刘牢之叫道:"姓朱的,你果真黑了心吗?"

谢玄喝道:"休得胡言。"

朱序笑道:"我早晚总要受些冤屈。"便把丞相如何令他诈降,苻坚如何器重于他,这次又如何令他前来劝降备述一遍。

刘牢之笑道:"原来有这些机关,适才多有冲撞,还望太守见谅。"

朱序道:"只是此事干系重大,除我等数人,切不可泄与外人,若是走漏丁点风声,则万事休矣。"

众人道:"这个自然。"

朱序道:"如今是降也不是,不降也不是。今苻坚率百万之众,其势甚锐,若同时抵达,怕难抵御,且彼八千精兵已伏对岸,若你等不降,便于明晚三更暗渡洛水,偷袭我营。依弟之见,你等不如于明晚二更动手,乘其未备,出其不意,杀它一下。若得败其前锋,余众夺气,岂不可长我军之气,灭他威风?"

谢石道:"这事须得谨慎,今苻坚已至寿春,离我不过百里之遥,且其前锋已至洛涧,人马众多。秦将苻融又遣大将梁成等驻扎洛水岸边,与我不过一江之隔,早就虎视眈眈。今我若与彼交战,必吃大亏。依老夫之见,不如暂且固垒勿动,待彼师疲,然后进兵,必获全胜。"

刘牢之叫道:"似老将军这般小心,苻贼何日可破?"

正要争执,桓伊道:"你二人也不必纠缠,依吾之见,似都有道理。然兵书云:有令即行,无令即止,今夜袭营,事关重大,丞相无令,怎可贸然行动?"

谢玄道:"然兵法又云:将在外,君命有所不受。此事不容迟疑,当以袭营为上。"

当下命朱序道:"朱将军,军情紧急,命你速返秦营,俱言我等降意,便说辎重粮草未到,须稍迟缓几日,望勿前来偷营。"

朱序得令而去。谢玄又命广陵相刘牢之道:"刘将军,明夜袭营,胜败全在于你。你速回营,挑精骑五千,明晚二更出发,暗渡洛水,直驱洛涧北岸。务必击溃苻坚先锋梁成,挫其锐气。如此,我大军便可直驱淝水八公山一侧,占据进退要津,以便与苻坚决一死战,此次行动,只许成功,不许失败。"

你道这洛涧真有这般要紧？却是真的。原来淝水与洛水之间，有块平地，叫作洛涧，中间有处地带，三五十里长短。晋军若取淝水，必须先经洛涧，站稳脚跟后方可与苻坚决战。当下刘牢之叫道："都督宽心，若不胜他，提脑袋见您。"

谢玄正色道："军令如山，不得儿戏。"又命征虏将军谢石及辅国将军谢琰等人于明夜三更造饭，五更出发，待刘牢之渡过洛水，便率军跟上，以便麾杀。分拨已定，众将领命而去，忽有驿书呈到，谢玄拆开一看，是谢安在途中送来的急书，约略一阅，不觉大惊，道："叔父一生谨慎，今日竟独窥秦营。如此草率，若有半点差池，如何是好？"

众将一听，亦有惧色。见信中又有一纸，乃调兵攻伐之图。谢玄一看，不觉叹道："叔父真英明也，怎的图上所述竟与我等分拨的一个模样，苻坚不败，更待何时？"

当下众将散去，调拨军马。不知不觉白日已去，暗夜复临。那刘牢之早已挑了五千精卒，各执兵器火具，伏在暗处，只待更深夜静，悄然渡河，然后登岸纵火，且烧且进。那谢石、谢琰等人，自在营中戒严，以作后援。

且说那对岸营中，这时无半点声息。那营中有员大将，叫作梁成，使一口青龙大砍刀，有万夫不当之勇，只因日里来了急书，称谢玄欲降，暂勿暗渡，便就松了戒备，独个儿饮起酒来。不料饮上之后，便就收打不住，直至烂醉如泥，被军士扶进帐内，如今尚在梦中，打着响鼾。且这梁成有个怪癖，不论天气多冷，总要裸身而卧，身上只盖一张兽皮，便觉十分暖和。苦只苦了那些军士，侵晋之初，本以为一月之内便可班师，不料两月已过，尚未结果。且初来之时，这江南尚暖，如今冬天将至，便就大寒起来，一到夜间，竟常飘起雪花，冻馁不住，只好躲进营帐权避风寒。说来也巧，偏偏这天又升起雾来，把那洛水遮得严严实实，一丈之外，已看不见人。那刘牢之见来了机会，便率先跳入水中，后面将士见了，也都纷纷跟上。这时水正东流，顺风顺水，也不用多费气力，不足一个时辰，大半人马已抵岸边。那些秦兵，这时多在营帐中，一些儿未加察觉。晋兵正要麾杀过去，不巧发生了一个插曲，原来有个秦兵，昨夜受了风寒，到了半夜，便闹起肚子来，见熬不住，便披件衣服，奔出营房，也不顾有人无人，见到有处草丛，只顾脱下裤子，将肚中那股稀屎冲将出来。殊不知那草丛下面正藏着一名晋兵。那秦兵正拉到痛快之处，鼻孔中才哼了两声，就听背后传来声响，回头一看，见是一名晋兵，吓得连裤子还未提起，就喊了起来，谁知没跑几步，就被裤子绊倒。后面的晋兵赶上，手起刀落，挥为两段。这里刘牢之便乘势挥军，掩杀过去。

且说那些秦兵，兀然被喊声惊醒，还以为在做梦，以至弄明白了，喊声"苦也"，连衣服也来不及穿，遂拾起刀枪，奔杀出来，正好与晋军前部打个照面。秦兵仓促上阵，又怕又冷，哪里还能厮杀，只好一边抵挡，一边寻找空隙，伺机逃脱。晋军恰好钻个空子，抖擞精神，将秦兵都围在中心，就如砍瓜切菜一般，杀死无数。

那大将梁成，这时被杀声震醒，正在疑惑，适有一军卒来报，道："不好了，大将军，晋军刘牢之率大批人马偷袭我营，已经杀将过来了。"

梁成一听，气得三尸神暴跳，七窍内生烟，吼道："来得正好。"遂提了兵器，也不穿衣服，光着脊梁冲出营帐，正好与刘牢之打个照面。那梁成借着火光一看,见来人发粗脸赤,长相怪异,知道有些来历,喝道:"来者何人,通个姓名,也好手下留情。"

刘牢之叫道:"你刘爷爷是也。"

梁成道:"莫非叫作刘牢之的吗?"

刘牢之道:"既然久闻爷爷大名,为何不快快下跪受缚,免得枉送性命?"

梁成大怒,喝道:"你有何能,敢来劫营?且吃我一刀。"喝毕抡起大刀就砍。

刘牢之边挡边笑道:"倒也有些蛮力。"

二将一来一往,直至战了三十回合,那梁成就渐渐力怯起来。原来论武艺,这梁成要略胜刘牢之一筹,只因昨晚大醉,此刻虽已清醒,总觉手足无力,且身上又无御寒之物,被冷风一吹,浑身都起了鸡皮疙瘩,加上那刘牢之手中之槊,上下翻腾,左右盘旋,十分怪异,他也从未见过。故此心生怯意,虽勉强招架,实已背软筋酥,只想杀开一条血路,败退出去。那刘牢之眼尖手快,见梁成怯阵,不觉精神抖擞,大喝道:"逆贼不知枭首在即,还想逃回巢穴吗?"喝毕一个转身,从斜刺里一槊刺来,正中梁成腰肋,梁成狂吼一声,一腔肠子从腰间冲得好远,跟跄跑了数步,肠绕营桩而死。

忽后面有人大呼:"鼠子休得逞能,我来也。"

刘牢之一看,乃秦弋阳太守王咏。刘牢之持槊接住,也不答话,挺槊飞马,直接交战。这王咏哪里是刘牢之的对手,交手未及数合,早已气喘吁吁。刘牢之卖个破绽,趁其不备,用槊搁住王咏砍刀,右手抽出佩剑,只一晃,但听咔嚓一声,那王咏首级已被劈落马下。

那些秦兵,本无心恋战,见梁成被杀,王咏毙命,早吓得肝胆俱裂,屁滚尿流,哪里还愿白白送死,便发一声喊,各自逃生。谁知还未出营,适逢谢玄、谢石、谢琰等人率军赶到,谢玄剑梢一指,又是一阵大杀,死伤无数。此时已是五更时分,天已渐明,那些活着的秦兵,双脚跑得快的,早已到了岸边,想找些船只渡过河去,不想那船只早被刘牢之遣人昼夜纵火,焚毁一尽。秦兵正在叫苦,见后面晋兵赶到,便不顾死活,跳下水去。晋军赶到,策马射箭,多有中者。秦兵数千人马,尽死水里。天明清点人数,秦军二万人马,死伤大半。大将梁成、王咏、王显等人,统皆死于非命,所有辎重军资,尽为晋军所获。

　　消息传至秦营,苻坚正与苻融对饮,听了禀报,半晌无语,忽然哇的一声,鲜血狂喷,猝然倒地。

第二十四章

且说秦王苻坚闻谢玄袭营,梁成等将兵败被杀,竟然半晌无语,过了一刻,忽哇的一声,鲜血狂喷,猝然倒地,众人见状,慌忙将他扶起,唤御医急救。

苻坚醒来之后,咬牙切齿道:"我军伐晋,此是首败,不报此仇,誓不为人。"言毕,遂与苻融一起登城遥望,但见淝水南侧,晋军布阵整齐,秩序井然。又望八公山上,旌旗猎猎,人马涌动,似有千军万马,埋伏其间。

你道谢玄八万人马,如何有这般声势?原来这八公山上,其实并无兵马,只是草木茂盛,经冬未衰。更有嶙峋怪石,状如人形。昔谢安北巡之时,见此地山势险峻,半阴半明,是处极好的疑兵之地。故此次拒秦,他便密令谢玄结扎了许多草人草马,令其披盔戴甲,立于草丛之中,又在底下施放烟雾,风吹雾动,雾随风势,窜行其间,远远看去,便似走动一般,这便叫草木皆兵。

苻坚一见,疑惧交加,叹道:"人道晋弱,然谢安石用兵如神,果然名不虚传。你等须十分小心才是。"

苻融见了,亦觉心寒,当下回营商议攻伐之策。

次日升帐,苻坚顾左右道:"我军伐晋已有二月,今日两军对垒,苦不得渡,若长此下去,必不利于我,且隆冬将至,士卒多无寒衣。朕欲与彼速战速决,以定雌雄,不知众将有何良策?"

谁知话音刚落,忽有探子来报,晋前锋都督谢玄有战书一封。苻坚拆开读道:"大秦天王苻坚陛下,有道是兵贵神速,今君悬军深入,志在求战,然今置阵逼水,使我军不得急渡,究竟是意欲速战,还是意欲持久?若君能移阵稍退,使我军得以过江布阵,然后与君决一胜负,也可省得彼此久劳,如何?"

还未读毕,左旁有一将叫道:"陛下,此乃谢玄诡计,万万不可。如今我众彼寡,胜负早定,怎能听其调遣?依末将之见,我军应遏其岸上,使其不得所渡,然后寻机强攻,彼必败之。"

苻坚道:"我军远来,利在速战,若隔岸相持,何时可决?彼议正合朕意,正当顺水推舟,乘机取胜。今日暂且小退,乘他半渡,我军即用铁骑围杀,早定胜负,岂不更好?"

众将见苻坚有轻敌之意,均劝道:"陛下,晋卒虽寡,却极强悍;谢玄虽少,犹是多谋。陛下若轻信其言,必中圈套,若令过岸决战,犹如引狼入室,彼必至死拒我。困兽犹斗,况于国乎?"

苻坚道:"这又何惧?入境以来,我军势如破竹,攻之如摧枯拉朽。谢玄竖小,又岂能污吾手中之刀?朕定要亲手擒他,而后食之,以雪洛涧之恨。"

众将复道:"陛下,兵法有云:备前则后寡,备左则右寡,无所不备,则无所不寡。今陛下持兵众将广,蔑视晋敌,若被其钻了空隙,则悔之晚矣!"

苻坚叱道:"悬军入境,利在速战,此乃兵家常识。汝等身为将帅,本应尽心竭力,怎的去长别人志气,灭了自家的威风?"众将再谏,苻坚怒道:"朕意已决,谁敢再言,立斩无赦。"

当下散去,各自整顿人马。次日一早,苻坚身披金甲金盔,与宠妃张贵人乘云母车,随大军至淝水边。身后苻融、苻丕、朱序等将立于两侧,其他各将均按秩序站立,真个是旌旗蔽天,首尾不见，杀气腾腾，虎视眈眈。

对岸晋军诸将也骑在马上，身后八万北府兵，个个身着泅服，手持藤盾利刃。中间一杆大旗，写着一个"谢"字，被风吹动，呼啦作响。唯独不见谢玄，众人正在疑惑，忽一声炮响，拥出一辆车来，车上坐着一人，面如敷粉，口若涂朱，眸似点漆，耳可垂珠，头戴紫金冠，身穿绣花袍，外罩一件千叶银铠，手持一杆盘龙乌金枪，容色自若，不慌不忙，以鞭指点秦军，威风凛凛。

苻坚一看，见是谢玄，不由大怒，道："谢玄竖子，身临大敌，还敢这般打扮，这不是藐视于朕，又是何意？你等听着，只待他渡过江来，便奋力麾杀，只有将他剁成肉泥，方能泄朕心头之恨。"当下令旗牌官挥动牙旗，挥兵后退。

对岸谢玄见秦军渐退，遂下车率军争渡淝水。时天寒地冻，滴水成冰，谢玄率先下水，将卒破冰而进，并无半点怯意，忽闻岸上传来胡笳之声，如诉如泣，晋军更加奋进。你道为何？原来这又是谢安的计策。这胡笳乃秦国乐器，苻坚初侵之时，谢安料秦军离家久远，必思团聚，遂令乐工部备胡笳百支，挑乐手百人随军而行，又作一凄泣之曲，于交战时更相吹奏。说来也怪，那秦军开始时如墙一般立着，一闻退军命令，便缓缓后转，开始倒还整齐，忽听得那胡笳之声响起，呜咽凄楚，哀怨欲绝，遂生怀土之情，在唏嘘流涕中，纷纷掉头驰去，不可扼制。

且说那晋军见秦军退了，便越发争相渡水，不足半个时辰，大半已至岸上。登岸以后，也不打话，便搭弓扣箭，飞蝗一般射将起来。那些秦军，原以为只退兵一里之遥，留出空地可与晋军决战。不料晋军登岸，也不列阵，便向他们飞射，弄得有些蒙了，当下纷纷避箭。也是合该兵败，这时若有人出来与晋军对射，便可稳住阵脚，不致大乱。偏偏秦军都思奔避，唯恐落在后面。于是你挤我拥，你推我撞，没命似的飞跑起来。前面的秦军见后面兵退如潮，以为晋军杀过来了，也不管是真是假，跑了再说。恰好这时，有一人在队伍中大呼："晋军来了，快快逃命啊！"秦兵一看，乃是朱序，皆信以为真，越觉惊骇，将那手中的兵器也都尽弃，只恨爹娘没生两只翅膀。急得那些秦将，跃马上来，想要遏止，没料这又生了误会，秦兵见主将都转了马头，以为他也逃了，于是跑得更快。气得征南大将军苻融七窍生烟，拍马挥刀，于乱军中立杀数人，企图禁遏秦军。然这时便是天王老子来了也无济于事，秦军哪里还肯听他。苻融不觉仰天长叹道："苍天，苍天，陛下不听吾之忠言，今日必败无疑。"言毕，泪如雨下，遂拍马挥刀，跃入晋阵，挥动一把二刃三尖刀，上下翻滚，煞是厉害，任是千军万马，近他不得。

适晋裨将张辽赶到，一边大喊道："贼将休得逞能。"一边舞动大刀，杀将过来。苻融举刀相迎，只一回，便把张辽连头带肩削去半边。晋兵大骇，正要退后，广陵相刘牢之见状，从斜刺里杀奔过来。不料还未交手，先被一将接住，叫道："刘将军先莫动手，且看小将杀他。"

刘牢之一看，乃护军将军桓伊。他手挺一杆丈八长矛，舞动起来，十分凶猛，见到苻融，也不打话，劈胸就刺。

苻融大怒道："无名小卒，也来送死。"战不数合，不分胜负，遂露出破绽，用刀架住桓伊长矛，左手悄悄探入袋中。原来这苻融有件暗器，叫作流金弹，如何便叫这怪名？原来别人的暗器，多用鹤顶红炮制，击中人后，一二日才死。唯他这流金弹，独用人屎人尿拌鸩毛酒金粉炮制，实在比那鹤顶红要剧毒十倍，若是击中后,不一日便死。当年苻融与燕将慕容覨大战伏虎山,八颗流金弹连伤八将,个个毙命。当下苻融见桓伊十分了得,一时不能胜他,遂从袋中摸出流金弹来,喊声"着",那桓伊脸上已中一弹,桓伊负痛败阵。刘牢之见状大怒,骂道:"如何妖术,敢来伤人,且看我来杀你。"苻融见桓伊被伤,顿时来了精神,用刀指道:"来将何人,快通个姓名,那生死簿上也好留下姓名。"

刘牢之怒道:"有眼无珠,你刘爷爷不认得吗?"

苻融吃了一惊,暗道:"都道刘牢之这厮十分了得,今日见他,果然名不虚传,须得小心才是。"遂举刀相迎,战了五十回合,又不分胜负。苻融卖个破绽,正要用刀架住,往袋中摸弹,刘牢之笑道:"贼将又用妖术吗?"一杆槊舞动起来,直逼他的咽喉,令他脱手不得。也是那刘牢之合该有难,那苻融见他的槊逼刺得紧,便心生一计,寻个机会,凭空喊声"着",那刘牢之正杀得性起,见苻融只有招架之功,已无还手之力,哪里防他这手。听他这么一喊,以为又来了流金弹,便把头一偏,恰好留个空当,让苻融摸出弹来,又喊了一声"着",只听啪的一声,正中刘牢之脸颊,顿觉剧痛,刘牢之叫声"不好",又败下阵去。

晋军见主将败阵,顿时大骇。苻融正要麾军挥杀,不料乱阵之中又飞来一骑,苻融定睛一看,乃是一员小将,生得面白唇朱,手中一杆盘龙乌金枪,神出鬼没。苻融喝道:"来将莫非是谢玄?"

谢玄道:"既然认得爷爷,为何不下马受缚?若是惹怒了我,必将你碎尸万段。"

苻融大怒道:"黄毛竖子也敢口出狂言,看刀。"言毕举刀便刺。这一场厮杀,真个是,刀来如电光闪烁;枪去似蟒蛇盘旋。二人斗有一百余回合,不分胜负。苻融心生焦躁,虚晃一刀,跳出圈子,又要摸弹,谢玄喊声"不好",拨马便走。苻融不知是计,拍马直追。追了不足一里,谢玄回马再与他战,不足十个回合,复又奔逃。

苻融笑道:"人道谢玄武艺高强,原来不过如此。也罢,我却先结果了你,再去建康城里取那昏君首级。"言毕拍马奋蹄,直取谢玄。眼看便要追上,忽谢玄大呼:"汝等还不动手,更待何时!"呼声刚落,那两边伏兵一声呐喊,将那地下的绊马索乱扯起来。苻融一见,情知是计,喊声"完也",人仰马翻。两边伏兵蜂拥而上,挠钩刀枪,只管乱刺,浑如雨点一般,苻融纵然有三头六臂,怎能抵挡?不足一刻,便被剁成肉泥。旁边秦兵,见苻融丧命,早吓得胆肝俱裂,纷纷溃逃,势如山倒。

且说谢玄诛了苻融,便来寻杀苻坚。行不数里,便见山坡之下,有数千秦军晋兵搅在一起,奋力厮杀。道路两侧早已是尸横遍野,血流成河。正要杀奔进去,忽见那乱军中停着一辆云母车,左杖黄钺,右秉白旄,前后左右围着无数虎贲卫士。谢玄一见,不觉大喜,笑道:"苻坚老贼,原来恰在这儿,今日不死,更待何时。"遂挺枪跃马,要取他的首级。未近车旁,恰见谢石、谢琰等人,正与三员秦将搅在一起,杀得难解难分。那谢石见了谢玄,便抖擞精神,大呼:"侄儿快来助我!"

谢玄听了,也不答话,把手中那杆盘龙乌金枪一挺,杀了进去。那秦将见来了谢玄,也不惧怕,叫声:"来了正好。"遂分出一黑面将军来敌谢玄。战不数合,谢玄败走,黑面将军飞马追来,手中枪只离着谢玄后心尺许。谢玄一闪,霍地扭过身来,捏住那枪猛力一拖,将他拖坠马下,只一枪,便结果了性命。

那二员秦将见丧了一将,勃然大怒,吼道:"竖子有何鸟能,敢杀我等弟兄。"遂舍了谢石、谢琰，来战谢玄。谢玄笑道："别说二个，便是再来十个，我也不怕。"当下用枪接住，大战二十余合，谢玄复又佯败，二员秦将哪里肯休，跃马便追。谢玄眼明手快，见个近的，回身一枪，正中咽喉。剩下一员，见二将俱亡，不觉胆战心惊，正要逃奔，一旁谢琰道："哥哥暂勿动手，我来取他首级。"言毕舞刀跃马，只一合，将那秦将劈于马下，再补上一刀，便结果了性命。

却说秦军见三将俱亡，哪里还有斗志，便发一声喊，四下散去。单剩下八十名虎贲卫士，围在苻坚车旁。起初倒还整齐，不料内中有个胆小的，见别人都逃了，他又怎肯留下送死，忙丢下武器，逃奔起来。众人一看，也都动了军心，三三两两跟着逃了。苻坚见状，拼命大呼。但这种时候，也不管你是皇帝还是阎王，任凭你喊破嗓子，哪个还肯回头？苻坚不觉悔道："大势已去，朕悔不听苻融之言，以至于此。"言毕泪下，与宠妃张贵人道："夫人，你我夫妻一场，本应夫唱妇随，白首到老，尽享荣华富贵，不料今日兵败，非朕无能，实乃天意，不可更改。夫人宜速速离去，若朕命不该绝，还有相聚之日；若遇不测，望夫人好自为之，抚养幼儿弱女，替朕复仇。凡今生来世，定当与谢安老贼誓不两立。"言毕，对一裨将道："有劳将军，保驾夫人杀出，若能保得平安，定当重赏。"

裨将泣道："陛下放心，末将誓以马革裹尸，决不有负圣恩。"当下牵来一马，要张贵人上骑。那张贵人一见，哪里肯走，抱着苻坚脖子只是痛哭。苻坚见晋军涌来，着急道："夫人，看在朕的面上，快快离去，若不再走，就来不及了。"

张贵人哭道："陛下，夫唱妇随，乃为古训，妾既随陛下征战沙场，自当随陛下同赴黄泉。"

苻坚大怒，嗖地抽出佩剑，道："朕以社稷相托，夫人却以私情缠绵，如再不走，朕当自刎你前。"说毕横刀引颈。张贵人见状，扑上前去，号啕大哭。苻坚乘势将她抱上坐骑，猛抽一鞭，那马一声长嘶，冲了出去。

这时晋军见张贵人跑了，便发一声喊，来捉拿苻坚，也不过百十丈之遥。那剩下的几名虎贲卫士，自知抵御不住，也便失去忠心，用刀砍断缰绳，牵出车中马匹，骑上逃了。独剩下苻坚一人，因自知必死，反倒觉得坦然，手中握把佩剑，待那晋兵到来，即可自刎。正这时，忽听得西北角一声马嘶，声甚惨烈，令人悚然。苻坚一看，只见半空之中，有团烈火扑将过来，定睛一看，乃是匹红鬃烈马。原来此马乃鲜卑国国王坐骑，能日行千里，夜行八百，通晓人情，随机应变，故被视为国宝。后鲜卑灭，此马便被进贡秦国，作为苻坚坐骑。这次伐晋，苻坚为讨好苻融，遂将此马赏与苻融。如今只见战马，不见主将。苻坚正在疑惑，那马已奔到跟前，曲下前腿，长嘶一声，扭过马头，将他拨到身旁，然后乘势一耸，将苻坚耸到自己背上，马身一伏，像箭一般向前射去。

也是马通人性，那红鬃烈马跑着跑着，便忽地放慢步子，苻坚正在惊异，见那马忽地转过身来，在一地方打了个圈，苻坚一看，只见地上有摊血泥，毛发混杂，面目不清。正疑是谁，猛见地上有顶头盔，认出是苻融所戴，不觉泪如雨下。正要下马去捡，那马却也聪明，竟然伏下身去，待苻坚伸出佩剑，一下挑起头盔，那马便又朝前蹿去。也是合该苻坚有难，若他只看了苻融一眼，拨马便走，自不会有事，偏偏他要去挑苻融的头盔，这就耽误了时间，正好被谢玄等人纵马追上。谢玄在后道："那马厉害，恐追赶不上，不如成全了他，与他一个全尸。"遂收住马步，从箭壶中擎出一支箭来，搭在弦上，左手如托泰山，右手如抱婴孩，弓开如满月，箭去似流星，说时迟，那时快，只听一声"着"，一箭已中苻坚心窝，哐啷一声，将他的护心镜射得粉碎。

谢琰喊声："罢也。"正要追他，不料从斜刺里飞出一将，喊声："我来也。"遂弯弓搭箭，嗖的一声，正中苻坚左臂。众人一看，正是刘牢之。你道这刘牢之如何不死？原来当初出征之时，谢安曾与他道："那苻坚手下有一员大将，名叫苻融，十分了得，使一口二刃三尖刀，更有一件暗器，叫作流金弹，凡是出手，百发百中，且此弹剧毒，中者无不丧命，你等须格外小心。"

刘牢之笑道："怎的取这怪名，可有解药？"

谢安笑道："解药倒有，只是不到时候，不便明言。"遂密书纸上，道："暂勿先拆，若是被流金弹击中，便按此药解之。"后与苻融交战，刘牢之果中其弹，败阵之后，毒伤发作，从马上坠下，正在惨痛呼号，猛记起胸袋之中有谢安一信，遂拆开一看，乃"活蛇一条，嚼烂咽下"八字，心里叫道："苦也，吾平生为人，只吃过熟的猪牛羊肉、山珍海味。哪里吃过什么活蛇？况如今天寒地冻，到哪里去找活蛇？苻融鼠子，吾若再与你战，不把你剁成肉泥，誓不为人。"正在纠结，忽见有个裨将走了过来，手里捧着一只木盒，到刘牢之跟前，道："末将奉丞相之命，为刘将军送药。"刘牢之心中一喜，道："吾命有救也！"遂接过木盒打开一看，是一条一尺左右的蕲蛇。此蛇剧毒，又名五步蛇。民间有传，凡被其咬伤，走出五步后即死。当下刘牢之将蛇从盒中取出。因淮淝天寒，蛇已冬眠，故此任由刘牢之拨弄。刘牢之将蛇洗了,犹豫再三,为了活命,只好按丞相吩咐,闭着眼睛,将活蛇塞进嘴巴,胡撕乱扯,勉强吞下。不料竟也神奇,吞下之后,以毒攻毒,肚中竟翻江倒海起来,顿时就狂呕不止,呕出的全是乌黑腥臭之物。呕毕,剧痛顿消,恢复如常。当下寻到桓伊,见他也有谢安密书,正躲在一旁,吃下一条活蛇。二人见了,颇有些尴尬,当下无话,各自上马,来寻谢玄等人。

谢玄见刘牢之和桓伊伤愈,不觉大喜,未及细问,便向苻坚追去,直至追到青冈,已不见苻坚踪影。众将复要追杀,谢玄勒住马缰道:"不可再追,归师勿遏,穷寇勿追,此乃兵法要言,不可不诫。"遂令众将于山巅之上密施烟雾,然后悄然班师。

那些秦兵见了烟雾,又闻道旁传来风声鹤唳,以为又来了晋军,便狼奔豕突,为了夺路,互相残杀,昼夜不敢停歇,累死、渴死、跌死、淹死乃至吓死者无数。正所谓尸横遍野,资仗塞路,淝水断流,清溪变赤。可怜苻坚百万大军,竟败于晋军八万之众,其状之惨,便如曹操赤壁、王寻昆阳。

苻坚奔回长安,计点人数,百万之众,已去七八,唯冠军将军慕容垂拥兵观望,独得全师,部众三万余人,不折一兵一将。苻坚愧怒交加,喊声:"悔之晚矣。"箭伤迸裂,口吐狂血,一日之中,昏死数次。自此秦国元气大伤,一蹶不振。此是后话,按下不表。

早有捷报飞呈建康。谢安闻报,正与客人围棋,见到捷报,草草一阅,便扔在案上,也不言语,弈棋如故。客人道:"有何佳音,来使这般喜悦?"

谢安复下一子,道:"无甚佳音,小儿辈已经破贼了。"言毕,又举一棋。

客人惊道："这等大事，丞相为何不动声色？"

谢安慢道："预料中的事，动甚声色？"

客人道："我却不信，八万人马，怎胜得了苻坚百万之众，若能相峙不败，已是万幸，丞相莫非取笑老夫？"

谢安笑而不语，只将那捷报递于他看，客人阅毕，大喜道："果真如此，果真如此。"便要起身去禀报皇上。

谢安笑道："残棋未终，怎可离去？"遂拉住其手，硬与再下。

客人告饶道："老丞相，你且饶我一回，算我输了，改日再下。"说毕挣脱出来，也不告辞，匆匆走了。

谢安也不相送，见客人已走，便返入内室，再看捷报，不料走得急些，将脚上穿着的木屐屐齿于门槛中折断两颗，竟无半点察觉，嘴里只是叫道："罢了，罢了，老夫疏忽了，竟让那苻坚捡条性命。"你道为何？原来谢安闻苻坚身中毒矢，单骑狂奔，逃回长安，才猛然想起，在淮北至青冈一路，竟无半个晋军伏兵。当初若能遣一支人马，埋伏道路两侧，那苻坚纵然有三头六臂和插翅的本领，也难保性命。这么一想，心中后悔不迭。正在懊恼，忽门外有一人奔将进来，叫道："丞相，不好了，不好了。"谢安一见那人，心中已自有数。

第二十五章

且说谢安闻淝水大捷，秦皇苻坚左臂中箭，单骑狂奔，逃回长安，才猛然想起在那青冈路上，竟无半个伏兵，正在懊悔，忽听得门外一人奔将进来，只顾大叫："丞相，不好了，不好了。"谢安见来人背上那个"桓"字，心中已明白七分。遂问明缘由，不觉叹道："果然不出吾之所料，宣穆公如此气量，实不可取。"

原来那车骑将军桓冲，闻淝水大捷，正在上明打猎，当时只说了句："群谢年少，已大破贼矣。"遂羞奋交加，大呼"愧煞我也"。时桓冲背疮新愈，尚未全合，一经气涌，流血淋漓，再加用力一喊，顿至爆裂，从马上摔下，口吐狂血而死，时年五十七岁。临终言不及私，只与谢安一信，道："唯妙灵、灵宝尚小，亡兄寄托不终，以此为忧。"

原来这妙灵、灵宝均为桓温的儿子，桓温死时，曾托付于桓冲。谢安嘉赞桓冲忠义，遂禀告朝廷，厚葬江陵，士女老幼皆临江瞻送，号哭尽哀，朝廷众臣，亦觉悲泣。

且说这里才刚刚忙毕，那边谢玄、谢石等人已率军班师。于是朝野振奋，龙颜大悦。凯旋之日，孝武帝亲率文武百官往午门迎候。但见皇上鸾驾雍容，御的是绿琼辇，张的是紫云盖，星幢前导，羽葆后拥，众臣皆匍匐于地，山呼万岁。时由乐工部作劳还师歌曰："猃狁背天德，构乱扰邦畿。戎车震朔野，群帅赞皇威。将士齐心旅，感义忘其私。积势如鞞弩，赴节如发机。嚣声动山谷，金光曜素晖。挥戟陵劲敌，武步蹈横尸。鲸鲵皆授首，北土永清夷。昔往昌隆暑，今来白雪霏。征夫信勤瘁，自古咏采薇。收荣于舍爵，燕喜在凯归。"

歌毕，遂由孝武帝论功行赏：特加征虏将军谢石为尚书令；加前锋都督谢玄为前将军及荆、江二州刺史；加辅国将军谢琰为散骑常侍。其他朱序、刘牢之、桓伊各将，亦都提携重用，各有封赏。剩下一个谢安，孝武帝笑道："淝水一战，老丞相运筹帷幄，谋而后胜，实乃应着头功。"遂加为太保。这太保虽为虚职，但得之甚难，一朝之中，唯功勋卓著、德高望重者，方可受此殊荣。

当下谢安推辞再三，伏地道："陛下，老臣世家久沐皇恩，臣虽肝脑涂地，尚不能报陛下恩德之万一。如今朝廷稍安，正当用人之际，陛下宜应广开贤路，任人唯能。臣弟臣子臣侄虽有功勋，然已是位极人臣，故以老臣愚见，宜应令其忠守旧职，所授新职，可另赐他臣。"

孝武帝大喜，道："满朝之中，何人可堪重用？"

谢安道："桓氏三兄，战功卓著，乃国家栋材，宜应迁升新职。"

孝武帝叹道："桓、谢两家，世代有隙，老丞相不念私怨，以社稷为重，真乃心境坦荡，光明昭月。司马氏天下，若有老丞相相佐，真可百世无忧也。"遂准谢安之奏，令其广募天下名士，一概升迁调拨均由他去处分。

谢安领旨，一面着草令官草具文书，拟升桓氏三兄之职，一面命谢玄、谢石、谢琰等人，忠守旧职，不得生怨。原来这也是谢安老谋深算，恐谢门一族名位太盛，众心不服，日后反遭朝廷生疑。故此，能谦让处就谦让，可退却处便退却。不料唯谢琰十分不服，道："自古按功论赏，乃是天理，我等与秦军血战数月，才有淝水之捷,不料朝廷些许未加升迁,反令守任旧职。如何肯服?"

谢安叱道:"你懂什么?可知物极必反吗?"

谢琰不服道:"爹爹平生总是谨慎,难道我谢氏一门的盖世功勋,岂是他人反得了的吗?"

谢安大怒道:"畜生满嘴胡言,岂是自找苦吃耶?"喝令左右将其拖下,先吃五十军棍。众人慌忙跪下,道:"此乃我等之意,若要打时,便分开来打,不能让他一人吃苦。"

谢安冷笑道:"你等串通一气,想来难我,岂不是白日做梦?也罢,我就成全你等,各打十个杀威,也好尝尝皮痛肉烂的滋味。"遂令左右狠打,自己袖子一拂,出门去了。

次日,谢安便批了草令官拟的文书。遂令梁郡太守桓石民升任荆州刺史,河东太守桓石虔升任豫州刺史,原豫州刺史桓伊改任江州刺史。这桓氏三兄,都是非常紧要之人,多年来盘踞江荆老巢,结党营私,拥兵自重,若是轻慢他们,闹将起来,十分不好收拾。这次升迁,名是论功行赏,破格重用,实是调虎出巢,明升暗降。这也是谢安处心积虑,煞费苦心。自此,这桓氏一族势力顿弱。直至元兴元年(402),那长江上游突然起了一场大乱,几乎把东晋江山席卷了去。你道何人所为?乃桓温幼子桓玄,小名灵宝,官拜八州都督,兼领荆、江二州刺史。他自恃地广兵强,势压朝廷,遂欲篡夺晋祚,要当皇帝,桓氏一族复又振兴了几年。无奈天命不从,民意难违,蹦跶了几年,反被割去头颅。此是插话,按下不表。

且说谢安举贤荐能,不足半年,升迁人数达百人,自此朝野钦服,圣心不疑。分拨初定,谢安复又书奏曰:"江左之民学通一经,才成一艺者,在所郡县以礼送之,寻机任用,在官百石以上，晋升一等。学不通一经，才不成一艺者，罢遣还民。"奏准，于是颁诏天下，广募贤士。

时京尹扩军，募百夫长十人，有个浮浪子弟，姓王，排行第二，小名王郎，京城人口顺，不叫王郎，都叫他王二。因这王二有个远房表妹，嫁与当今皇上之弟道子为妾，他便自恃有些背景，游手好闲，整日里寻花问柳，惹是生非。只因玩得腻了，见京尹募军，心想弄个百夫长当当，差遣的人多了，岂不更好。当下择个日子，便来应征。不料拿杆棍棒，只会上下两下，竟不知如何使唤，被众人调笑一番，逐出考场。王二告到表妹那里，那表妹自有些床上功夫，这日与道子共寝，未及云雨，便搂着他的脖子，把表哥受辱之事添油加醋诉说一番。那道子泄欲心切，哪里管是真是假，便于床上写了一封书信，责备募军都督，要他限日督办。那都督也是为难，这里是谢安有令，招募贤士，不得有假，违者必究。那边是皇弟手书，又岂能抗命？只好将道子手书呈于谢安，由他处置。次日朝毕，谢安与道子道："夫十人之长，亦须才过九人，然后得用。今王二才不逮人，功未有成，论起武艺，更是些许不通，如此骄汰无能之人，怎可充于军中，若有战事，岂不坏了大事？"

道子自知理屈，只说了句"一切但凭丞相处置"就拂袖走了，自此怀恨在心，伺机报复。谢安心中有数，复又草拟一诏，奏孝武帝准之，遂颁示天下道："当今宇宙未清，群虏争冲，四海之主，唯在贤哲。然古人曰：'荆山之璞虽美，不琢不成其宝'。故所谓贤人君子，岂不能无过？是以圣人深识人情而达政体，故其称曰：'不以一眚掩大德'。又曰：'赦小过，举贤才'。又曰：'无求备于一人'。意在善恶之报必取其尤。然后简而不漏，大罪必诛，小过不究。若谨搜微过，何异放恶豹于公路，而禁鼠盗于隙隙。故善为政者纲举而网疏。纲举则所罗者广，网疏则小罪必漏，所罗者广则为政不苛，此为政之要也。"此诏一下，万众欢腾，上下一心，被荐者云集。

且说这日，谢安正在府中闲读，忽门官来报：有一腌臜老人在门外求见。谢安道："不许怠慢，我自去见。"出门一看，是昔桓温参军顾恺之，不觉哈哈大笑，道："顾参军别来无恙，今日是什么风把你吹到这里？"

顾恺之道："北风是也。"

谢安笑道："为何不是东风，却说北风？"

顾恺之道："小弟从北边过来，所以说是北风。"

谢安道："北边何地？"

顾恺之道："山阴会稽。"

谢安大喜，遂命请进，挽进内室，坐毕，笑道："参军会稽之游，不知有何感慨？"

顾恺之笑道："甚好，甚好，千岩竞秀，万壑争流，草木朦胧，若云兴霞蔚。"

谢安抚掌大笑，道："寥寥数语，堪称精言。"遂命摆酒，与之对饮，道："参军今来，可有公事？"

顾恺之道："前来募军，求百夫长之职。"

谢安笑道："贤弟前为参军，尚却坚辞不就，这小小百夫长之职，有何可求？"

顾恺之道："不过图个新鲜。"

谢安正色道："贤弟博学多艺，才气横溢，儒林中人，本应振恃衣冠，摄立威仪。怎能蓬头垢面、自诩奇诡呢？"

顾恺之大笑，道："落魄之人，何论衣冠？"遂于袋中取出一根甘蔗，自头至尾啃嚼起来。

谢安奇道："向来嚼蔗，总是从尾至头，先甜后淡，贤弟怎的自头至尾？"

顾恺之道："这叫渐入佳境。"

旁人窃笑，只道是痴。谢安叹道："你等知道什么，当今奇人，便是此公。只可叹他不染官场，看破红尘，若能尽心竭力辅助江左，便是社稷幸甚、你等幸甚了。"遂指点路径，令其前去募军。

顾恺之道："何不修封书信，也可有个照应？"

谢安道："你若做个参军，却是绰绰有余，但那百夫长之职，是定要考过的。"

顾恺之不悦道："为何？"

谢安正色道："军中之职，全凭武艺，你虽学富五车，满腹经纶，然手无缚鸡之力，此乃社稷大事，怎可儿戏？"

顾恺之大怒，叫道："你我相识十载，早成生死莫逆，这等小事，也如此无情耶？"

谢安笑道："私谊最大，亦是小事；社稷事小，亦是大事，此乃常理，参军岂是不知？"

顾恺之叹道："朝廷众臣若能都如丞相一般公私分明，这晋室天下，该是何等清廉？实话相告，我岂是来求那小小百夫长之职的？只因京城内外，统在传闻丞相招募天下贤士，且又如何公正廉明，小弟不信，特来一试。今日亲见，果真如此，为弟就此告辞，后会有期。"言毕起身，也不施礼，只管自言自语，径自去了。

刚刚出门，忽听门外传来一女子的声音，道："好歹恳求哥哥，与丞相老爷通报一声，说有他家乡的亲戚求见。"

第二十六章

且说谢安刚刚送走顾恺之,忽听门外传来一女子说话的声音,道:"实在恳求哥哥,好歹通报一声,就说有他家乡的亲戚求见。"

谢安一听,好生耳熟,出门一看,却又不认得她。见她的模样,面似桃花,眉似柳叶,目如点漆,发如堆云,再加上一副轻盈体态,画笔难描。谢安暗道:"这个女子十分陌生,怎的说是老夫家乡的亲戚?莫非又是一个冒充亲戚的?"然当面也不好询问,于是令人请进,让过坐后,问明姓氏,那女子笑道:"丞相果真不认得奴婢吗?"

谢安道:"不敢贸然相认。"

女子道:"还记得在东山之时,有个为你唱歌的小女子吗?"

谢安道:"如何不记得她,叫作祝女,是极好的女子。她父亲祝安也是个极老实的人。只是年代远了,要是见着,怕也不敢相认了。"

那女子一听,顿时便红了眼睛,道:"如此说,丞相还曾记得他们?"

谢安叹道:"常常思念的人,如何忘得了?"

女子一听,扑通跪下,哭着道:"小女便是祝女,前来叩见丞相。"

谢安惊道:"你是祝女,可有凭证?"

女子泣道:"丞相昔日在东山之时,常与小女嬉戏,可记得小女身上有颗黑痣？"

谢安道："约略记得，似在左臂上面。"

女子道："请屏左右。"

众人退下，那女子挽起袖子，只见左臂上面果然生着一颗黑痣。谢安一见大喜，遂将祝女扶起，笑道："方才有所怠慢，还望祝女谅解，只因这些年来，常有冒名顶替者来钻营诈骗，诓去不少银两，故此格外小心。"

祝女道："若是能见着丞相，便是受再大的委屈，也是情愿的。"

谢安又问了些东山上的事，当听到其父祝安被恶人逼疯，已不在人世时，便唏嘘不已，而当祝女说到东山的乱象经会稽内史王复派人整肃已逐渐消失时，谢安的脸上才渐渐露出了笑容。

当下谢安命人安排祝女住下，见她穿得旧些，遂叫人取来一套新衣，与她换了。又使人请出夫人刘氏与她相见。两人也不尴尬，只当姐妹一般，十分亲热。之后，夫人命人备些酒菜，与祝女接风，自不细说。

且说岁月如流，转眼又过数月，丞相谢安尽心竭力，一心辅政。这期间，谢安又亲率护军、征西、征虏将军十余人，亲往徐、兖、青、司、豫、梁等州视察，时达二月。这日刚回，忽有探子来报，那苻坚不思淝水之败，竟又遣龙骧将军姚苌，率军五万，督兵围住项城，攻入城内纵兵大掠，府台及诸营寺署一时被荡尽，太守张英等被捶挞，还被逼令负重登山。众多良家妇女遭凌辱，被辱妇女含羞忍辱，或以坏席、苦草自障，或坐地以土自覆。若有抗争者，即刻被杀死，被秦军取尸肉蒸啖，号为熟食。

谢安闻报大怒，遂草拟一奏，上疏朝廷，自求北征，道："陛下，淝水一战，我军大胜。然近得边关来书，那苻坚贼心不死，近来屡袭我境，穷凶极恶，残暴无道。以臣愚见，不如趁其丧败，一鼓作气，乘胜逐北，方可收复中原，统一中国。若陛下恩准，臣愿以老残之躯，亲往帅师，如不告捷，誓不回师，望陛下三思。"

孝武帝道："苻坚暴虐，丑类违天，朕常思宇内未一，心中实愤叹盈怀。老丞相经略深长，思算重复，忠国之诚，实为可叹。苻贼虽霸我江山，穷兵黩武，然灭亡之期，已为时不远。古人云：备豫不虞，军之善政，北伐中原，乃国之大事，容朕询于群后，三思再定，如何？"

谢安一听，心中叹道："堂堂皇帝，社稷大事总无自己主见，非得由皇后和宠妃决断，长此以往，成何体统？"心中一气，遂不再言语。回到府中，由祝女接着，见他脸色难看，知道又遇到难事，也不敢多问，只给他沏了一杯东山云雾茶，就悄然退出，不料脚还未跨出门槛，就被谢安叫住，道："祝女，你却过来。"

祝女道："丞相有何吩咐？"

谢安道："祝女，我问你，你自东山来此，想必已有些时日了？"

祝女道："约略也有三五个月了。"

谢安道："日子过得可好？"

祝女道："好的，丞相。"

谢安笑道："你在哄我。"

祝女笑道："这话如何担待得起，奴乃小小民女，怎敢哄丞相啊？"

谢安笑道："我问你，小时候你有一副歌喉，极是委婉动人，我在东山上时，你哪日不唱？如今来到相府，怎的不见动静了呢？"

一听谢安这话，祝女便红了眼睛，道："实话禀告丞相，这相府之地，怎能与东山相比？那东山虽然偏僻，也不如相府华丽，但在那里并无顾忌，小女想唱就唱，想跳就跳。这里却是不能，凡事极有规矩，若是过了分寸，便要受人斥责。小女歌喉虽好，如何能随心所欲呢？"

谢安叹道："听你这样说话，都是我的不是了。也罢，今日你我来个痛快，你只管挑些好听的，我弹你唱，来个尽兴。"

祝女戏言道："昔魏文侯聆古乐而恐卧，晋平公听新声而忘食，今丞相喜乐，实有过之而无不及呢。"

谢安笑道："先人遗风，岂能断于吾辈？"遂命人取来一把乐器，体长而曲，形似古琴，轻轻一拨，声音嗡然。

祝女问："这是什么乐器，如此古怪？"

谢安道："叫作箜篌。"

祝女道："小女未曾见过。"

谢安道："极古的乐器，上有二十五弦，如今传在世上，不过二三把而已。老夫也是刚刚学会。"

祝女叹道："这就叫山外有山，天外有天。要说乐器，小女在东山上也学会一些，凡凤首、琵琶、五弦、笛、铜鼓、毛员鼓、都昙鼓，都能使得。那答腊鼓、羯鼓、鸡娄鼓等，也略知一二，唯这箜篌，甚是陌生。"

谢安道："既如此，不如换把你熟悉的琵琶？"

祝女道："这样最好。"

谢安当下命人挑一把上好的琵琶，接过以后，轻轻一拨，琴弦清幽，道："唱何曲子？"

祝女道："请丞相选定。"

谢安道："'鹿鸣'如何？"

祝女迟疑道："此歌虽好，然此歌宜载歌载舞。小女今日身子有些不适，不如改日再唱。"

谢安道："'黍离'又如何？"

祝女一听，默然不语，忽而叹道："忧愤交集，催人泪下，当数此曲，也罢，不妨一试。"

谢安点首，便长指一拂，弹将起来，祝女在旁唱道：

彼黍离离，彼稷之苗。行迈靡靡，中心摇摇。知我者，谓我心忧；不知我者，谓我何求。悠悠苍天，此何人哉？

彼黍离离，彼稷之穗。行迈靡靡，中心如醉。知我者，谓我心忧；不知我者，谓我何求。悠悠苍天，此何人哉？

彼黍离离，彼稷之实。行迈靡靡，中心如噎。知我者，谓我心忧；不知我者，谓我何求。悠悠苍天，此何人哉？

未及唱毕，祝女早已泣不成声，旁人亦皆泪下，众人劝了数次，方才止住。

谢安叹道："自我出山以来，擅唱此歌者，唯祝女一人也。"言毕以袖拭泪，正要退去，忽听门外传来呜咽抽泣之声，出去一看，不觉吃了一惊。

第二十七章

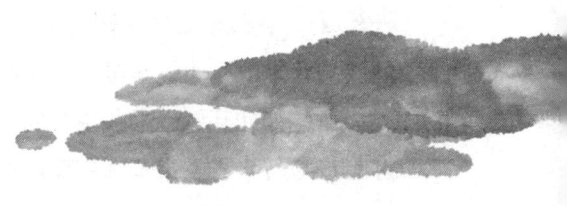

且说祝女歌毕，众人正在唏嘘，忽听得门外也有一人在轻声啜泣，出去一看，见是谢玄。

谢安惊道："遏儿何故在此？"

谢玄拭泪道："因有要事禀报，前来叩见叔父，不料进得门来，正听到祝女在唱，听其唱得凄婉，不觉流下泪来。"

谢安遂屏退左右，道："边关战事如何？"

谢玄道："奉叔父之命，率同冠军将军桓石虔等人，再趋涡颍，又收兖、青、冀三州。秦贼望风披靡，三州复为晋土。"

谢安道："如此甚好。遏儿说有要事禀报，不知何事？"

谢玄道："特来告发道子、王国宝二人。"

谢安一听大惊，道："会稽王道子乃当今皇弟，权倾朝野，王国宝亦为道子妻舅，汝有何事控告？"

谢玄恨道："那二人倚仗权势，横行霸道，在兖、青边关，巧取豪夺，强奸民女，杀人如麻。归晋庶民，纷纷北逃，如此下去，外患才息，内乱必起。"

谢安大怒，遂命谢玄详细道来。听毕叹道："从来家国败亡，总在荒淫二字。荒淫若过，必不恤臣民，臣民不恤，必不同心。今会稽王道子伤天害理，社稷不许，国法难容。彼虽为当今千岁，然如此胡作非为，老夫岂能饶他？明日上朝，定见分晓。遏儿宜速速回关，不可久留京城，此地人心难测，错综复杂，凡事应以社稷为重,不可意气用事。切记。"

谢玄领命,含泪而别。谢安亦回房内,取过笔墨,草拟奏本。堂堂丞相,哪种奏本没有写过?独独草拟这份奏本,竟手抖不止,以至涕泪交加,数百之字,半日才成。

次日上朝,谢安出班奏道:"陛下,臣闻帝王乃上天之子,臣民乃天子之子。若天子不恤臣民,国必无望,臣民亦更无望。今苻坚新败,晋室初定。为帝王者,宜应王润五泽,爱育苍生,救生灵于涂炭,挽庶民于水火,使足践晋境者必无怀戚之心,枯槁之类莫不同渐天润,此乃古之常例,人之常情。然今社稷刚安,却强暴顿起。近有长安百姓千余家,乃我晋室之裔民。苻贼败亡,彼等南走归晋,忠君爱国,其心昭昭,可恭可嘉。不料为我镇戍所拘,竟然称其为流寇,奸其妻妇,缚其男丁,掳其子女,掠其牛羊。将其卖于宦第官室、园庄私地,充作劳役,致其沦为半奴半虏,不可胜数!使其骨肉分离,荼毒终年,怨苦之气,感伤和理。内中有血性男子等五人,因不愿被役,竟被手脚共械,衔身掘坑,埋筑至腰后,以箭射之取乐。百姓见之,哀号之声达于四野。陛下,昔孟孙猎而得麑,其母随而悲鸣,孟孙纵而与之。禽兽犹不可离,况于人乎?今有如此暴行,实乃推黎民于水火,置生灵以涂炭。长此以往,不予厉制,无须寇贼践晋,晋必自亡。"言毕,声泪俱下,群臣之中亦多唏嘘。

孝武帝大怒,拍案道:"此何人所为?若是查实出来,朕立杀不赦。"

谢安冷笑不语,只把眼睛盯着道子、王国宝二人。孝武帝会意,暗暗叫苦道:"又是你们两个畜生,前番为个女子,动手杀了数人,是朕保了你二人性命。如今又闯下大祸,这丞相老儿岂能饶你们？"遂喝道："汝二人躲躲闪闪，神色慌张，老丞相所奏之事，莫非是汝等所为？"

道子抵赖道："陛下，臣清清白白的，哪有这等事？陛下若是查实了，杀头也是应该的。"

你道这道子为何这般口硬，内中却有原因。只因这当今皇上是他的胞兄，凡他闯下的祸事，大的小的，总有这皇帝护着，未损毫毛。如今丞相出来奏他，知道吃了分量，故此先说个谎话，抵赖一阵，再作计议。

孝武帝听了，心里暗忖道："这厮倒也学得狡猾了。"遂喝道："朕却不信你的话，这事总要前去察访。若无这事，朕也不会冤屈于你；若是真有这事，朕决不轻饶。"言毕退朝。

旁有一臣嘀咕道："皇子犯法，与庶民同罪，此乃为政之本。今堂堂皇上，如此赏罚不明，养奸姑息，天下之众，何人能服？"

谢安一看，乃廷尉范宁，劝道："武子兄还是少言为宜。"言毕，摇头而去。

且说那道子、王国宝二人，自受了丞相谢安所劝，也曾收敛了数日，无奈秉性难改，没过多久，便又故技重施。

且说这日朝毕，孝武帝兴致极高，留下众臣于华林园作长夜之宴。是夜月明星稀，碧空无云，众臣无不痛饮，忽谢安赞道："月夜明清，太虚洁净，真令人神往也。"

时道子在旁，戏言道："吾以为不如微云点缀。"

谢安讥笑道："会稽王居心不净，莫非要强欲污秽太虚吗？"

道子知谢安话中有话，却又不好发作，遂作醉状道："孤家昨得一梦，请丞相卜之。"

谢安道："何梦？"

道子道:"先梦一棺,继又梦粪,不知何意?"

谢安笑道:"此梦甚是易解,将莅官而梦棺,将得财而梦粪。"

道子大喜道:"何也?"

谢安道:"官本臭腐,故将得官而梦尸;钱本粪土,故将得钱而梦秽。"

道子听毕,半晌无语,见众臣正看着自己,十分尴尬,遂俯身缚靴,以掩饰窘态。

众臣见状,皆窃笑不已,把道子气得七窍生烟,咬牙切齿。遂与谢安成仇敌,只是惧他威势,才不敢冲撞与他,只是静候机会,伺图报复。

且说这日,道子与王国宝等人见无事可做,遂带了一干随从,出游西苑。这日恰逢集市,游人极多,二人到了一个去处,正感到百无聊赖,忽见有男女二人迎面走来,见二人容貌俊秀,遂令左右拦住去路,戏言道:"汝二人婚否?"

男士道:"未婚。"

道子装着鬼脸道:"未婚如何忍得,我便赐汝二人结婚如何?"

众人皆狂笑。

男士怒道:"我二人乃兄妹,怎的可以婚配?"

王国宝道:"这又怕什么,汝二人就在此交欢,我等当作不见就是了。"

那二人怎的肯从。道子大怒道:"叫你图个快活,你却不识抬举。"遂拔出佩剑,将二人砍倒在地,再喝声"走",便头也不回,扬长而去。到了夜里,倒是王国宝胆小,怕谢安捉拿他,竟扮作王家婢,潜入道子家暂避。

道子讥笑道:"杀个把人怕甚,本千岁爷杀了多少人,谁又敢来问罪?"自此,便越发的胆大,常邀些浪荡子弟,整日里闯到东,霸到西,恃权仗势,卖官鬻爵,贿赂公行,谁人敢言?

这日闲来无事,道子又带着王国宝出外游玩,路经一处桥旁,见有众人在围看一份布告,二人上去,拳打脚踢,将众人驱开。仔细一看,哪里是什么布告,乃昔南阳人鲁褒所作的《钱神论》。不知何人将它抄了下来,贴于此地,供人赏看。二人正要细读,见有一学究打扮的人上来道:"你等也别吵嚷,却听我来诵读。"

后面有个人道:"你可读得响些,好让大伙儿听见。"

学究道:"这个不难。"

遂读道:"钱之为体,有乾坤之象,内则其方,外则其圆。其积如山,其流如川。动静有时,行藏有节,市井便易,不患耗折。难折象寿,不匮象道,故能长久,为世神宝,亲之如兄,字曰'孔方'。失之则穷弱,得之则富昌。无翼而飞,无足而走,解严毅之颜,开难发之口。钱多者处前,钱少者居后,处前者为君长,在后者为臣仆。君长者丰衍而有余,臣仆者穷竭而不足。诗云:'哿矣富人,哀此茕独。'

钱之为言泉也,无远不往,无幽不至。京邑衣冠,疲劳讲肆,厌闻清谈,对之睡寐,见我家兄,莫不惊视。钱之所祐,吉无不利,何必读书,然后富贵!昔吕公欣悦于空版,汉祖克之于嬴二,文君解布裳而披锦绣,相如乘高盖而解犊鼻,官尊名显,皆钱所致。空版至虚,而况有实;嬴二虽少,以致亲密,由此论之,谓为神物。无德而尊,无势而热,排金门而入紫闼,危可使安,死可使活,贵可使贱,生可使杀。是故忿争非钱不胜,幽滞非钱不拔,怨仇非钱不解,令问非钱不发。

洛中朱衣,当涂之士,爱我家兄,皆无已已。执我之手,抱我终始，不计优劣，不论年纪，宾客辐辏，门常如市。谚曰：'钱无耳，可使鬼。'凡今之人，唯钱而已。故曰军无财，士不来；军无赏，士不往。仕无中人，不如归田，虽有中人，而无家兄，不异无翼而欲飞，无足而欲行。"

那学究读毕，呵呵笑道："这篇文章，要是送给一个人去读，倒最合适。"

道子在后，见其说得蹊跷，遂问道："先生，你说那人是谁？"

学究笑道："你这后生家，好不知晓。有句古话，叫作'积善三年，知之者少；为恶一日，闻于天下'。当今世上，除那会稽王道子，尚有何人？"

王国宝怒道："你这书呆子十分无礼，那会稽王大名，可是你直呼的吗？"

学究惊讶道："这又为何？人生在世，总有其名，除非畜生，无名无姓，叫它不得。"

王国宝大怒，拔剑在手，要去砍他。道子叱道："不得无礼，听他把话说完。"

遂问学究道："教书的，你却说个明白，为何只那道子看了这篇文章，便最合适？"

学究也无惧色，笑道："还是你懂些礼仪，若似那猴脸后生，便是半句不说。"

道子假言道："你却别理他，只管说正经的。"

学究悄声道："这边人多口杂，不如找个僻静处去说。"

道子道："也是。"

学究遂领了道子和王国宝等人，来到一处府第外，学究也不看，只管径直走进去。道子道："你这学究昏了吗，这里岂是可以随意进去的?"

学究道:"又不是阎王殿,如何去不得?"

众人皆哄笑,王国宝叫道:"此乃当今丞相谢安的府第,别说你一个穷学究,便是俺这千岁爷,也不敢兀自进去的。"

那学究冷笑道:"候了你半日,总算说了句人话。如此说,这位便是会稽王?"

道子道:"也算是。"

学究大喝道:"既然是,左右何不拿下他?"

两旁一声喝,便闪出来许多人,将那道子和王国宝等一干人全绑了。道子大怒道:"你是何人,莫非吃了豹子胆,敢将我千岁爷捆了?"

那学究笑道:"十分与你客气了,若不是看在千岁爷分上,便是十个道子也死了。"遂取下头帻,摘下假须。道子一看,早吓得魂飞魄散。你道这学究是谁?正是丞相谢安。

到了这时候,道子自知已无法脱身,于是昂着头,不说一句话。谢安也不与他啰唆,一面令人取出刑具枷械来,将道子一行人枷了,推入牢里去;一面匆匆赶往华林园张贵人住处,前去禀告孝武帝。

你道这张贵人又是谁?原来这女子本出身教坊,也并无多少姿色,只因能歌善舞,独长色艺,且入宫之前,曾于一胡僧处学了采阳补阴之术。那孝武帝正值华年,岂不好色?只一夜工夫,便把那后宫嫔妃统统晾在一边,只与这张贵人日夜宣淫,尽享温柔之乐。这日孝武帝玩得累了,正在午睡,忽被太监唤醒,心中极是不悦,无奈丞相求见,不好推却,于是匆匆出门。到了外厅,见谢安自缚其手,惊道:"老丞相何故自缚?"即令左右松缚。

谢安道："皇子犯法，可是与庶民同罪？"

孝武帝道："此乃先帝古训，何人敢违？"

谢安道："会稽王道子、曹郎王国宝倚仗权势，残害平民，早已天怒人怨，现已被老臣拘押，打入死牢，望陛下发落。"

孝武帝一听，心里寻思道："这个老头儿，也太无情了。"嘴上道："这些畜生，十分不知法度，实是该死的罪孽。也罢，此案就交给廷尉，该杀该剐，只凭依法处置。"言毕打个哈欠，起身走了。

谢安心道："此案若交给廷尉处置，那廷尉范宁可有大难了。"当下便驱车回府，不料在半道上见有一匹快马朝他奔来，近前一看，是自家管家。那管家见到谢安，便扑通下马，大哭道："丞相爷，夫人病重，怕已经不行了。"

第二十八章

且说谢安拘了道子和王国宝等人，便自缚双手，前来奏禀皇上。不料孝武帝听毕，敷衍了几句，竟把球踢给廷尉处置，然后起身走了。谢安见状，不觉叹道："陛下情知此案重大，却偏偏不让老夫插手，独叫廷尉处置。如此一来，那范武子之命休矣。"当下，便在愤然中驱车回府，于半道上遇着自家管家哭报："夫人病重，已经不行了。"这一惊非同小可，速速回到府第，奔入内室，见夫人已是气息奄奄。想她半月之前，还是好好的身子，不料偶感风寒，竟然不起。虽请众多名医诊治，不仅无效，反而加重了病情，这么一想，竟不觉垂下泪来。

刘氏听到泣声，知他来了，遂睁开双眼，请谢安坐于榻旁，握其双手，泣道："老爷，妾此一病，不比往常。你我夫妻一场，必有一别，死有何悲。但妾有一语欲达老爷，老爷如不忘妾，请俯允妾言。"

谢安含泪道："夫人只管说来，老夫无不依从。"

刘氏道："妾死之后，余众物件皆可遗留此处，唯一副皮囊恳望迁葬东山。"

谢安道："夫人遗愿，安敢不从？只是夫人病体尚可，只管安心养病，不可胡思乱想。"

刘氏喘息道："妾只一事，十分后悔。"

谢安道："诸事顺遂，夫人何事后悔？"

刘氏道："老爷出山之时，正当盛年，如今已是两鬓如霜，垂垂老矣。想当初妾力劝老爷出山入仕，一则是以社稷为重，二则也想光宗耀祖。不想如今奸臣专权，妖妃得宠，皇上又是如此昏庸，心里想想，实是后悔莫及。若早知今日，当初倒不如一家人厮守东山，虽无荣华富贵，却也安逸自在，何必要跳入这官场祸海，自讨苦吃。"言毕，泣不成声。

谢安道："夫人不必忧伤，老夫自有进退之计。"

刘氏道："你也不必劝我，妾自有数，另外复有一言，不能不说。"

谢安道："夫人只管慢说。"

刘氏道："东山祝女，德色兼优，妾死之后，可备左右，早晚也好服侍老爷，补妾遗恨。如此，妾死也可瞑目了。"言讫，呜咽不止。

谢安亦痛哭失声，正要再劝于她，夫人却已安然闭目，溘然长逝，享年五十三岁。

时祝女在侧，方才闻夫人之言，已是痛不欲生，再见夫人归西，早已哭绝在地。众人扶起之后，半响才苏醒过来，又兀自哭个不住，谢安便命人将她搀扶回房。

当下举哀发丧，十分隆重。孝武帝闻报，亦遣使吊祭，谥曰一品夫人，加太夫人。赠金千两，谷万担，锦被八百匹，以供丧葬之用。

且说谢安正在这里举哀发丧，那边张贵人也正忙得不亦乐乎。你道为何？原来那张贵人与会稽王道子曾有一段隐情。前面说过，这孝武帝是位好色皇帝，自识得张贵人之后，便把那数百娇娥撇在一边，整日只与这张贵人厮守一起，朝朝挹艳，夜夜采芳，把全副龙马精神，都向虚牝中掷去。那张贵人更是来者不拒，把那采阳之术尽数施展出来，毕竟蛾眉伐性，力不胜欲，两月下来，把孝武帝折腾得形容憔悴，筋骨衰颓，竟致病倒。

这日适逢道子视病，见那帐后坐着一位娇媚女子，十分妖艳，心中已自有数，遂百般勾引，却是正中张贵人下怀，于是你推我就，并入欢帏，在那孝武帝床后，干起催云播雨的勾当，这一宵恩爱缠绵，百年难忘。好在那孝武帝昏睡如死，毫未知觉。自此那道子便借探病之名，与张贵人明来暗往，直至孝武帝病体渐瘥，才忍痛打住。但那往日旧情，总难忘却。尤其那孝武帝病后体弱，张贵人每与之交欢，总是无兴而止，简直味同嚼蜡，心中便更加思念道子。不料这日传来消息，说那道子已为谢安所拘，简直便如晴天霹雳，又不好当面啼哭，被那皇上察觉。只好寻找机会，设法救他。这日闻丞相夫人刘氏病亡，张贵人便知来了机会。遂趁谢安奔忙丧葬之隙，遣个心腹之人，花些银两买通狱卒，将道子暗中放出，并藏于自家密室，共与商议对策，半月复归，竟然无人知晓。

这日与孝武帝游园，见左右无人，张贵人道："会稽王被拘，已有半月，不知陛下将如何处置？"

孝武帝叹道："道子、国宝民愤极大，若不依法处置，恐难服众。此事已交廷尉承办，不日之后，定有分晓。"

张贵人泣道："陛下与道子，虽有天壤之别，但总是同母所出，陛下总不能见死不救。"

孝武帝一听，直视她脸道："依汝之见，如何救他？"

张贵人道："依妾之见，不如令廷尉范宁将会稽王放了。"

孝武帝叹道："谈何容易？朕虽为一国之主，然满朝文武，所服唯谢安一人。故释放道子,非但这丞相老儿必不肯从,那廷尉范宁,性素耿直,守正不阿,亦不肯服。"

张贵人叹道:"君不似君,臣不像臣,成何体统?陛下若要长治这晋室天下,总得想个万全之策,方保无虑。"

孝武帝道:"卿有何计?"

张贵人道:"计倒有一条,只是不敢直言。"

孝武帝道:"朕叫你说,何惧之有?"

张贵人道:"恐隔墙有耳,此地不是说话去处,请随我来。"遂挽孝武帝之手,引入内室,屏去左右,密道:"陛下,道子虽劣,然总是骨肉兄弟。自古同室操戈,兄弟阋墙,骨肉星离,家国必亡。如今天下乃司马氏天下,陛下不依同宗,反靠外人盘踞,岂是良策?"

孝武帝笑道:"没想到你一个柔弱女子,竟有这般见地,实是出乎朕意料。"

张贵人冷笑道:"如今要救道子,只有一个法子。"

孝武帝道:"愿闻其详。"

张贵人道:"近闻朝廷上下,游民之间,均传那谢安石有不臣之心,陛下可有所闻?"

孝武帝大惊道:"此何人所传,谢爱卿乃社稷栋梁,功勋盖世,怎会有不臣之心?此乃小人离间之言,贵人不要诬传。"

张贵人冷笑道:"陛下恐蒙在鼓里,那谢安自淝水一战,权势日盛,目无君臣,屡在众臣面前冒犯陛下,十分骄恣跋扈。且彼自恃有功,拥兵自重,排除异己,安插党羽亲朋,陛下若不早防,其势一盛,日后若有变故,恐悔之无及。"

孝武帝听毕,竟半晌无语。张贵人见状,复进言道:"陛下,妾再进一言。那谢安谋略多端，神机难测，古云'人无远虑，必有近忧'，昔桓宣武敢冒天下之大不韪，以功名重兵胁迫朝廷，今谢安石难道不能重蹈他辙，篡夺帝位？"

孝武帝一听，吓得冷汗直流，暗道："这个女人，如何这般厉害？"遂叹道："若是谢安果有此心，如何是好？"

张贵人道："卧榻之侧，岂容他人酣睡？依妾愚见，陛下不如准了他前番的奏本，令他出镇广陵。一则可以顺水推舟，把他逐出京城，去镇守边关；二则也可免廷变之患；三则那道子不就可从牢里放出，此乃一箭三雕之计，望陛下三思。"

孝武帝冷笑道："也罢，依卿之言，只是此事关系重大，不得有半点疏漏，若是传了出去，你我性命休矣。"遂命草令官草拟诏文，授谢安征讨大都督，统辖扬、江、荆、司、豫、徐、兖、青、冀、幽、并、梁、益、雍、梁十五州军事，加黄钺，余官如故，限日启程。

谢安得旨，凄然叹道："圣心起疑，大祸临矣。"遂命人打点行装，调集粮草，操练军马，准备择日启程，出镇广陵。

且说孝武帝自令丞相谢安出镇广陵，心中一块巨石总算落地，从此圣心稍安，把那心思又渐渐用到一个色上。谁知纳妾愈多，一人岂能御众，于是旧疾又患。免不得求服丹药，取补精神，哪知这药性极为躁烈，愈服愈躁，愈躁愈厉。遂致喜怒无常，动辄杀人。这日朝毕，孝武帝自觉精神不佳，便令人取来一杯御水，服下一把丹药后，来华林园歇息，见张贵人正独自赏鸟，便伸出双手，从她两肋间环过，张贵人乘势一倒，偎在他的胸前，嗔道："陛下好狠心，如何两日不来，把妾想得好苦。"

孝武帝尴尬道："朕何尝不是？只是有些公事，脱不得身，是以来迟。"

张贵人冷冷一笑，心里暗道："原来皇帝也说谎话。"

原来这张贵人极精明，见孝武帝两日不来，如此好色之徒，如何忍耐得住？料他必定迷着别的女人，遂遣一心腹之人，暗中一探，果见孝武帝与二美人同榻共寝，不觉醋性大发，密遣几个心腹，不动声色，将那两个美人塞入袋中，沉入护城河。

当下张贵人见孝武帝面色尴尬，遂不再问，与他玩儿了一阵，见孝武帝神色恍惚，心旌摇荡，知道为何，便嫣然一笑，挽了他的手，拥入内室，正要宽衣解带，来个合欢。不料门官来禀："廷尉范宁在门外求见。"

孝武帝一听，不觉心头火起，勉强压了下去，脸色却是难看，喝道："着他进来。"

范宁见驾，跪拜未起，孝武帝便道："何事如此紧要，非得此刻面奏？"

范宁道："乃为会稽王道子等人之事，特来禀奏陛下。"

孝武帝道："范爱卿乃朕之近臣，此案紧要，故命你推问勘理，不知爱卿如何处置道子等人？"

范宁禀道："会稽王道子身为皇亲国戚，本应遵守法度，做个贤臣，不料竟倚仗权势，与那王国宝等人恃强凌弱，残害百姓，恶贯满盈。据其供认：自陛下亲政以来，其所杀庶民不下百人，奸抢民女数达千人。他做下这般罪孽，若是一般百姓，百个也早丧命，只因他有靠山，才逍遥法外，无人敢问。"

孝武帝喝道："胡说，依你之言，岂不是朕姑息养奸吗？我且问你，如今却如何处置道子等人？"

范宁道："以罪定刑，当众凌迟。"

孝武帝冷笑道："你真狠心，斩首不够，还要凌迟，此计莫非谢安所出？"

范宁正色道："陛下，臣闻忠臣之于其君，犹孝子之于其亲。进则有欣然之庆，非贪官也；退则有戚然之忧，非怀禄也。其意在于不忘光君容亲，人情所不能已已者也。又言道：'华言虚也，至言实也，苦言药也，甘言疾也。'今道子一案，实乃廷尉独审，与谢丞相无干。然谢丞相身为当朝宰辅，德高望重，即便参与此案，乃为社稷计，有何不可？"

孝武帝怒道："听你言语，分明是与他串通一起，前来要挟于朕？"

范宁大叫道："天子之言，一语千金，怎可如此轻言？范宁无德无能，有何足惜？然谢丞相乃镇国之巨石，巨石若动，国必震撼。今陛下轻听权奸，迷信谗言，逼令谢丞相出镇外埠，此于社稷何益，于陛下何益？"

孝武帝大怒道："放肆，汝将谢安比之巨石，朕为何物？若不看在你前功分上，决不轻饶。"言毕，袖子一拂，怒气冲冲转身走了。

范宁见状，仰天叹道："我身为廷尉，从此不能再言，还如何为民伸张正义？"遂辞去廷尉职，自求余杭令之职。临行前，范宁去大都督营帐与谢安作别，见其神色泰然，悠然从容，惊道："圣上逼迫太甚，丞相何以这般坦然？"

谢安笑道："吾有六味药方，是以如此。"

范宁道："可否赐授在下？"

谢安道："可以。"遂道，"损读书，此为一味；减思虑，此为二味；专内视，此为三味；简外观，此为四味；宜晚起，此为五味；夜早眠，此为六味。此六物熬以神火，下以气箧，蕴于丹田，静以思坐，修之七七四十九日，非但明目，亦乃延年。"

范宁大笑，拜谢而去。

谢安叹道："范武子性刚亮直，不能容人之短，每遇违法乱纪，必抨击无遗，这叫秉性难改。此去余杭，必凶多吉少。"

果然不出一月，便有匿书一封告到朝廷，诬道："余杭令范宁入参机省，出宰名郡，而肆其奢浊，所为狼藉。县城先有六门，其悉改作重楼，复更开二门，合前为八，私立下舍七所。臣伏寻宗庙之设，各有品秩。而范宁自置家庙，准之太庙，皆资人力，功夫万计。范又强抢民女，置于内室，日夜宣淫，稍有不从，格杀勿论。百姓怨苦载道，鸣冤之声，不绝四野。"

孝武帝阅毕，大怒道："范宁竖子，素励清操，如今禽兽之心，昭然天下，此人不死，国复何宁？"也不察检，遂命赐死。不料还未行刑，复又收到一书，恰与前反，道："余杭令范宁，清操过人，禄均九族，菲己洁素，常食不过菜及干鱼而已……"

孝武帝读毕，竟不知如何是好，旁边张贵人厉声道："陛下，此刻不斩范宁，更待何时？"

孝武帝猛悟，遂命人将范宁押回京城，当众凌迟。范宁自知必死，仰天泣道："我死何惜，唯司马氏天下，气数尽矣。"

孝武帝大怒道："范宁死期已至，尚且胡言，孰不念及九族吗？"

范宁大骂，厉声道："便是十族，我又何惧？"

孝武帝冷笑道："看你还能骂否？"遂令武士以利刃刈其口吻，直至两耳根尽处。范宁骂犹未绝，又令武士以金瓜击落其齿，然后乱捶杀之。又以灰蠚水浸脱其皮，剥下来揎之以草，仍旧缝作人形，悬于午门示众。范宁全家及亲党二百余口，尽行屠戮。唯留下范妻王氏，华色未衰，孝武帝即召入宫，迫令其侍寝。王氏哪里肯从，孝武帝胁迫道："若汝从我，当令汝为夫人，否则徒死无益。"

王氏机敏，听到"徒死无益"四字，假意道："既蒙陛下厚爱，妾亦何惜一身，只是妾昨日受了惊吓，自觉有些不适，不如待到明晚，再侍陛下安寝。"

孝武帝大喜，道："还是夫人知礼。"到了晚上，孝武帝急入王氏寝室，见王氏浓妆如画，秀色可餐，比昨日更鲜艳三分，禁不住欲火中烧，便宽衣解带，要做勾当。王氏笑道："陛下且慢，今夕得奉陛下，实是妾之大幸，须待妾敬奉三杯，方可从命。"

孝武帝大喜，也不推辞，一连饮下两杯，到了第三杯上，王氏复笑道："这杯不需陛下亲饮，待妾奉上。"说毕左手执杯，递至孝武帝口旁，右手却从怀中掏出短剑，待孝武帝饮时，向他胸前猛地一刺。也是孝武帝命不该绝，不料那王氏用力过猛，反被凳腿绊了一下，打个趔趄，跌倒在地上。王氏自知无成，遂哭骂道："无耻昏君，杀我夫君不算，还要凌辱于我，我死也罢。然皇天后土，又岂肯容汝长活吗？"说着提起短剑往自己娇喉一抹，可怜血花飞溅，玉碎香消。

孝武帝大怒，喝令左右将王氏拖出卧室，与那范宁的骨肉一起剁成肉泥，又命人和些干粉，做成人肉馒头，送予谢安尝吃。那谢安只吃一口，便呵呵大笑。

·第二十九章·

且说孝武帝将廷尉范宁与其妻王氏尸体合在一处,剁成肉泥,命人拌上干粉,做成人肉馒头,送到大都督营帐,叫谢安品尝。不料谢安只吃了一口,便呵呵大笑起来。

送者曰:"好吃否?"

谢安道:"忠臣烈妇之肉,有何不好?"言毕又吃两口。送者大呕。谢安遂掩门逐客,大哭三日方休,自此不食肉食。

这日诏至,催他启程,道:"兖州鲁阳屡遭秦掠,胡虏纵暴,百姓荼毒,遂使异类煽动,害及中州。诚由所任不足以内抚夷夏,外镇丑逆,轻用其众而不能尽其力。每虑及此,忘寝与食。丞相谢安,雅量弘高,达见明远,武有折冲之威,文怀经国之虑,信结人心,名震域外,使权统方任,绥静西夏,则吾无西顾之念,而远近获安矣。故今限日启程,休得有误。"

谢安读毕,长久不语。遂择一黄道吉日,率军启程。孝武帝亲率文武百官,大设宴会,于西池送行。时正九月初头,秋风送爽,丽日无云,众臣入席而坐。

孝武帝道:"老丞相老骥伏枥,志在千里,今亲率万众,以一统中原。朕特设此宴为老丞相饯行,望能开怀畅饮,以壮行色。"

谢安欠身道:"陛下皇恩浩荡,今日如此礼仪,老臣受之有愧。"酒过数巡,谢安佯醉道:"酒已八分,若有一能歌善奏者助兴,岂不更好?"

众臣称好，孝武帝道："此处何人能奏善唱？"

谢安目光如炬，遥看众臣，笑道："唯桓子野一人，人称江左第一。"

孝武帝大喜，道："何不令他奏唱？"遂令桓伊出席，见其取出一笛，长若双臂，旧痕斑驳，问谢安道："此何物？"

谢安道："此蔡邕柯亭笛。昔蔡邕避难江南，宿于柯亭之馆，见屋以竹为椽，独有一竹奇异，取下为笛，音声独绝，历代传之至今。"

孝武帝笑道："甚是妙极。"

这时桓伊举笛道："陛下，臣闻乐哉，天下安宁，道化行，风俗清，年丰穰，世泰平。至治哉，乐无穷，天子聪明，股肱忠。今为乐之道，五声、八音、六律、十二管，不知陛下喜用何乐？"

孝武帝道："但凭爱卿自选，最好挑些委婉的。"

桓伊道："素来歌声浊者用长笛长律，歌声清者用短笛短律，臣患鼻疾，故善长笛，亦善筝，若有人伴奏，臣唱之，当更妙。"

孝武帝笑道："这不难，只是宫伎之中，多善奏笛者，不知何人可合，任凭爱卿自挑。"

桓伊道："宫中乐伎，技虽精湛，然与微臣恐难融合。臣有一婢，最为适宜，不如唤来一试？"

孝武帝准奏，命人唤来女婢，搬来筝器，二人一左一右，坐于宴池之中。沉默少许，便由女婢吹柯亭笛，笛声哀婉凄切，郁郁动人，桓伊遂抚筝而歌，唱道：

为君既不易，为臣良独难。

忠信事不显，乃有见疑患。

> 周旦佐文武，金縢功不刊。
> 推心辅王政，二叔反流言。

如此唱了两遍，声节慷慨，俯仰可观。及至唱毕，那桓伊早已泣不成声，筝面皆湿，百官多有掩面而泣者。

孝武帝忖道："这厮素与谢安相善，今日挑这首歌来唱，分明是暗讽于朕，如此不恭的人，留他何用？"心中遂生杀机，但又不好当面流露，于是，饮了几杯酒后，便要起身回宫，不料谢安扯住了他，佯醉道："歌未唱毕，陛下怎的能走？"

孝武帝道："除了桓卿，何人又能歌唱？"

谢安道："臣有一歌，可与陛下同乐。"

众臣皆乐。孝武帝无奈，只得坐下，道："丞相唱个好听的，与朕乐乐。"

谢安笑道："孙皓的酒歌，甚是好听。"遂取过那筝，轻轻一拨，唱道：

> 昔与汝为邻，
> 今与汝为臣。
> 敬汝一杯酒，
> 祝汝寿万春。

孝武帝听毕，脸有愧色，沉默不语。

谢安笑道："老嗓如何？"

孝武帝道："犹如童音。"言毕起身，回宫去了。

这里谢安率军启程，尽室偕行，不足二日，便到广陵。于步丘一带扎下营盘,又命人筑艨艟十艘,供作备用。原来这也是谢安想得周全,心想如今昏君执政,奸臣擅权,自己身为丞相,尚被借故逐出京城,这些家眷并无半点能耐,日后若是起了变故,如何脱得出身？遂将那些亲眷老少全数带到广陵,以便日后寻机再回东山,去度个太平晚年。

且说这谢安自到了广陵步丘,一晃就过去月余,正要寻机征伐,忽闻秦徐州刺史赵迁围攻彭城鲁阳,十分凶猛,遂令谢玄、刘牢之等将率众救援。不足半月,谢、刘等人便解了鲁阳之围,又夺回彭城,逐去秦徐州刺史赵迁。然后率军向左,攻秦兖州,击走秦守使张崇,自此晋军大振,河南城堡陆续归晋。

谢安闻报,一面捷禀朝廷,一面加紧扩军,准备北征。分遣停当,遂带了一干部属前去各营察军。原来这广陵虽小,不过千百户人家,然辖地甚广,前后百里,东西七十,南搂长江,北拥苏皖,江道险口,不计其数。直至巡察完毕,已经过去半月。这日回程,经一城楼,已是深夜,见明月当空,星光璀璨,谢安笑道:"仙境不过如此也。"遂令部众下马去城上察看。才及登楼,忽听一声叹息,甚是凄苦。谢安道:"何人独自叹苦？"唤来一看,是一名老兵,年过六十,身无寒衣,正独自垂泪。

谢安怒道:"秋冬已至,日日增寒,如何兵无寒衣？"

守将跪伏道:"启禀丞相,寒衣均在,只是不敢分发。"

谢安道:"如何不敢分发？"

守将道:"发衣有个时日,再过七日,方可下发。"

谢安怒道:"何人规定？"

守将道:"向来如此。"

谢安叹道:"此老夫之过也。今日幸登此城,不然七日之后,冻伤的兵士何止千百?"遂传令三军,连夜开仓,分发寒衣。

言毕下城,正要上马,忽听西北角上唿喇喇一声炸响,随即又起了一阵怪风,睁眼一看,见城前数棵大树已被拔去,那众人身上已是淋个透湿。谢安仰天一看,见荧惑犯泣星,暗自一占,曰:"诸侯有诛,国有大忧。"不觉大惊,暗道:"此乃不祥之兆也。"遂命速速返营,固军勿动。

才过七日,忽有信使来报,右军王羲之、司马许玄度,已相继病亡。谢安闻报,哭昏数次,捶胸道:"丧我弟兄者,岂苍天也?"遂猝然倒地,及至救醒,复又大哭。如此三番五次,竟又触犯咳病,每咳必狂吐血,虽经名医调治,总无大效。这日稍适,便命祝女取过笔墨,于床上拟就一书,呈与朝廷,恳请逊位还第,书道:"臣已久病,且又老朽,器非经国,过荷先帝拔擢之恩,又蒙陛下殊常之遇,猥以轻才,窃位宰辅,不能上谐阴阳,下厘庶政,心实有愧。故送太宰、侍中、太傅、丞相章绶,恩准还第,再居东山,唯垂昭许。"

孝武帝接书,笑道:"谢安石故态重萌耶?"

正要准他,张贵人道:"不可。"

孝武帝道:"把他放回东山,岂不太平?"

张贵人道:"谢安乃当朝丞相,若是准奏,岂不是放虎归山?依妾之见,不如将他滞留广陵,没有诏令,不得进京。如此拖延数年,待他年老病重,不诛自毙,岂非更好?"

孝武帝点头道:"言之有理。"遂命草令官拟一回书,道:"卿虽病,但为朕卧护六军,所益多矣。"

张贵人看了后道:"此文太劣。"

遂自拟一诏,道:"丞相忠亮雅正,识局经济。屡以年耆病久,逡巡告假。然先帝所托,唯在丞相。丞相懿亲硕德,勋高鲁卫,翼赞王室,辅导朕躬,宣慈惠和,坐而待旦,虔诚夕惕,美亦至矣。故能外扫群凶,内清九土,四海晏如,政和时洽。虽宗庙社稷之灵,抑亦公之力也。今关右有未宾之氐,江北有遗烬之房,方赖谋猷,混宁六合,岂宜虚己谦冲,以违委任之重也。"诏书传到广陵,谢安一看,冷笑道:"此乃滞兵之计也。"遂不再言还第之事。

  这日晨起,谢安自觉好了很多,便由祝女扶着起得床来,想找些书看,不料翻到王羲之书帖,不觉触景生情,又唏嘘起来。心想这些老友,如今大多已经归西,唯支遁一人,不得消息,亦不知死活。前番在京之时,曾派人赴东山探听,回来禀报的消息,也不过丁点而已,并无详情。之后每思及此,总是忧心如焚。当下叫祝女找出笔墨,给支遁写了一信,道:"思君日积,计辰倾迟,知欲还剡自治,甚以怅然。人生如寄耳,顷风流得意之事,殆为都尽,终日戚戚,触事惆怅。唯迟君来,以晤言消之,一日当千载耳。此多山,县闲静,差可养疾。事不异剡,而医药不同,必思此缘,副其积想也。"写毕,古稀老人竟是泪水涟涟,呜咽有声,少顷才止。

  忽见祝女在旁亦相随垂泪,遂问道:"祝女,你哭什么?"

  祝女抹泪道:"老爷哭,小女心里不忍,所以也哭。"

  谢安叹道:"也真难为你了。"言毕就要上床歇息,忽然想起一件事来,道:"啊呀,有一事忘了。"

  祝女道:"何事?"

  谢安道:"前番遣人去东山打探消息,那人回来时带来乡人一个请求,要老夫为那殉情的祝英台墓题一碑文,如今已过去多

第二十九章

日,该把这碑文写了。"

祝女道:"丞相想好了吗?"

谢安点头道:"想了几个,你看'义妇冢'三字如何?"

祝女道:"这三字好。"边说边为谢安取过笔墨,摊开宣纸。谢安提笔,一挥而就,对祝女道:"好生收着,过几天派人送去。"祝女应了一声,正要离开,忽听谢安叹道:"真是一个多情女子,虽不能与梁山伯共结连理,白头到老,也着实让人羡慕不已。"说毕,将目光投向祝女,问道:"祝女,老爷忘了,你今年几岁了?"

祝女脸孔一红,低头道:"二十有九了。"

谢安叹道:"你也该成家了。这都是我的疏忽,你追随老爷这么多年,些许福分也没享着,倒是吃了不少苦头,如今又耽误了你。你听老爷一言,还是趁着青春尚在,在这广陵之地择个如意郎君,也好了却终身大事。这样,老爷心里也就安稳了。"

祝女泣道:"老爷,莫非祝女蠢夯,不合老爷之意,是以借故逐出?"

谢安慌忙道:"切不可如此说话,先王之政,内无怨女,外无旷夫。我身为一家之主,岂能视你终身大事于不顾?且男婚女嫁乃天地之常经,古今之通义。三纲五常,圣人之大道,岂有女子不嫁之理?"

祝女哭道:"这么说,丞相是定要把小女嫁出去了。既如此,小女活着还有什么意思,不如在丞相面前死个明白,也可求个忠烈的名声。"遂以头击地,咚咚有声,谢安慌忙扯住,才不至脑破。拉起来一看,已是血流满脸。当下掏出手绢,与她擦了,令两个小婢,扶回房内调养。自此谢安再不提祝女婚嫁之事,只令她早晚相伴，服侍自己。而祝女乃忠贞之人，一心只照料谢安，极少有非分之想。

这样又过了一两个月，时已隆冬。这日风起，十分寒冷，谢安起得早些，用过早膳，便要去营中巡察。祝女及众将跪而力劝，谢安叹道："我身为主帅，理当甘苦在前，身先士卒。如此恶劣天气，将士必有懈怠，若有寇贼进犯，如之奈何？我已年迈多病，虽有雄心大志，然天命有定，总不能与众将长此相共。今既在位，总得尽职守，望众将军切勿玩忽职守，以固这广陵重镇。若广陵贼破，建康近在咫尺，晋室危矣。"遂不听劝导，扶病而行。众将见了，无不垂泪。

如此巡察三日，已是病体奄奄。这日正行至步丘一地，见一城楼十分巍峨壮观，众将道："城梯太高，丞相不必亲往登高。"

谢安笑道："为帅之道，宜应体恤军情，岂有兵登楼，而帅旁观者也。"众将无奈，便令两个强壮军士将他扶住，登上城去。谁知到了楼面，尚未坐下，忽听左侧古亭之内传来一声爆响，声甚凄厉，令人毛骨悚然。众将正要遣人探视，谢安叹道："不必去看，我已知道，此金鼓不击自破，不祥之兆也。"

众将大骇，谢安坦然道："出生入死，乃是常理，人命短长，定数难逃，何必惊慌？"遂命回府。当夜咳病又犯，吐血数升方止。次日稍适，见祝女在旁，叹道："我病沉重，恐怕不起。只有一事，总是放心不下。道子残暴荒淫，内外共知，主上却又昏庸。我为社稷之计，曾多次密白主上，不料主上竟怪罪于我，真是冤苦。如此下去，我料主上百年之后，道子必丧社稷。"言毕泣下。

祝女哭道："老爷，小女有几句言语，不知当讲不当讲？"

谢安道："祝女有话，但说无妨。"

祝女道："自古明帝贤士，总能居高思危。故大名不可久荷，大功不可久任，大权不可久执，大威不可久居。老爷功勋盖世，德高望重，本应享获殊荣，不料朝廷反起疑心，将你逐出京城。昔古人为政，防人之口甚于防川，今主上为谗言所惑，老爷若再进言，恐有杀身之祸。故以小女蠢见，老爷宜应早思功成身退之义，才是万全之策。"

谢安听毕，不觉呵呵大笑，正要说话，忽地大叫一声："痛煞我也。"猝然倒地不起。

・第三十章・

且说谢安听毕祝女之言,不觉呵呵大笑,正要说话,忽一口痰涌将上来,塞在心头,要上不上,要下不下,十分闷痛,便大叫一声:"痛煞我也。"边叫边向后倒去。祝女一看,慌忙俯身,叫人来将谢安扶到床上,片刻后,谢安方才苏醒。叹道:"我以为这次倒下,再难醒来,若是这样,倒正合吾意。"

祝女为谢安揉着胸道:"莫非小女言语粗鄙,冲撞了丞相?"

谢安笑道:"岂是冲撞,你方才的言语,对老夫而言,就如指点迷津,令人顿悟。"

祝女羞道:"丞相言重了。"遂喂毕汤药,侍他睡下。又驰书急报朝廷,称丞相病重,请速遣御医前来诊治。那书恰被一人接着,呵呵笑道:"老贼病重,命不久矣。"并不言遣医之事。你道此人是谁?正是会稽王道子。原来这道子自谢安出镇广陵,遂被孝武帝从牢里放出,令其在宫中协理朝事。他自己只管找个去处,左拥娇娃,右抱姝丽,狂欢乱淫。一应大事,统委道子处置。众臣偶有谏阻,不是被杀,便是被黜,哪里还敢再言。只看着这好端端的江山,日渐溃烂下去。

这日孝武帝郊猎,傍晚醉归,车经一古樟之下,忽听儿歌唱道:"黄雌鸡,莫作雄父啼,一旦去毛衣,衣被拉飒栖。"遂问:"此何人所唱?"

左右道:"小儿胡唱。"

孝武帝道："何不唤来？"

遂遣人找来，见是个黄毛乳儿，甚是可爱。孝武帝道："方才所唱，是何意思？"

小儿道："实是骂人的。"

孝武帝道："骂谁人？"

小儿道："骂昏君。"

孝武帝惊道："为何要骂他？"

小儿道："怎的不骂他？原本好好的江山，如今宠了个雌婆，句句听她的，全都搞糟了，饭也没得吃，如何不骂他？"

孝武帝大怒，道："鼠子不惧死耶？"言毕以镯击额。小儿护额大呼道："不去杀昏君，如何来杀我？"又一下，小儿脑浆迸裂而死。回到宫中，孝武帝甚感焦躁。张贵人见他镯中带血，问明缘由，好言劝慰一番，将他服侍睡下。不料孝武帝刚刚闭眼，只见那小儿立在床前，正护额哭泣，起身一看，又无人影。一连三日，天天如此，吓得孝武帝不敢再眠。当下传令，重营东西二宫，起酆明观，建凌霄台，又于西池之侧营建寿陵，三月必成，逾时问罪。

侍中王豫上疏谏曰："臣闻人主之兴作也，必仰准乾象，俯顺人时。今河东大蝗，犬豕相交，东宫四门，无故自坏，内史女人，化为丈夫，灾异不绝，岂可大兴土木？今奉诏书将营酆明观，欲拟阿房而建西宫，模琼台而起凌霄。以此功费，一国百姓，可食两年。今春以来，饥寒不绝，人互相食。诸将归家，吐肉以饲妻子。臣实不解，陛下何为于中兴之日而踵亡国之事！自古圣王，人谁无过？陛下此役，实为过举。又伏闻敕旨将建寿陵，周围四里，下深二十五丈。以铜为棺椁，黄金饰之，恐此功费非国内所能办也。且臣闻尧葬谷林,市不改肆;颛顼葬广场,下不及泉。秦皇虽下锢三泉,周轮七里。然身亡之后,毁不旋踵。向魋石椁,孔子以为不如速朽;王孙倮葬,识者嘉其矫世,自古无有不亡之国,不掘之墓也,唯陛下览之。"

孝武帝读毕大怒,道:"不速斩此老贼,朕宫如何能成?"遂命道子将王豫于午门凌迟。

消息传至广陵,谢安叹道:"王豫刚直,迟早得死,晋室必乱。其在孝武之手,吾老矣,尚有何用?"遂破一指,修血书一封,再以相劝,道:"凡圣王之化,莫不敦崇忠信,存正弃邪。伤化毁俗者,虽亲虽贵,必疏而远之;清公贞修者,虽微虽贱,必亲而近之。今则不然。此风既替,利兢滋甚,朋党比周,毁誉交兴,钻求苟进,人希分外。见贤而居其上,受禄每过其量。阿谀奉承者以为奉公,投机钻营者以为忠节,举世见之,谁敢正言。苻坚败亡,于今三年,旧京残毁,山陵无卫,百姓涂炭,未蒙拯接。伏愿陛下远观汉魏衰灭之由,近览西朝倾覆之际,超然易虑,为于未有,则灵根永固,社稷无虞。"写毕,叹道:"恐无大用。"遂遣人送去。又是那道子接着,讥道:"回禀你家老爷。只顾自个儿保重,一应奏本文书,尽可少些。朝廷大安,不必令他忧心。"

谢安闻报,仰天叹道:"当初不杀道子此贼,便是老夫终身之憾了。"言毕复又大咳,吐血数升。及至服了药汤,才得止住。

从此谢安自感病体沉重,终日只是昏睡。这日醒来,见祝女坐于床侧,脸有泪痕,戏道:"一月之中,唯见你的泪痕,不见笑容,不如唱个歌来,如何?"

祝女道:"丞相病体未愈,小女哪有兴致?"

谢安笑道:"乐能医病,何不来它一曲,也好舒舒经络?"

祝女道："但听丞相吩咐。"

谢安道："杜夔传旧雅乐四曲，我只记住'鹿鸣''驺虞'二曲，余皆忘了，不知何名？"

祝女道："原是有个排列，一曰'鹿鸣'，二曰'驺虞'，三曰'伐檀'，四曰'文王'，皆古声辞。及太和中，左延年改'驺虞''伐檀''文王'三曲，更自作声节，其名虽存，而声实异。唯'鹿鸣'全不改易，故每遇正旦大会、太尉奉璧、群后行礼及东厢雅乐，便常作此曲。"

谢安笑道："那就来个'鹿鸣'如何？"

祝女叹道："丞相对'鹿鸣'之曲情有独钟，可小女实无兴致。"

谢安叹道："此曲清雅，老夫百听不厌啊。"

祝女道："也好，那就请丞相挑个词来，方可配曲。"

谢安道："'咏怀'如何？"

祝女道："好却是好，只是忧愁了些。"遂取过琴，一清歌喉，唱道：

夜中不能寐，起坐弹鸣琴。
薄帷鉴明月，清风吹我襟。
孤鸿号外野，翔鸟鸣北林。
徘徊将何见？忧思独伤心。

唱毕，泪如雨下，泣不成声。那谢安听着，也甚伤心，叹道："阮嗣宗之诗，言在耳目之内，情寄八荒之表，天下之绝诗也。"正言间，忽有一股清风吹了进来，甚是舒适。正在疑惑，见一人从门外走了进来，定睛一看，乃是支遁，谢安大喜道："支公别来无恙。"

和尚大笑道："尚好，尚好。"

谢安道："多年不见，今日何故到此？"

和尚道："贫僧云游四方，传经布道，偶经此地，忽想贤弟在朝为相，故此特来拜访。"

谢安笑道："高僧倒也自在，不像我等官场中人，身不由己。"

和尚冷笑道："贤弟既知身不由己，何不跳出这囚人的樊笼？昔东山别离时，贫僧曾有言相赠，贤弟尚记得否？"

谢安道："如何不记得，不就是'能进则进，不能进则退'吗？"

和尚道："还有二句可曾记得？"

谢安道："只记着这二句，余皆忘了。"

和尚叹道："此乃天意也。"遂取出笔，在他手心里，复写上那两句道："不镇广陵军，谨防西州门。"

谢安变色道："记得了，记得了。"

和尚叹道："记得了尚好，可惜已迟了。"言毕大笑而去。谢安要去扯他，不料扑了个空，惊醒过来，乃知南柯一梦。见祝女仍在旁坐着，道："你见着什么了？"

祝女道："没什么，只见你忽地睡去了，嘴里只管说'记得了，记得了'。"

谢安叹道："这就是了。"遂将那梦与祝女说了，道："观此梦意，吾将不久于人世也。"

祝女泣道："日有所思，夜有所梦，信它作甚。"

正说之间，忽门外报谢玄来见。谢安大喜，道："速令进来。"

谢玄进门，噗地跪下，道："叔父，侄儿来迟了。"言毕大哭。

谢安笑道："亏你还是主帅，这般哭法，恰似村妇一般。"遂命起来，坐于床侧，道："遏儿，你身为主帅，应以社稷为重，怎可擅离边关？"

谢玄道："闻叔父病重，忧心如焚，是以星夜赶来。"

谢安叹道："你来也好，为叔死期将至，正有要事相告。"

谢玄泣道："但听叔父吩咐。"

谢安执谢玄之手道："今南有遗燕，北有强秦，二寇都想伺机进取，只因苻坚新败，我未有隙，不敢来侵。从来国家兴废，全靠将相。叔本庸才，但受先帝顾托，每欲扫平江北，统一天下，续成先帝遗志。不料忽罹重疾，势且不起，此乃为叔一大憾事也。"说到此处，忧愤涌心，复又大咳。少顷咳止，又道："叔唯有一事，放心不下。如今道子专权，皇上昏庸，叔恐你等年少气盛，干出违义悖礼之事。古人云'人必自侮，然后人侮之；家必自毁，然后人毁之；国必自伐，然后人伐之'。历朝外患，总由内乱引入。遏儿切记，此事万万不可为也。"言毕喘息不定。

谢玄泣道："叔父只管放心，侄儿切记就是了。"

谢安道："这就对了，时下贼势甚盛，叔死之后切勿再行北伐。可召征虏将军谢琰班师休整，饬训军马，不可疲兵，来年必有大战。可命龙骧将军朱序进据洛阳，固守为宜。遏儿天资聪敏，才略过人，可自任前锋都督，于彭、沛二地，与敌对峙。如贼不退，可至明年汛期，于东西两侧，渡军速击，苻坚必败。只是那西域荒俗，百姓堪苦，又非礼义之邦，遏儿切勿穷兵极武，过深残掠，以示中国之威。唯广陵相刘牢之，叔最放心不下。此人屡立战功，十分骁勇，非诸将所能及。然叔恐他刚愎自用，因胜致骄，故此不可重用。可另遣一地，令其镇戍，方可无虑。"言毕，闭目挥手，与谢玄道："遏儿，家私事小，社稷事大，你我叔侄，今已见上一面，心已足矣。你应速速回程，勿许再滞留此地，快去，快去。"

谢玄一听，跪下哭道："叔父，想我谢家一门，功勋盖世，谁人不知。不料今日反遭小人算计，落得如此下场。侄儿心中，如何肯服？"

谢安大怒，叱道："大丈夫能屈能伸，凡事须以社稷家国为重，今日些许委屈，岂能有儿女之怨耶？"遂紧闭双目，不再睬他。

谢玄无奈，只好含泪而别，说了声："叔父保重，侄儿去也。"便跃马扬鞭，一路哭泣，往彭城去了。

三日之后，谢安自感病体沉重，知死期将至，便命祝女道："尚有数语，速代记下，然后呈于圣上。"

祝女马上取来笔墨，正要记述，谢安便大咳起来，边咳边吐血，当夜即殁，时年六十六岁。

亏得祝女在旁，哭昏数次，被众人救醒后，一面命人以麻布裹住谢安尸体，外涂以蜡，以便永存；一面遣人向众谢报丧。说来也奇，这日谢石正率部众巡逻归营，未及营门，那马忽地狂嘶一声，凭空跳将起来，将谢石掀翻，谢石顿时鼻血狂喷。谢玄于营中独饮，酒杯无故自破，酒液洒地，不见踪影。谢琰正与人谈，忽头痛难忍，大呼不止，猝然倒地而不醒。更有一桩怪事，那东山之上，这日原是晴空万里，忽平地一声炸雷，如山崩地裂一般。山上国庆寺长老赶到断途崖一看，见崖上一块刻着由王羲之题写的"东山"二字的巨石被炸得粉碎，长老当下泣道："冬起雷，必有灾，如此看来，咱家丞相爷有大难了。"遂回到国庆寺中匆匆打点行装，往广陵来了。

早有丧书报至朝廷，适孝武帝正与张贵人在炉边对饮，见过丧书，扔到一边，道："这等小事，急禀什么？"你道他还有何等大事？原来这孝武帝时与道子有隙。那道子自从牢里放归，贪恣日甚，势倾内外，卖官鬻爵，远近奔集，笼络一些党羽，要夺皇帝大权。孝武帝闻知，哪能不怒，只是看在同胞兄弟分上，饶他一命。特任王恭、殷仲堪、王珣等人，使居内外要津，分他道子的权力。道子得知，也暗中收罗门徒爪牙，彼此各分党羽，视同仇雠，寻机互相吞吃。试想这种时候，谢安的死讯如何会放在他的心上？只是看在丞相分上，也不好十分怠慢，便命一老年侍中代他奔丧，又赐东园密器，朝服一具，衣一袭，钱百万，布千匹，蜡五百斤，赠太傅，谥曰文靖。又依大司马桓温故事，并以平苻坚有功，加封庐陵郡公。面上看去，也还说得过去。

于是择日发丧。是日大寒，百姓闻讯，涌城而出，皆捶胸顿足，呼天号地，悲痛欲绝。入殓之时，众人皆哭，唯祝女瞧着谢安，不出一声。忽见谢安口眼未闭，遂俯身道："丞相只管放心，我等众人即日就归东山。"言毕抹谢安眼睛，眼睛果闭。又道："一应吩咐，已逐个处分完毕，无有差池。"又以手拢嘴，嘴巴亦合。当下再拜，大哭一场，好不伤心。众人正在唏嘘，不料这祝女趁人不备，从身旁谢琰的腰中抽出佩剑，喊声："丞相等我，小女来也。"便向颈上一抹，当下碧血飞溅。众人一见，慌忙前去救护，然早已是红颜委逝。当下叹息一番，用个棺木，将她盛了。那谢安于当夜出殡，作十余棺，分出四门，潜葬山谷，时人竟不知其尸之所在。其实，当夜还有一棺，被悄悄运上一条官船，棺中躺着谢安的真身，同船还有夫人刘氏及祝女的棺木，他们于当晚离开广陵，秘往东山，魂归故里。

时秦将孙登包得谢安死讯，连日庆宴。次日起兵，来攻广陵。离城约有百十里，忽伏路军来报："前面有一将，看似谢安。"

孙登包叱道："胡说，谢安不是死了吗？怎的又活了？"遂不信，率军前来迎战。行不数里，忽听一声呼哨声响，闪出一支军马来，为首一人，坐一辆四骑通铣车，头戴进贤冠，身着朱衣绛纱袍，腰围紫绿二色带，手执白璧紫皮笏，胸前飘着三绺美髯。真是个威风凛凛，杀气腾腾，不慌不忙，从从容容。不是谢安又是何人？孙登包大惊道："我等又中谢安计也。"遂拍马转身，逃回本营去了。

这里众将将假谢安扶下车来，叹道："老丞相死后复能退敌，真神机也。"言毕大哭回营。

且说这日，京城建康城内来了一位和尚，穿件破衣，露着肚皮，赤足蓬面，十分腌臜。有老者遥见，惊道："此支遁也，三十年竟不变模样，此公今来，必有事也。"

支遁耳尖，在一箭之外道："果真吗？"

老者闻言，吓得慌忙躲避，支遁大笑。一路晃荡，到一去处。见高墙拦路，遂问路人道："此处何地？"

路人道："和尚，别多问，不知有个西州门吗？"

支遁道："如何不知道，不就是那奸臣道子的狗巢吗？"

路人皆失色，喊声："祸水来也。"纷纷逃奔。

支遁大笑，遂上前，见两扇大黑门紧闭着，遂以拳猛扣铁吊环，大呼道："西州门，西州门。"环声大作，声震数里，支遁复敲，来回数次，皮肉皆破。敲毕大笑，笑毕复哭，又吟曹子建诗道："生存华屋处，零落归山丘。"复吟十数次，声嘶力竭，吟毕大笑而去，从此不见其影。

有人称曾见支遁与谢安并肩携手，依扬子江飘然南去，归第东山。时有彩云袅袅，异香扑鼻，隐隐闻半空中有笙箫鸾鹤之声。

是夜道子宅第西州门大火，三日不灭。烧毁殿宇千余间，烧死百余人。又天降血雨，广袤百里。雨后地震，西池寿陵及新筑鄞明观、凌霄台皆同时被毁，死者无数。

时道子势盛，天多怪异。孝武帝思及丞相谢安，心中顿生悔意，遂召前锋都督谢玄进京述职，委以重任，以补前憾。谢玄却坚辞不就，遂上疏解职，托病还第，道："臣同生七人，凋落相继，唯臣一己，孑然独存，在生荼酷，无如臣比。伏愿陛下垂天地之仁，拯将绝之气，允臣从亡叔谢安退身东山，以道养寿。"

诏书不许，谢玄再辞。来回十数次，只得从他，后病终上虞东山，时年四十六岁。次年，谢石亦疾终广陵，享年六十二岁。唯谢琰讨贼党孙恩，于山阴千秋亭败绩被杀。从此谢家门面日趋冷落，晋室江山亦随之衰亡。直至后来出了谢灵运等人，谢氏门庭复为之一兴。但那只不过是些骚人墨客，自不能与谢安相提并论了。

史臣曰：建元之后，时政多虞，巨猾陆梁，权臣横恣。其有兼将相于中外，系存亡于社稷，负扆资之以端拱，凿井赖之以晏安者，其惟谢氏乎！简侯任总中台，效彰分阃；正议云唱，丧礼堕而复弘；遗音既补，雅乐缺而还备。君子哉，斯人也！文靖始居尘外，高谢人间，啸咏山林，浮泛江海，当此之时，萧然有陵霞之致。暨于褫薜萝而袭朱组，去衡泌而践丹墀，庶绩于是用康，彝伦以之载穆。苻坚百万之众已瞰吴江，桓温九五之心将移晋鼎，衣冠易虑，远迩崩心。从容而杜奸谋，宴衎而清群寇，宸居获太山之固，惟扬去累卵之危，斯为盛矣。然激繁会于期服之辰，敦一欢于百金之费，废礼于偷薄之俗，崇侈于耕战之秋，虽欲混哀乐而同归,齐奢俭于一致,而不知颓风已扇,雅道日沦,国之仪刑,岂期若是!琰称贞干,卒以忠勇垂名;混曰风流,竟以文词获誉:并阶时宰,无堕家风。奕、万以放肆为高,石、奴以褊浊兴累,虽曰微颣,犹称名实。康乐才兼文武,志存匡济,淮肥之役,就寇望之而土崩;涡颍之师,中州应之而席卷。方欲西平巩洛,北定幽燕,庙算有遗,良图不果,降龄何促,功败垂成,拊其遗文,经纶远矣。

引用此语,权作余声,孰是孰非,任凭读者自去评说了。

1987年5月3日一稿
1988年7月13日二稿
1988年7月26日二稿改毕
于上虞百官丁介寺寓所
2023年9月、2024年6月
再改于小越新宅创作工作室

原版跋

跋一

将"东山再起"这个流传千古的历史典故用长篇小说的形式展示出来,这是我多年的愿望。这一是因为这个家喻户晓的历史典故,之前都只有一些史料性著述,还没有用长篇小说的形式来展示过。二是因为随着新时期文艺对民族文化反思的日益深化,一大批艺术家顺应时代对历史性作品的呼唤,纷纷将反思的触角伸向历史发展长河中的重大事件和重要人物。我想,有幸与谢安同饮曹娥江水并自幼对他怀有崇敬之情的我,为何不在他的身上做一些艺术的尝试和探索呢?拙作《东山再起》创作念头的萌生,大概就源于此。

谢安是东晋最具影响力的政治家和军事家之一,有关记载他生平的历史资料很多,早的如南朝刘义庆的《世说新语》和唐代房玄龄等人的《晋书》,后来又有宋代司马光的《资治通鉴》、程俱的《北山小集》和清代钱大昕的《十驾斋养新录》等。至于当代人对谢安的记述和研究,则似乎更为浩繁和集中。这其中当首推著名史学家范文澜先生的《中国通史》,在我所目及的历史资料中,用如此通俗易懂的语言将那段历史比较完整地叙述下来,似乎还不多见。其次,李鼎霞、金舒年同志合著的《谢安传》的译注本,也是一本挺不错的书,尽管他们只是将史书中有关记述谢安的片段整理了出来，并加以必要的注译。但这样一来，就把谢安的全貌勾勒得更加清楚和完整了，同时，对于有兴趣关注和研究那段历史的人，也省去了许多翻检之苦。

所以说，《东山再起》能够完成，无非将那些篇幅浩繁的史料和流传在民间的故事集中，并进行必要的艺术加工，使之升华为形象的历史。它是建立在真实的历史根基之上的，是集中在历史学家和民间文艺家们的智慧的基础之上的。

但是，我这样说并不意味着历史题材的作品要担负传播历史知识的职能。因为，历史知识同历史题材的文艺作品毕竟是有明显区别的，前者是概念和抽象的历史，后者是形象和审美的历史，二者既不能混淆，也不能替代。因为，当历史以艺术的形式反映出来时，它已不是原来的面目了。它变得更为雄伟浑厚，深沉悲壮，大起大落，英雄气短，儿女情长。而许多历史题材的文艺作品比记述那个时代的史料更为吸引人和震撼人的原因，就在这里。

当然，历史题材的文艺作品有一个重要的功能是应当肯定的，那就是当某个时期的历史和历史人物被人为地扭曲之后，它可以起到恢复历史真实面目的作用，从而更显示出历史的真实感。当尚未掌握科学历史观的古代史学家们在旧史书中将谢安的出现解释为"上应天命"的时候，谢安在人们的心目中是一个无往不胜的偶像。而当这种历史流入街谈巷议，并随即衍化为民间传说和传奇的野史之后，谢安则成了大难不死、逢凶化吉，甚至能呼风唤雨、上天入地的神了。尽管这种反映了对历史人物崇敬心理的传说和传奇带有某种明显的荒诞色彩，但还是使后来的史学家们半信半疑甚至信以为真，并且在之后屡加修改的历史记载中，一直保存流传下来。

坦然地说,在如何把握和塑造谢安这个历史人物的形象上,我并不是没有犹豫过。我想要么把谢安写成传奇的神,要么把谢安写成喜欢女色或者武功高强的草莽。要知道,在今江浙一带流传于民间的有关谢安的野史逸闻中,谢安的风流韵事完全可以与记述他生平的正统史料相当。如果按时下的行情看,这毫无疑问会成为一本地摊上的畅销书。当然,还有另外一种写法,那就是按历史的脉络把谢安写成一个有血有肉的人。这当然要困难得多,但我还是选择了后者,尽管这比前者需要掌握更多的以科学为依据的对历史的分析,比如如何站在唯物史观的立场上,正确看待某些史学家批评谢安在淝水之战后提出的统一中原是对异族侵略的观点,将他塑造成一个在当时的历史条件下为捍卫国家利益的英雄而加以表现和颂扬,从而从狭隘的民族意识中超脱出来等。这或许就是拙作《东山再起》最初的构想和基调。

超越传统的以成败论英雄的标尺对具体事件和具体历史人物的功过是非作出评价和判断,这是一些优秀历史题材的作品与旧作品的最根本的审美区别。悉尼·胡克在《历史中的英雄》一书中说:"在严肃的历史事迹面前,人们很容易随便利用那道德上所谓正义的标尺,就因为他们只就一个一个的事件来品评是非,但那正是一种幻想,是人们的鼠目寸光所致的。"

在维护东晋皇朝的安宁团结、遏止桓温篡权、抵御外来侵略等一系列重大事件中,谢安无疑是东晋朝廷中极具才干和权谋的伟人。可以这么说,在谢安做丞相的中后期,特别是在淝水之战后,是东晋比较强盛和太平的时期。因此,从维护帝王基业和治理国家的角度看,谢安是强者和英雄,但从他个人的情感世界看,他有时也是一个凡人和弱者,是一个充满矛盾的人,这从他的隐居、拒任、复出、临危受命、卫国兴邦和屈死他乡等一系列曲折事件中可以看出。他有时胸怀大志，有时又目光短浅；有时忧国忧民，有时又放荡不羁；有时爱民如子，有时又草菅人命。特别是他执政之后，身为丞相，他一方面提出要体恤百姓，一方面又为了维护东晋的帝业和为自己树碑立传，竟不顾天灾人祸和百姓反对，大兴土木，建造新宫，致使忠良屈死，劳民伤财，百姓苦不堪言。其次，他为了维护自己在朝中的地位，恐桓氏一族功高难制，便暗中使计，将桓氏三兄弟统统调出要害之地，明为升迁，实为暗降，然后安插自己的党羽。至于他性好音乐，不废丝竹，以致影响政务；又每有兴致，必聚朋游宴，每次一掷百金的奢靡生活，以及他后来虽遭奸臣陷害、昏君猜忌，但为了保全名节，竟然委曲求全，逆来顺受等情节，既可以看出谢安作为一个伟人在事业上的辉煌，也可以看出他作为一个凡人在性格和情感上的纠结、悲苦及为人处事时的矛盾、分裂等缺陷。

可以这么说，构成谢安这些复杂性格的原因很难用单纯的个人品质的善恶来说清楚，但有一点则可以肯定，在东晋皇朝变幻莫测和风起云涌的权力争斗中，由于谢安本身所处的特殊时期和特殊地位，才使他成为这个皇朝许多重大事件中叱咤风云的中心人物。但同时，由于这个皇朝长期偏安江南和始终充满着的权力争斗这种特定的地理环境和历史文化环境，又使谢安成为一个不拘小节、放荡不羁，以致生性多疑、固执偏见等性格缺陷和心理障碍明显的人物。唯其如此，我认为才构成了一个真正的谢安，也再现了东晋皇朝从弱小到强盛，又从强盛到败落，最后导致灭亡的必然历史结局。我以为这种写法非但不会有悖于史家们所书的历史，而是会使之得到进一步的充实和丰富，并绝不会离史实的距离越来越远,我是说假如能写好的话。

拙作《东山再起》现在就摆在读者们的面前了,坦率地说,尽管笔者在创作前也曾有过很多美好的艺术构思和自认为相当不错的创作设想。但由于一时无法弥补的知识的贫乏和功力的不足,所以暂时也只能成为现在这个样子了,这或许就叫做心有余而力不足吧。但我相信读者也许会喜欢这么一本不很完美的作品的,这一是因为人有一种同情弱者的天性,我相信读者不会苛求一个正在艺术上蹒跚学步的人;二是因为读者一定会对这本书中的某些成语故事感兴趣,比如成语"东山再起",比如由军事史上以少胜多的淝水之战引出的"草木皆兵""风声鹤唳"等成语典故。尤其是"东山再起"这个成语,谁会对它感到陌生呢?政治家们在暂时失意的时候,常常会用它来不断地激励自己,从而使自己处于一种良好的竞技状态和对信仰的不懈追求之中。军事家们想起这句成语,就会在失败时毫不气馁,从而在敌人兴高采烈的时候,给对方以致命的一击。而商人们则早将这个成语灵活地用在买卖上,在生意失败后,激励自己和别人再次站起来。笔者曾在一个偶然的场合听一个小偷对他那位刚从牢里出来的同伙说:"别泄气,兄弟,还可以'东山再起'嘛。"这固然不能属于赞赏和宣扬的范围,但从中可以窥见一斑。这个成语是世界性的,又是普遍性的,它似乎对什么都适用,又对谁都适用。

最后必须要说的是,在两年多时间创作这部作品的过程中,我自始至终得到了许多人的热情关怀和支持,他们有的向我提供珍贵的资料;有的在百忙之中成为这本书稿的第一个读者,尽管他们并不认为这是一本非读不可的书。还有人帮我联系出版方面的事;也有的向我提供别的方面的援助。而北京师范大学历史系魏晋史教授何兹全老先生则在百忙之中为本书作了序,吉林大学历史系教授罗继祖先生又为本书题了字。可以这么说,所有这些同志向我提供的帮助都是无私的。如果没有他们的支持,我是无法顺利完成这部书稿的创作和出版的。在此,我向他们表示由衷的感谢。

另外,我还要感谢我们县委县政府的领导,正是由于他们对文学艺术的高度重视,才使得我在创作上需要完整时间的时候,及时地同意我摆脱行政方面的事务,使我得以安心创作。至于另外一些为这本书的出版而帮助我誊写、复印、打印和四处奔波的同志则更多了,因为篇幅关系,不一一列举了,在此一并表示感谢。

书稿出版之时,正是国庆四十周年之际,年轻的共和国比过去变得更加成熟了,而成熟的标志并不在于它的年龄,而在于它在前进的道路上不断地进行着改革、探索和创新。这是一股无法抵挡的历史潮流,它告诉人们,只有不断的改革、探索和创新,国家才能兴旺发达,才能不断向前发展,否则就不会有出路。这从我的这本小书中也可以看出一点历史的踪迹。如果读者们能从中感悟到一点积极而有益的启示的话,那我就心满意足了。

顾志坤
1988 年 7 月 29 日

再版跋

跋二

长篇历史小说《东山再起》自1989年由大连出版社出版之后，已经过去35年了。

作为一个家喻户晓的历史典故，这是第一次用长篇小说的形式讲述东晋谢安的故事，作品描述了隐居东山的谢安在国家危难之际，以大局为重，临危受命，毅然出山，最后力挽狂澜，成为稳固东晋江山、卫国兴邦的第一功臣。书中生动细腻地塑造了谢安风流潇洒、才智超群、运筹帷幄、蔑视强权，而心系天下的独特而富有个性的艺术形象，再现了历史上广为流传的东山再起、兰亭集会、智斗桓温、淝水之战等跌宕起伏又风起云涌的历史图景。

作品创作之初就引起了文学界和史学界的关注，北京师范大学教授、著名魏晋史专家何兹全先生热情地为本书作序，上虞乡贤、罗振玉的长孙、著名魏晋史专家罗继祖先生为本书题写了书名。

作为新中国成立后绍兴市出版的第一部长篇历史小说，当时的浙江省作家协会、绍兴市文联、绍兴市作协及上虞县委县政府对本书的出版十分重视。县委县政府拨出专项经费，邀请叶文玲（省作协）、汪浙成（省作协）、张晓明（省作协）、盛子潮（评论家）、魏丁（评论家）、钟本康（评论家）、谷泥（文学报主编）、虞云达(新华社)、高海浩(人民日报)、陈正平、徐启华(文汇报)、丁凡(江南杂志)、袁敏(东海杂志)等30余位全国著名作家、史学家及记者在上虞召开《东山再起》作品研讨会,《人民日报》《文汇报》《解放日报》《浙江日报》等多家主流媒体对本书的出版予以报道,谢晋导演也在繁忙的拍片间隙,专门撰写了《读〈东山再起〉想起……》一文,发表在《新民晚报》重要版面上,文中称:"《东山再起》书写了谢安临危不惧,敢担重任的精神和业绩,令我后代子孙钦佩。"不久谢导又为我的长篇电视连续剧剧本作了序,序中称:"顾志坤以前写过一部长篇小说《东山再起》,写的是我谢家的老祖宗谢安,现在他把它改成电视文学剧本,这个本子我是看过的,还提了些修改的意见和建议,这是个好题材。"

《东山再起》是我创作的第一部长篇小说,作品出版后,能够得到前辈、专家、读者的好评和鼓励,心里自然是很欣慰的。但作品的不足还是很多的,这一点我心里很清楚。当我今天重读该书时,发现作品在对历史全局的把握上、谢安人物的塑造及在展现上虞本土元素等问题上,都有很大的修改和补充的空间,尤其是如何用当代意识来书写历史,使历史成为我们前进道路上的一面镜子,从而提高上虞在国内外的知名度、美誉度,打造有鲜明辨识度的浙东唐诗之路上的文化高地,使东山再起的故事成为一张在海内外响当当的上虞金名片,更值得我认真思考和努力。

基于这样的原因,我在2023年夏秋和2024年6月,前后花了8个月时间,又对作品作了梳理、修改和补充,其中比较大的修改和补充有10余处,从而使作品更丰满和厚重,读起来也更富节奏和流畅。我是这么认为的。

作品出版之际,我要感谢许多曾为本书的采访、资料征集、写作及出版提供了各种帮助的朋友们。尤其要感谢为东山文化的挖掘、开发倾注了满腔心血的杨言荣董事长，作为一位知名企业家，他为弘扬东山文化所做出的贡献，我从心里表示敬佩。

2024年6月8日